中华传世小品

# 嬉笑人生

## 历代幽默小品

张豫 苏鹗 主编

长江出版传媒
崇文书局

图书在版编目（CIP）数据

嬉笑人生 ： 历代幽默小品 / 张豫， 舒鹗主编． -- 武汉 ： 崇文书局， 2016.1（2023.1 重印）
（中华传世小品）
ISBN 978-7-5403-4047-6

Ⅰ．①嬉… Ⅱ．①张… ②舒… Ⅲ．①小品文一作品集一中国一古代 Ⅳ．① I262

中国版本图书馆 CIP 数据核字（2015）第 232704 号

嬉笑人生：历代幽默小品

责任编辑 程 欣 刘 丹
出版发行 长江出版传媒 崇文书局
地　　址 武汉市雄楚大街 268 号 C 座 11 层
电　　话 (027)87677133 邮政编码 430070
印　　刷 湖北画中画印刷有限公司
开　　本 680mm×960mm 1/16
印　　张 17
字　　数 185 千字
版　　次 2016 年 1 月第 1 版
印　　次 2023 年 1 月第 3 次印刷
定　　价 49.80 元
（如发现印装质量问题，影响阅读，由本社负责调换）

# 总　　序

1993年，湖北辞书出版社出版了“小品精华系列”，一共十册:《历代尺牍小品》《历代幽默小品》《历代妙语小品》《历代寓言小品》《历代山水小品》《历代诗话小品》《历代笔记小品》《历代禅语小品》《明清清言小品》《明清性灵小品》。这套“小品精华”，风格亲切幽默，平易近人，深受欢迎。二十多年过去了，许多想得到这套书的读者，早已无处可购。考虑到读者的需要，崇文书局拟在“小品精华系列”的基础上，精益求精，隆重推出“中华传世小品”，第一辑为十册。主持这套书的朋友嘱我写几句话，我也乐于应命，有些关于小品的想法，正好借这个机会跟读者交流交流。

“中国历史上写作小品文的作家，多半是所谓名士。”现代作家伯韩的这一说法，流传颇广。那么，什么是名士呢?伯韩以为，也就是一种绅士罢了，不过与普通绅士有所不同而已。他们“多读了几句书，晓得布置一间美妙的书斋，邀集三朋四友，吟风弄月，或者卖弄聪明，说几句俏皮话，或者还搭上什么姑娘们，弄出种种的风流韵事来。这都算是他们的风雅”。

这样来看中国历史上的小品，如果不是误解的话，真要算得上不怀好意了。

据《论语·先进》记载：一天，孔子和子路（仲由）、曾皙（曾点）、冉有（冉求）、公西华（公西赤）在一起，他要几个弟子谈谈自己的志愿。子路第一个发言说："一千辆兵车的国家，处在几个大国之间，外有军队侵犯，内有连年灾荒。让我去治理，只消三年光景，便可使人人勇敢，而且懂得同列强抗争的办法。"孔子听了，淡淡一笑。冉有的志愿是："一个纵横六七十里，或者五六十里的小国，让我去治理，三年时间，可使人人丰衣足食。至于修明礼乐，那就有待于贤人君子了。"第三个回答孔子的是公西华，他说："不是我自以为有什么了不得的才能，只是说我愿意来学习一番。国家有了祭祀的典礼，或者随着国君去办外交，我愿穿着礼服，戴着礼帽，做个好傧相！"公西华说话时，曾点正在弹瑟，听孔子问他："点，你怎么样？"曾点放下手中的瑟，站起来道："我的志愿跟他们三位都不相同。暮春三月，穿一身轻暖的衣服，陪着年长的、年轻的同学，到沂水沙滩上去洗洗澡，到舞雩台上去吹吹风，一路唱着歌回来！"孔子感叹道："我赞同曾点的想法！"孔子以为，子路等三人拘于礼、仁，气象不够开阔、爽朗。只有精神发展到能够怡情于山水自然的境地，人格才算完善。

孔子这种陶醉于山水之美的情怀，由魏晋时代的名士做了淋漓尽致的发挥。有一部书，专记当时名士的言行，名叫《世说新语》。其中有个人物谢鲲，他本人引以自豪的即是对山水之美别有会心。晋明帝问谢鲲:“你自己以为和庾亮相比怎么样?”谢鲲回答说:“身穿礼服,庄严地站在朝廷之上,作百官表率,我不如庾亮;但是,一丘一壑(指在山水间自得其乐),臣自以为超过他。”以“一丘一壑”与朝廷政务并提,可见其自豪感。因此,当著名画家顾恺之为谢鲲画像时,便别出心裁地将他画在岩石中。问顾为什么这样,顾答道:“谢自己说过:‘一丘一壑,臣自以为超过他。’所以应该把这位先生安置在丘壑中。”足见魏晋名士的趣味相当一致。

也许是由于魏晋以降的儒生多拘束迂腐,也许是由于全身心陶醉于山水之美的魏晋名士对老庄更偏爱些,后世人往往将名士风流与儒家截然分为二事,似乎它们水火不容。晚明袁宏道在《寿存斋张公七十序》中批评这种误解说:

> 山有色,岚是也。水有文,波是也。学道有致,韵是也。山无岚则枯,水无波则腐,学道无韵,则老学究而已。昔夫子之贤回也以乐,而其与曾点也以童冠咏歌,固学道人之波澜色泽也。江左之士,喜为任达,而至今谈名理者必宗之。俗儒不知,叱为放诞,而一一绳之以理,于是高明玄旷清虚澹远者,一切皆归之二氏。而所谓腐滥纤啬卑滞扃局者,尽取为吾儒之受用,吾不知诸儒何所师承,而冒焉以为孔氏之学脉也。

袁宏道的结论是:“颜之乐,点之歌,圣门之所谓真儒也。”这话是有几分道理的。

上面说了那么多,其实是要说明一点:孔子是中国古代第一位小品文作家,《论语》是中国古代第一部小品文著作。以小品的眼光来读《论语》,不难发现一个亲切而又伟大的孔子。

比如,从《论语》中不仅能看出孔子陶醉于山水之美的情怀,还能感受到他那无坚不摧的幽默感。孔子曾领着一群学生周游列国,再三受到冷遇,途经陈、蔡时,被两国大夫率众围困,“不得行”,粮食没有了,随行的人也病了,而孔子依然“讲诵弦歌不衰”。他开玩笑地问:“‘我们不是野兽,怎么会来到旷野上?’莫非我的学说错了吗?”颜渊回答说:“夫子的学说极其宏大,所以天下不能容纳。不能容纳有什么不好呢?这才见出你是真正的君子。”孔子听了,油然而笑,说:“你要是有很多财产的话,我愿给你当管家。”置身于天下不容的困境中,孔子师徒仍其乐陶陶,在于他们互为知己,确信所追求的目标是伟大的。北宋的苏轼由此归纳出一个命题:“师友以道相乐,乃人间之至乐也。”

在人们的感觉中,身居显位的周公是快乐的、幸福的。其实未必然。召公负一代盛名,管叔、蔡叔是周公的弟弟,连他们都怀疑周公有篡夺君位的野心,何况别人呢?这样看来,周公虽坐拥富贵,却无亲朋与之共乐。苏轼由此体会到:周公之富贵,不如孔子之贫贱:富贵不值得看重。他的

《上梅直讲书》说的就是这个意思。

据《论语》记载，孔子还曾有过一件韵事。跟孔子同时，有个名叫南子的美女，身为卫灵公夫人，却极度风流淫荡。一次，她特地召见孔子。孔子拜见了她，还坐着她的马车，在城内兜了一圈。性情爽直的子路很不高兴，对孔子提出非议，孔子急得发誓说："假如我孔某有什么邪念的话，老天爷打雷劈死我！"

对孔子的这件浪漫故事，历史上有两种不同的解释。一种说法认为：孔子是迷恋南子的漂亮。另一种意见则较为规矩，其代表人物是南宋的罗大经。罗大经在《鹤林玉露》中说：南子虽然淫荡，却极有识见，"有后世老师宿儒之所不能道者"。孔子之所以去见南子，即因看重她的识见，希望她改掉淫行，成为卫灵公的好内助。"子路不悦，是未知夫子之心也。"

前一种说法似乎亵渎了孔子，但未必没有可取之处。孔子讲过："吾未见好德如好色者也。"在他看来，好色是人的不可抗拒的天性，任何人都没有资格假定自己从不好色。所以，当孔子向子路发誓，说他行端影直的时候，我们真羡慕子路，有这样一位可以跟学生赌咒发誓的老师。孔子让我们相信：圣人确有不同凡俗的自制力，但并不认为他人的猜疑是对他的不敬。相反，他理解这种猜疑，甚至觉得这种猜疑是理所当然的。

孔子是一个伟大而又亲切的小品作家，《论语》是一部伟大而又亲切的小品文著作。亲切而又伟大，这就是小品的魅力。关于中国历代小品的定位，理应以《论语》作为坐标。我想与读者交流的，主要的也就是这个看法。

回到“中华传世小品”，这里要强调的是，这套书所秉承的正是《论语》的传统。它们的作者，不是伯韩所说的那种“名士”，而是孔子、颜渊、曾点这类既活出了情怀、又活出了情调的哲人。不需要故作庄严，也绝无油滑浅薄，那份温暖，那份睿智，那份幽默，那份倜傥，那份自在，那份超然，足以把生活提升到一个令人陶然的境界。读这样的书，才当得起“开卷有益”的说法。

愿读者诸君与“中华传世小品”成为朋友！

武汉大学文学院教授、博士生导师　陈文新

# 前　　言

“幽默”一词系音译外来语，1924年，林语堂在《晨报》副刊上连续撰文，定“幽默”为“humor”的汉译名。

当时，“幽默”这个译名曾有过异议。鲁迅嫌它容易被误解为“静默”等歧义，觉得似有不妥；李青崖主张改译为“语妙”，但不能概括幽默的全部含义；陈望道便拟改译为“油滑”，但不够确切，又有轻浮之嫌。后来，唐桐候又将其译为“谐穆”，“谐”表示一面，“穆”表示另一面，合起来就成了“幽默”，似乎比较恰当。最终，林语堂的翻译被世人所认可，一直沿用至今。

在我国浩如烟海的典籍中，有大量有趣的寓言故事和民间笑话。先秦时期诸子散文和各种史籍中，寓言故事很好笑，这些作品中充满了对日常生活的风趣讽喻，体现了中华民族特有的含蓄、质朴、简练、不动声色的幽默传统。

中国历史上第一部诗歌集《诗经》，记录了大量以幽默为特色的民谣、诗歌。先秦的俳优、散文、诗歌中也有些幽默情趣。中国幽默善用象征、喜好讽喻、针砭时弊、干预生活的传统，从一开始就显露出来。

魏晋时期是中国幽默发展史上引人注目的阶段。与当时思想界反抗封建纲常束缚的背景相适应，形成了言论戏谑、举止放浪的“魏晋风度”。三国魏邯郸淳所撰的《笑林》，是中国最早的一部笑话专集。《笑林》承袭先秦俳优、诸子寓言以笑话作规劝、讽喻手段的传统，以讲故事的口气叙事，以夸张和漫画式笔法写人，短小生动，爱憎分明，生活气息浓烈，艺术风格轻松幽默。魏晋时期的文人名士如孔融、阮籍等人的散文和诗歌对当时的黑暗政治多有讥讽，诙谐幽默之辞比比皆是，影响了一代文风、中国幽默与讽刺合流以触及时政的特色，在魏晋时期表现得尤为明显。

魏晋以后，中国幽默的发展主要在于戏剧方面。明清时期，中国幽默史上又出现了一个兴盛阶段。除了在戏剧领域里的卓越成就外。幽默艺术在话本小说，讽刺和幽默短篇、长篇小说，散文，诗词等方面大放异彩。出现了《西游记》、《儒林外史》等大量包蕴幽默情趣的文学作品，塑造出孙悟空、猪八戒、李逵、张飞、刘姥姥、济公等栩栩如生的幽默性喜剧形象。明清时期的笑话作品更为丰富，流传面也愈加广泛。

然而历来的幽默作品，逗乐的游戏文字多，发人深省、耐人寻味的却寥寥无几。明朝末年，政治腐败，外患不已，物欲横流，道德沦丧，加上当时文学评点的风气渐渐兴起。一些有识之士通过幽默文字的搜集与创作，或者骂古讥今，借他人酒杯，浇胸中块垒；或者作为破愁良药，求一夕之欢，出现了一批"笑话评点集"。讽刺的矛头直指封建末世的种种流弊，以及萌芽中的资本主义带来的诸般罪恶，对人生的无奈尽情揶揄。其中尤其以冯梦龙结集的《古今谭概》最为杰出。该书"罗古今于掌上，寄春秋于舌端"。从历代经史子集、笔记小品中爬剔出各种可笑情事，分类缀集，尤其是冯梦龙的分类小序及评论，嬉笑怒骂，语含双关，直揭人生三味。讥世讽俗突出为幽默的主要功能，逗乐退而成为作者规避文网的保护色。

我们编选的这本历代幽默小品选集，系从《启颜录》、《拊掌录》、《唐国史补》、《笑赞》、《古今谭概》、《笑得好》、《笑笑录》和《南亭笔记》等数十种历代笔记小品中收罗各种笑资及评论，略仿冯梦龙《古今谭概》的分类，编列成集。文中涉及的人和事，上自王侯将相，下至僧俗小民，三教九流，无一不具。恰似一幅封建时代的世情漫画。冯梦龙、赵南星、石成金、李贽、钱咏诸公的评点，发幽抉隐，议论风生。可乐处，令人忍俊不禁；可叹处，叫人扼腕长吁；可恨处，叫人咬碎钢牙；可哀处，足以叫人流泪十日。

为帮助读者理解文义，全书采用注译结合的方式进行整理。对文中的一些言外之意、弦外之音，在注释中也酌情点破，不敢说是和盘托出，姑妄言之，姑妄听之。

古人云："人世难逢开口笑"，我们将书名定为"嬉笑人生"，相信本书能给读者诸君带来一些欢笑。倘若一笑之余，能对生活、对人生有进一步的认识，我们将感到十分的荣幸。

# 目　　录

## 专　愚



## 无　术



## 苦　海

## 不　韵



## 矜　嫚



## 贪　秽

## 厚　颜



## 惧　内



## 谲　智



## 戏　弄

## 机　警



## 酬　嘲

## 塞　语



## 雅　浪



## 文　戏

## 谈　资



## 微　词

# 专　愚

人有盗范氏钟者，负之有声，惧人之闻，遽自掩其耳[①]。太行、王屋二山，高万仞，愚公年九十，面山而居，恶而欲移之[②]。二事人皆以为至愚，抑知秦政之鞭石为移山[③]，曹瞒之分香为掩耳乎[④]？彼自谓一世之英雄，孰知乃千古之愚人也。故夫杨广[⑤]与刘禅[⑥]同亡，国忠[⑦]与苍梧[⑧]齐蔽。平生凶狡，徒作笑柄。静言思之，不愚有几？

——摘自冯梦龙《古今谭概》

【注释】

①出《吕氏春秋·自知》。

②出《列子·汤问》。

③秦政之鞭石：秦政即秦始皇嬴政。据说他曾用赶山鞭把山石赶进大海，想在海中形成一道堤，供他到海上寻求传说中的三神山。

④曹瞒之分香：曹操的小名叫阿瞒。他临死留下遗嘱，把自己收藏的香划分给自己的姬妾们，并说自己没留下什么财产，要姬妾们做鞋为生。曹操一直想夺取帝位，遗嘱中却把自己说成淡泊清廉的贤臣。

⑤杨广：即隋炀帝。

⑥刘禅：刘备之子，字公嗣，小字阿斗。

⑦国忠：即唐代杨国忠，杨贵妃的堂兄。以裙带关系官至宰相，兼领四十余职。他结党营私，广收贿赂。天宝十四年(755)安禄山以“讨国忠”为名发动叛乱时随唐玄宗逃往四川，至马嵬驿为哗变的将士杀死。相传杨国忠出使江浙，经年方回，妻子在家生下一子，骗他是夫妻相思所致。

⑧苍梧：即苍梧绕，孔子时人，娶妻而美，以让其兄。

**【译文】**

有个人去偷范家的钟，打起来钟就发出响声，他怕人听见，便急忙将自己的耳朵捂住。太行山、王屋山高达七八千丈，愚公年已九十，他讨厌这两座山正对着他的家门，就想把山移走。这两件事，人们都认为是非常愚蠢的；有谁知道秦始皇鞭石填海就好比愚公移山，曹操分香姬妾正是掩耳盗铃吗？他们自认为是一世之英雄，哪知道却是千古愚人，所以，杨广与刘禅同样做了亡国之君；杨国忠和苍梧绕一样受到蒙蔽。平生凶恶狡诈，只不过被当作笑柄。可是冷静地思考一下，不愚的又有几个？

## 乐不思蜀

司马文王[①]问刘禅："思蜀否？"禅曰："此间乐，不思。"郤正[②]教禅："若再问，宜泣对曰：'先墓在蜀，无日不思。'"会王复问，禅如正言，因闭眼。王曰："何乃似郤正语？"禅惊视曰："诚如尊命！"

冯梦龙评：大受用福人。

**【注释】**

①司马文王：即三国时魏国大将军司马昭。魏军灭蜀汉后，他自称晋公，后封为晋王。他死后，其子司马炎代魏称帝，建立晋朝，追尊司马昭为文帝。

②郤正：蜀汉大臣。刘禅降魏后，郤正舍家随刘禅往洛阳。

**【译文】**

司马昭在洛阳问被俘的蜀汉后主刘禅："思念不思念蜀地？"刘禅回答说："在这里很快乐，不思念蜀地。"随从刘禅的蜀汉旧臣郤正教刘禅说："如果再问您这个问题，应该哭泣着回答说：'先父陵墓在蜀，因此没有一天不思念的。'"后来又遇上司马昭问及，刘禅照郤正所教作了回答，并闭上眼睛。司马昭说："你的回答怎么那么像郤正所说？"刘禅惊讶地看着司马昭说："真给您说对了。"

冯梦龙评：是一个大受用的有福之人。

## 大有人在

杨玄感[①]败。帝[②]命推其党与，曰："玄感一呼而从者十万，益知天下人不欲多，多则相聚为盗耳。不尽加诛，无以惩后！"由是所杀三万余人。帝后至东都[③]，顾盼街衢，谓侍臣曰："犹大有人在！"

冯梦龙评：笑话有独民县知县，如杨广之言，须作独民国皇帝方可。

**【注释】**

①杨玄感：隋朝大臣，官至礼部尚书，袭封楚国公。大业九年(613年)起兵反隋，集众至十余万。后兵败被杀。

②帝：即隋炀帝杨广。

③东都：指洛阳。

**【译文】**

杨玄感起兵反隋失败，隋炀帝下令追查他的同党。隋炀帝说："杨玄感一号召就有十万人响应，由此更可以相信天下人不能太多，多了就会相聚为乱。不把这些人都杀了，无以惩戒以后。"因此杀了三万多人。隋炀帝后来到了东都洛阳，环视街道对侍臣说："还是大有人在。"

冯梦龙评：笑话中曾有"只有一个百姓的县的县官"，照杨广这么说，必须做"只有一个百姓的国家的皇帝"才行。

## 蠢 夫

平原[①]陶丘氏娶妇，色甚令，复相敬重。及生男，妇母来看，年老矣。母既去，陶遣妇颇急。妇请罪。陶曰："顷见夫人衰齿可憎，亦恐新妇老后，必复如此，是以相遣，实无他也。"

冯梦龙评：佛家作五不净[②]想，亦是如此，莫笑莫笑！

**【注释】**

①平原：县名，属山东。

②五不净：即五浊。佛教指劫浊、见浊、烦恼浊、众生浊、命浊。

**【译文】**

平原县陶丘氏娶了个媳妇非常漂亮，两人感情也很好。后来媳妇生了个男孩，媳妇的母亲来看望。岳母一走，陶就立即打发将媳妇送回娘家去了。媳妇问自己有什么罪过。陶说："刚才我看到你母亲年老色衰，非常难看，恐怕你老了以后也是这个样子，所以就不想要你了，确实没有别的原因。"



冯梦龙评：佛家作五不净想，也是如此，莫笑！莫笑！

## 智短汉

则天[1]朝大禁屠杀。御史[2]娄师德使至陕，庖人进肉。问："何为有此？"庖人曰："豺咬杀羊。"师德曰："豺大解事！"又进鲙，复问之。庖人曰："豺咬杀鱼。"师德叱曰："智短汉！何不道是獭？"

**【注释】**

①则天：即武则天。

②御史：官名。历代皆置，名称职掌不一。唐代有侍御史、殿中御史和监察御史，是审讯案件、考察官吏的监察官。

**【译文】**

武则天当政时曾严禁杀生。御史娄师德巡视到陕州，（吃饭时）厨师端上肉来，娄师德就问："怎么会有肉？"厨师说："豺咬死了羊。"娄师德说："豺真懂事！"说着厨师又端上来鲙鱼，娄师德又问怎么弄来的？厨师回答说："豺咬死了鱼。"娄止不住叱骂道："你这个笨蛋，你为什么不说是水獭咬死的呢？"

## 马速非良

李东阳[1]尝得良马，送陈师召[2]骑入朝。归，成诗二章，怪而还其马，曰："吾旧所乘马，朝回必成六诗，此马止二诗，非良也。"东阳笑曰："马以善走为良。"公思之良久，复骑而去。

【注释】

①李东阳：明代大臣，字宾之，号西涯。天顺时进士，官至文渊阁大学士，内阁首辅大臣。

②陈师召：即明代学者陈音。天顺进士，官至南京太常寺卿，在经学方面有造诣。

【译文】

李东阳曾得到一匹良马，将它送给了陈师召，陈即骑此马上朝。回来的路上吟成了两首诗，他觉得奇怪就把马退还给李东阳，并说："我骑原来的马，上朝回来都能作出六首诗，骑这匹马却只能作出两首，这马并非好马。"李东阳笑一笑说："马跑得快才是好马。"陈师召想了半天，才又骑上李东阳送给他的马走了。

## 黑　棋

迂公[①]与卫隐君奕。卫着白子。公大败，积死子如山，枰中一望浩白。公痛懊曰："老子命蹇，拈着黑棋！"

【注释】

①迂公：《迂仙别记》一书中的主角。

【译文】

迂公与卫隐君下围棋。卫隐君执白棋，迂公执黑棋。结果，迂公大败，死子堆积如山，棋盘上全是白棋。迂公懊丧地说："老子运气不佳，拿着了黑棋。"

## 争　金

里中有富家行聘，盛筐篚而过公门者。公夫妇并观之，相谓曰："吾与尔试度其币金几何？"妇曰："可二百金。"公曰："有五百。"妇谓必无，公谓必有，争持至久，遂相詈殴。妇曰："吾不耐尔，竟作三百金何如？"公犹诟谇不已。邻人共来劝解。公曰："尚有二百金未明白，可是细事！"

**【译文】**

村里有家富户下聘礼时路过迂公家门，筐篓中装满了礼品、礼金。迂公夫妻同在门口观看，迂公对妻子说："我跟你猜猜聘礼值多少钱？"妻子说："我看值二百两银。"迂公说："我看值五百两。"妻子说肯定没有，迂公说绝对有。二人争论了很久，以致相互辱骂撕打起来。妻子说："我不跟你争了，就算三百两怎么样？"迂公还是谩骂不止。邻居都来劝解，要迂公作罢。迂公说："还差二百两银子没弄明白，这可不是小事！"

## 自家臂

雨中，借人衣着之出，道泞失足，跌损一臂，衣亦少污。从者掖公起，为之摩痛甚力。公止之曰："汝第取水来涤吾衣，臂坏无与尔事。"从者曰："身之不恤，而念一衣乎？"公曰："臂是我家物，何人向我索讨？"

**【译文】**

下雨天，迂公穿着借来的衣服外出，道路泥泞，一失足摔了一跤，一只胳膊摔伤了，衣服也弄脏了。随行的人扶起他，关切地为他按摩伤痛。迂公制止说："你只管取水来洗我的衣服，胳膊受伤你不要管。"随行的人说："你不爱惜自己的身体，却担心一件衣服吗？"迂公说："胳膊是我自己的，谁来向我讨还？（衣服却是借来的，还要还人家的。）"

## 屋 漏

久雨屋漏，一夜数徙床，卒无干处。妻儿交诟，公急呼匠者葺治，劳费良苦。工毕，天忽开霁，竟月晴朗。公日夕仰屋叹曰："命劣之人，才葺屋便无雨，岂不白折了也！"

**【译文】**

连绵的阴雨使得迂公家的房子漏雨严重，一夜要把床挪动好几次，以致找不到一处干地方。老婆孩子都怨声不绝，迂公连忙叫泥瓦匠来修葺，花了不少人力物力。房子刚修好，天忽然晴了，连续月余都是晴朗天。迂公一天到晚仰望着屋子叹着气说："命不好。刚修好房子天就不下雨了，岂不白费了钱和功夫啊！"

## 凳矮毁楼

家有一坐头，绝低矮。公每坐，必取瓮片支其四足，后不胜烦，忽思得策，呼侍者移置楼上坐。及坐时，低如故。乃曰："人言楼高，浪得名耳！"遂命毁楼。

冯梦龙评：《广记》[①]：甲乙斗，乙被啮下鼻，讼之官。甲称乙自啮。官曰："人鼻高口低，岂能啮乎？"甲曰："彼踏床子就啮之！"似此。

**【注释】**

①《广记》：即《太平广记》，北宋李昉等编的小说总集，因成书于太平兴国年间而得名。

**【译文】**

迂公家里有一小板凳，非常低矮。迂公每次坐这个板凳，都要用缸瓦片垫在四条凳脚下。后来觉得这样太麻烦，忽然想出了一个解决办法，叫仆人把板凳搬到楼上，认为这样就把高度提高了许多，再不用垫瓦片了。可是他往上一坐，仍是那么低矮。迂公说：“人们都说楼高，其实徒有其名！”于是就叫人把楼拆了。

冯梦龙评：《太平广记》记载：甲乙二人争斗，乙的鼻子被甲咬掉了，告到官府。甲说是乙自己咬掉的。官说：“人的鼻高口低，怎么能自己咬掉自己的鼻子呢？”甲说：“他是踩在榻凳上去咬的嘛！”这和迂公坐凳之事很相似。

## 天上坐

一痴婿，不识世事，每妻家宴会，常被诸婿压坐下位，其妻怀惭，切切教坐高处，终不省喻。一日，妻与同归翁家，把酒让座之际，倚门里斜目睨上，指示欲坐高处。痴婿见庭中有梯，竖檐边，乃往，升半梯而坐。其妻着急，更怒目指示之。婿不喻其意，乃大声呼曰：“终不成叫我上天上去坐！”

**【译文】**

一个痴女婿，不懂人情世故，每逢妻子娘家宴会，常常被其他女婿压坐在下位，他的妻子心怀惭愧，一再叫他坐高处，可他终究是不明白。有一日，妻子和他一同回娘家，把酒让座的时候，妻子倚着门斜着眼睛看上面，指示他要他往高处坐。痴女婿看见庭中有一架梯子竖在屋檐边，于是走了过去，爬上一半就坐在梯子上。他的妻子着急，怒目指示他。痴女婿不解她的意思，于是大声喊道：“难不成叫我上天去坐！”

## 特种行业

有人以钉铰为业者，道逢驾幸郊外，平天冠[①]偶坏，召令修补，讫，厚加赏赍。归至山中，遇一虎卧地呻吟，见人举爪示之。乃一大竹刺。其人为拔去。虎衔一鹿以报。至家语妇曰："吾有二技，可立致富。"乃大署其门曰："专修补平天冠，兼拔虎刺。"

**【注释】**

①平天冠：一种皇帝专用的冠冕。

**【译文】**

有个人以打造门上的搭扣为业，有一天，在路上遇到皇上驾幸郊外，凑巧平天冠坏了，叫他前来修补，修好后，皇上赏给他一大笔财物。回来时经过山中，看见一头老虎趴在地上呻吟，见他走过来就举起爪子给他看。原来是一根大竹刺。这人给它拔了。老虎衔来一只鹿报答他。回到家后，这人对妻子说："我有两门技术，马上可以发家致富。"于是在门上写下这么几个大字："专修补平天冠，兼拔虎刺。"

## 岂有此理

一人习学语言，听人说"岂有此理"，心甚爱之，时时温习。偶因过河忙乱，忽然忘记，绕船寻觅。船家问他失落何物，曰："是句话。"船家说道："话也有失落的，岂有此理！"其人说："你拾著，何不早说。"

赵南星评：凡事用心专一，纵然有失，自有撞遇处，观此人可知矣。"岂有此理"，却有许多变化，有说"岂有此说"者，有说"焉有此理"者，有说"岂有是理"者，又有只用"岂有"二字者，说与此人，即不敢复上船矣。

**【译文】**

某人学习语言，听人说"岂有此理"，心里十分喜爱，不断温习。有一次因为过河的时候太过慌张忙乱，忽然把这句话给忘了，围绕着船寻找。船家问他丢了什么东西，答道："是句话。"船家非常奇怪，说："话也有失落的，岂有此理！"这人说："你捡到了，为什么不早说。"

赵南星评：任何事情，只要用心专一，纵然有忘佚，也自然有撞着的时候，看看这个人就知道了。"岂有此理"，却有许多变化，有说"岂有此说"的，有说"焉有此理"的，有说"岂有是理"的，又有只用"岂有"两个字的，若是告诉这人，只怕就不敢再上船了。

## 思想之自由

窭人子[①]穷到极处，终日想发财。每每自己心里打算，中了发财票，便当以若干金置产业，以若干金置衣服，以若干金为家中置金珠，以若干金供挥霍。夜里想及此事，即终夜不睡，几乎把他想痴了。有人问他："你终日想些什么？"窭人子以实告。人笑曰："发财有命，如何想得来，我劝你休了这条念头罢！"窭人子怒曰："这是我思想之自由，你如何好干预我。"

**【注释】**

①窭人子：穷汉子。

**【译文】**

有个穷汉穷极无聊，整天想发财。经常自己心里盘算，中了发财的彩票，便要用多少钱置买产业，用多少钱购置衣服，用多少钱为家人购买金银珠宝，用多少钱来挥霍。夜里想起此事，就整宿不睡觉，几乎把他给想痴了。有人问他："你整天想些什么？"穷汉如实相告。这人笑话他："发财有命，哪里是想得来的，我劝你还是休了这个念头吧！"穷汉发怒道："这是我思想的自由，你怎么好干预我。"

# 无　术

夫人饭肠酒腑，不用古今浸灌，则草木而已。温岐悔读《南华》第二篇[①]，而梅询[②]见老卒卧日中，羡之，闻其不识字，曰："更快活。"此皆有激言之，非通论也。世不结绳[③]，人不面墙，谁能作聋瞽相向？但不当如祢正平[④]开口寻相骂耳。

——摘自冯梦龙《古今谭概》

**【注释】**

①温岐悔读《南华》第二篇：温岐即温庭筠，晚唐著名诗人、词人。原名岐，字飞卿，太原人。他恃才傲物，不修边幅。《南华》第二篇即《庄子·齐物论》。一次，相国令狐绹向温庭筠请教一个典故出处，温不仅告诉他典故出于《南华经》第二篇，并对他说：《庄子》并不是稀见之书，相公在公务之余，也应该抽时间读读书才好。令狐绹以为受到奚落，很恼火。他上奏皇帝，说温庭筠有才无德，不宜登第。后来温庭筠写诗谈及此事，有"因知此恨人积多，悔读《南华》第二篇"之句。

②梅询：北宋人，字昌言，历官三司户部判官、侍读学士、许州知州。据《梦溪笔谈》："梅询为翰林学士，一日书诏颇多，属思甚苦，操觚循阶而行。忽见一老卒，卧于日下，欠伸甚适。梅忽叹曰：'畅哉！'徐问之曰：'汝识字乎？'曰：'不识字。'梅曰：'更快活也。'"

③结绳：上古时没有文字，人们用绳子打结来记事。

④祢正平：即东汉末年名士祢衡，字正平。有才辩，但恃才傲物，动辄开口辱骂讥讽，终因此被杀。

**【译文】**

一个人的五脏六腑如果只是盛酒装饭，不用古今知识去浇灌，那就不过是草木而已。至于温庭筠后悔自己读了《南华经》第二篇，梅询见到一个老兵躺着晒太阳，而心生羡慕之情，得知老兵不识字时，感叹说：“更快活。”则是为事所激而一时说出的感慨之词，不是具有普遍性的结论。世间已非结绳记事的时代，人与人也不是如面对墙壁而坐，谁能够像聋子、瞎子一样地默然相处呢？只是不应该像祢正平那样开口就辱骂别人。

## 照样举笏

宋祖[1]召问武臣军数。其识字者，预写笏[2]上，临问，高举笏，当面见字，随问即对。有一不识字者，不知他人笏上有字，照样举笏，近前大声曰："启覆陛下，军数都在这里！"

**【注释】**

①宋祖：即宋太祖赵匡胤，河北涿州人，为北宋王朝创立者。

②笏：古代朝会时大臣所执的手板，用以记事。

**【译文】**

宋太祖召集武臣征询行军用兵方略。那些有文化的武臣都预先把有关内容写在手中的笏上，皇帝发问时，就高高地举起自己的笏，正对着自己，看着上面的字，随问随答。有一位不识字的武臣，不知道别人笏上写有字，皇帝问时，他照别人的样子也把自己的笏高高举起，走近皇帝面前大声说道："启复陛下，军事方略都在这里！"

## 金熙宗赦草

金熙宗亶[1]皇统十一年[2]夏，龙见宫中，雷雨大至，破柱而去。亶惧，欲肆赦以禳之。召掌制学士张钧视草，中有"顾兹寡昧"及"渺予小子"[3]之言。文成奏御，译者不解谦冲之义，乃曰："汉儿强知识，托文字以詈上耳。"亶惊问故，译释之曰："寡者，孤独无亲；昧者，不晓人事。渺为瞎眼。小子为小孩儿。"亶大怒，遂诛钧。

冯梦龙评：此等皇帝，真是"不晓事瞎眼小孩儿"也！

【注释】

①金熙宗亶：即完颜亶，金朝第三位皇帝。

②皇统十一年：金熙宗在位共十四年，其中用皇统年号有九年，此处十一年有误。

③“顾兹寡昧”、“渺予小子”：两句皆为古代典诰中帝王常用以自谦的套语。“顾”为看顾的意思，“寡昧”则是寡闻无知。“渺予小子”意为在上天面前，自己是个微不足道的人。

【译文】

金熙宗皇统十一年夏天，龙在皇宫中出现，雷雨大作，把宫中柱子击破后离去。这可把完颜亶吓坏了，想通过大赦天下来消除灾祸。于是，召来负责为皇帝起草文件的学士张钧，要他起草大赦的诏书，张钧在文中用了“顾兹寡昧”、“渺予小子”之类典诰中常见的帝王用来自谦的套语。起草完成后，上呈给完颜亶听，翻译不懂得这是表示自谦的意思，就对完颜亶说：“汉人显示知识，假托文字骂皇上！”完颜亶吃惊地问是怎么回事，翻译就解释说：“‘寡’，意思是孤独无亲，‘昧’则是不晓人事；‘渺’就是瞎眼，‘小子’则是小孩儿。”完颜亶一听大怒，就把张钧杀掉了。

**冯梦龙评：这样的皇帝，真是“地道的不晓事理的瞎眼小孩儿”。**

## 谢朓诗

贞观[①]中，尚药[②]奏求杜若[③]，敕下度支[④]。有省郎[⑤]以谢朓[⑥]诗云：“芳洲生杜若”，乃委坊州[⑦]贡之。本州曹官判云：“坊州不出杜若，应由读谢朓诗误。华省名郎，作此判事，岂不畏二十八宿[⑧]笑人？”

【注释】

①贞观：唐太宗李世民年号，公元627—649。

②尚药：专门负责皇帝所用药物的官员。

③杜若：又名竹叶莲，可供药用。汉中一带有产。原注“楚蘅

也，生南郡汉中。”

④度支：官署名。唐代户部下有度支司，掌管天下租税、物产。度入而支出。

⑤省郎：指度支司郎中。郎中为各司长官，司又属省，故称省郎。

⑥谢朓：南齐著名诗人，字玄晖。

⑦坊州：州名，唐武德二年置，辖境在今陕西黄陵、宜君两县。

⑧二十八宿：古代把天上星象主要分为“三垣”和“二十八宿”。三垣为太微、紫微、天市，二十八宿由青龙、白虎、玄武、朱雀四组星座组成，每星座有七星。并以天象比人世，尚书省属紫微垣，处天上正中。

**【译文】**

唐代贞观年间，负责皇帝服用药物的官员奏请寻求中药杜若，皇帝指示由户部度支司负责办理。一位度支司长官据谢朓诗中有“芳洲生杜若”一句，把芳洲当坊州，以为坊州产杜若，就把上贡杜若的任务交给了坊州。坊州有关官员在文上批示说：“坊州不产杜若，这是因为读谢朓诗发生误解所致。作为尚书省的郎官，这样处理事情，难道不怕天上二十八星宿笑话吗？”

## 杜荀鹤诗

经生[①]多有不省文章[②]。尝一邑有两人同官，其一或举杜荀鹤[③]诗，称赞“也应无计避征徭”[④]之句。其一难之曰：“此诗误矣！野鹰[⑤]何尝有征徭乎？”举诗者解曰：“古人有言，岂有失也？必是当年科取翎毛耳。”

冯梦龙评：炀帝选仪卫，征取鸟羽。有鹤巢于树颠，民往窥之。鹤恐伤其卵，自拔氅毛投地。群臣奏以为瑞。据此，则杜诗便作“野鹰”亦不错。

【注释】

①经生：指以研究儒学经典为业的书生。

②文章：特指文学作品，即诗词赋之类。

③杜荀鹤：唐末诗人，字彦之，号九华山人。

④此句出自杜荀鹤《山中寡妇》诗，为该诗最末一句，上句为“应是深山更深处”，意为即使跑到深山老林最深处，也没有办法躲过官府的征敛和徭役。

⑤野鹰：即“也应”二字之误。

【译文】

以研读儒家经典为主的书生大多不精通文学作品。曾有两个人同在一个地方做官，有一次，其中一人举出杜荀鹤的诗，称赞“也应无计避征徭”一句写得好。另一人反对说：“这句诗写错了！‘野鹰’何时有过征徭呢？”称赞的那位解释说：“古人说过的话，难道还有不对的？必定是当年官府科征过翎毛。”

冯梦龙评：隋炀帝选拔仪卫，曾向天下征取鸟的羽毛，有一只鹤在树顶筑巢，百姓前去窥探。鹤恐怕人们伤害自己的卵，于是自己将尾上的羽毛拔下来丢到地上。群臣上奏章，认为是祥瑞。据此，那么杜诗里的“也应”便是写作“野鹰”也不为错。

## 刘述引古

刘述字彦思，性庸劣。从子偡疾甚，述往候焉。其父母相对涕泣，述立命酒肉，令偡进之。皆莫知其意，或问之，答曰：“岂不闻《礼》[①]云：‘有疾，饮酒食肉可也。’”又尝有丧，值其子亦居忧[②]。客问其子安否？答曰：“所谓‘父子聚麀[③]’，何劳齿及？”

【注释】

①《礼》：即《礼记》，儒家经典之一，秦汉以前各种礼仪论著的选

集，相传为西汉戴圣编纂。

②居忧：忧，古代指遭父母之丧为忧。居忧即为父母服丧。

③父子聚麀：麀，牝鹿。禽兽不知父子夫妇之伦，故有父子共一牝之行为。后来喻指两代间的乱伦行为。

**【译文】**

刘述，字彦思，本是一个平庸拙劣之人。一次，他的侄子刘俣得了重病，刘述前去看望。刘俣的父母为儿子的病担忧得相对哭泣，可刘述却要人拿来酒肉，命令刘俣吃下去。大家都不知什么意思，有人就问他，刘述回答说："难道你们不知道《礼记》上说过'有疾(病)，饮酒食肉可也'。"又有一次，他遇到有丧事，正赶上他儿子为其母居丧，有客人问他："你的儿子还好吧?"他回答说："所谓'父子聚麀'，不值得劳您问候他。"

## 讲《论语》

魏博节度使[①]韩简，性粗质，每对文士，不晓其说，心常耻之。乃召一士人讲《论语》，至"为政"篇。明日喜谓同官曰："近方知古人禀质瘦弱，年至三十，方能行立[②]。"

冯梦龙评：如此解，则"四十无闻"，便是耳聋；"五十知命"，便是能算命矣。

**【注释】**

①魏博节度使：官名。唐广德元年(763)设置河北三镇，魏博为其一。治所在魏州(今河北大名东北)，基本辖区有魏、博、卫、贝、澶、相六州(当今河北、山东、河南交界各一部分)。节度使统管辖区各州军、民、财政。

②这是韩简对孔子"三十而立"的曲解。

**【译文】**

魏博节度使韩简，生性粗率笃实，每次与文人交谈，总不明白人家说些什么，心中常引以为耻。于是他请来一位读书人给他讲解

《论语》，讲到第二篇“为政”的内容。第二天，韩简高兴地对同僚们说：“近来我才知道古人生来体质瘦弱，到三十岁才能站立行走。”

冯梦龙评：如果照此解释，则“四十无闻”便是耳朵聋；“五十知命”便是懂得算命了。



## 说韩信

党进[①]镇许昌。有说话客请见，问：“说何事？”曰：“说韩信。[②]”即杖去。左右问之，党曰：“对我说韩信，对韩信亦说我矣！”

**【注释】**

①党进：北宋初马邑人。开宝年间(968—976)从征太原有功，官至忠武军节度使。性格粗率，不识文字。

②韩信：秦汉之际名将。楚汉之争中助刘邦灭项羽，封齐王。

**【译文】**

党进镇守许昌时，有位说书的人求见。党进问：“说什么事？”回答说：“说韩信。”党进听了，马上命令手下把说书的人打了出去。身边的人问他为什么这样做，党进说：“他对我说韩信，对韩信又要说我了。”

## 生　兵

逆亮[①]南侵，命叶义问[②]视师江上。叶素不习军旅，会刘锜[③]捷书至，读之，至“金贼又添生兵[④]”，顾问吏曰：“生兵是何物？”

冯梦龙评：挽世牧民者，知百姓是何物？衡文者，知文章是何物？掌铨者，又知人才是何物？天下之不为叶义问者鲜矣！

**【注释】**

①逆亮：即金朝皇帝完颜亮，字元功，杀金熙宗自立为帝，年号正隆。正隆六年（1161），大举进攻南宋。在南京采石矶为宋军击败，兵至瓜州，为部将杀死。追废为海陵庶人。

②叶义问：字审言，严州寿昌人，建炎初登进士。正直敢言，不畏权贵。后以抗击完颜亮南侵处置失措谪饶州。

③刘锜：南宋名将，字信叔，屡败金军。为秦桧、张俊所排挤，罢兵知荆南府。绍兴三十一年（1161），金主完颜亮南侵时，任江淮浙西制置使守淮东，因为老病不能工作，郁郁而终。

④生兵：生力军。宋时习语。

**【译文】**

金主完颜亮率军进攻南宋，宋高宗命令叶义问去长江督率各军抗敌。叶义问历来不懂军旅之事，凑巧刘锜派人送紧急文书来到，叶义问读文书至“金贼又添生兵”，回头问身边的官吏说：“生兵是什么东西？”

冯梦龙评：治理国家、管理民众的人，知道百姓是什么吗？主持考试、评定文章的人，知道文章是什么吗？掌管官员选拔的人，又知道人才是什么吗？普天之下，不像叶义问的人可太少了！

## 琵琶果

莫廷韩过袁太冲家，见桌上有帖写“琵琶四斤”[①]，相与大笑。适屠赤水至，而笑容未了，即问其故。屠亦笑曰：“枇杷不是此琵琶。”袁曰：“只为当年识字差。”莫曰：“若使琵琶能结果，满城箫管尽开花。”屠赏极，遂广为延誉。

**【注释】**

①琵琶四斤：这里琵琶为枇杷之误，前者为乐器，后者为水果。

**【译文】**

莫廷韩来到袁太冲家，看见桌上的一个帖子上写着“琵琶四斤”，两人不禁大笑起来。正在这时屠赤水来到，二人犹自笑容未了。问明情况后，屠赤水笑着说道：“枇杷不是此琵琶。”袁太冲接着说：“只为当年识字差。”莫廷韩又接下来说道：“若使琵琶能结果，满城箫管尽开花。”屠赤水对这两句非常赞赏，于是，到处为他宣传推崇。

## 蹲鸱

张九龄[1]一日送芋萧灵，书称“蹲鸱”[2]。萧答云：“损芋拜嘉，唯蹲鸱未至。然寒家多怪，亦不愿见此恶鸟也。”九龄以书示客，满座大笑。

**【注释】**

①张九龄：唐玄宗时大臣，诗人。官至中书侍郎、同中书门下平章事、中书令。

②蹲鸱：芋头的别名。因芋头形似伏在地上的鸱鸟而得名。

**【译文】**

唐代宰相张九龄有一天送芋头给萧灵，附信中称芋头为“蹲鸱”。萧灵在接到芋头后在回信中说：“感谢您送来芋头，只是所说的蹲鸱没有到。然而，我家有很多避忌，也不愿意看到这种恶鸟。”张九龄把萧灵的信拿给来客看，逗得满座哄堂大笑。

## 昭执

程覃尹京[1]日，有治声，唯不甚知字。尝有民投牒，乞执状造桥。覃大书“昭执”二字。民见其误，遂白之：“合是‘照执’，今漏四点。”覃取笔于“执”字下添四点，为“昭热”。庠舍[2]诸生作传诮焉。

冯梦龙评：既有治声，即不识字可也。只一个“廉”字，做官的几人识得？乃知识字者原少。

**【注释】**

①尹京：即当京兆尹。京兆尹为京城地方长官。

②庠舍：官办学校。

**【译文】**

程覃当京兆尹的时候，勤政廉明，声誉很好，只是认识不了几个字。曾经有百姓呈递文书，请求行文建造一座桥。程覃大笔一挥，批了“昭执”二字。百姓见他写错了，就告诉他说：“应是‘照执’，您漏掉了四点。”程覃拿起笔在“执”字下添了四点，成了“昭热”。官学的生员曾写文讥讽这件事。

冯梦龙评：既然为政有好名声，就是不识字也可以。别的不说，就一个“廉”字，做官的人中有几个认得的，由此可知，识字的人原本不多。

## 史思明诗

史思明[①]以樱桃寄其子，作诗云：“樱桃一篮子，半青一半黄，一半与怀王，一半与周贽。”群臣请曰：“圣作诚高妙，但以‘一半与周贽’之句移在上，于韵更为稳叶。”思明怒曰：“我儿岂可使居周贽之下！”

冯梦龙评：思明长驱至永宁，为子朝义所杀。思明曰：“尔杀我太早。禄山[②]尚得至东都[③]，而尔何亟也？”朝义，即伪封怀王者。

**【注释】**

①史思明：原名史窣于，突厥人。与安禄山为友，博得唐玄宗喜爱，官平卢兵马使，赐名思明。后与安禄山一起叛乱，曾自立为大燕皇帝，年号顺天。上元二年(761)被其子史朝义部将杀死。

②禄山：即安禄山。混血胡人，行伍出身。历官平卢兵马使，营州都督，平卢、范阳、河东节度使，被杨贵妃收为养子。天宝十四载

(755)发动叛乱，两年后被其子所杀。

③东都：即洛阳，与京城长安相对。

【译文】

史思明给他儿子寄樱桃，并作诗一首："樱桃一篮子，半青一半黄，一半与怀王，一半与周贽。"手下群臣请求说："您写的实在是高妙，但如果把'一半与周贽'一句移作上句，就更加合韵。"史思明一听就发怒了，说："我的儿子怎么能处于周贽之下呢！"

冯梦龙评：史思明率兵攻至永宁，为他的儿子史朝义杀死。史思明说："你杀我太早了，安禄山还到达了东都，你为什么这么着急？"朝义，就是被伪政权封为怀王的那位。

## 邑丞通文

某邑一丞①，素不知文，而强效颦作文语。其大令②病起，自怜消瘦，丞曰："堂翁深情厚貌③，如何得瘦？"又侍大令饮，而大令将赴别席，辞去。丞曰："乞其余不足，又顾而之他④。"县令修后堂，颇华整。丞趋而进曰："山节藻棁，何如其智也⑤！"一日，县治捕强盗数人，令严刑讯鞫，盗哀号殊苦。丞从傍抚掌笑曰："恶人自有恶人磨！"

《笑林》评：不识一丁人，转喉触讳如此。令大能容耐。正是"识性可与同居"。

【注释】

①丞：即县丞，县令的副手。

②大令：即县令，为尊称。

③深情厚貌：也可作"厚貌深情"。出《庄子·列御寇》："孔子曰：'人心险于山川，难于知天。天犹有春夏秋冬旦暮之期。人者厚貌深情。'"意为人心深藏难测。

④出《孟子·离娄下》。原意为：齐人把剩余的祭品讨去了还不

满足，又窥探着向别处讨。

⑤山节藻棁，何如其智也：修屋雕梁画栋，何如拥有智慧？此语出自《论语·公冶长》："子曰：'臧文仲居蔡，山节藻棁，何如其知也？'"

**【译文】**

某县县丞从来不懂文，却硬要东施效颦地仿效他人说一些文绉绉的话。该县县令大病初起，自己感觉瘦得可怜，可县丞却说："堂翁深情厚貌，如何得瘦？"又有一次，他陪县令饮酒。当县令将前往别的酒席，向他告辞时，县丞说道："乞其余不足，又顾而之他。"县令修缮后堂，修得整齐华丽。县丞上前对县令说："山节藻棁，何如其智也！"一天，县城里抓到几个强盗，县令严刑审讯。强盗受刑时哀嚎惨叫，特别痛苦。这位县丞在旁边拍手笑道："恶人自有恶人磨！"

《笑林》评：一个目不识丁的人，说话竟是这般触人忌讳。那位县令也真是能够忍耐。这正是"识性可与同居"。

## 《公羊传》

有甲欲谒见邑宰[①]，问左右曰："令何所好？"或语曰："好《公羊传》[②]。"后入见，令问："君读何书？"答曰："唯业《公羊传》。"试问："谁杀陈佗[③]者？"甲良久对曰："平生实不杀陈佗。"令察谬误，因复戏之曰："君不杀陈佗，请是谁杀？"于是大怖，徒跣走出。人问其故，乃大语曰："见明府[④]，便以死事见访，后直不敢复来，遇赦当出耳。"

冯梦龙评：近有村翁，自炫儿聪明，习《春秋经》[⑤]者。或问云："读过《左传》[⑥]否？"答曰："《左传》未知，但闻其已读'右传'矣。"盖《大学》[⑦]有"右传之几章"句，儿鲁甚，朝夕温诵，翁所习闻也。

**【注释】**

①邑宰:即县令、知县。

②《公羊传》:又称《春秋公羊传》或《公羊春秋》,儒家经典之一,内容是阐释《春秋》。相传为战国时公羊高撰著。

③陈佗:陈文公之子。鲁桓公五年(公元前707)杀太子妫免而代之,次年为蔡人所杀。

④明府:对县令的尊称。

⑤《春秋经》:即《春秋》,编年体史书,相传由孔子据鲁国史官所编《春秋》整理而成。记事起于公元前722年,终于公元前431年。

⑥《左传》:又称《春秋左氏传》或《左氏春秋》。儒家经典之一,据说为春秋时左丘明所撰,用史实解释《春秋》。

⑦《大学》:儒家经典之一,与《论语》、《孟子》、《中庸》合称"四书"。

**【译文】**

有某甲想去拜谒结交县令,就问身边的人:"这位县令有什么喜好?"有人告诉他说:"县令喜好《公羊传》。"后来他去见县令,县令问:"您喜欢读什么书?"这人回答说:"只研习《公羊传》。"县令又问:"是谁杀了陈佗?"他呆了半天回答说:"我平生确实没杀过陈佗。"县令听了,知道他根本不懂《公羊传》,因此又和他开玩笑说:"你不杀陈佗,那你说是谁杀的?"这下可把他吓坏了,赤着脚就跑了出去。有人问他为什么这样惊慌,他大声说道:"见了县令,他就拿杀人的事向我追问,以后真不敢再来了。遇到大赦我再出来。"

冯梦龙评:近来有位村中老翁,炫耀自己的儿子聪明,是研习《春秋经》的。有人就问他:"你儿子读过《左传》吗?"老翁回答说:"《左传》是否读过不知道,只听到他已读过'右传'了。"原来是学儿童启蒙的《大学》中有"右传之几章"字句,他儿子笨拙得很而学不好,早晚温习诵读,老翁经常听到。

# 川　字

一蒙师止识一"川"字,见弟子呈书,欲寻"川"字教之,连揭数页，无有也。忽见“三”字，乃指而骂曰：“我到处寻你不见，你倒卧在这里！”

**【译文】**

某蒙师只认得一个“川”字，看见弟子呈上书请教，想找一个“川”字教他，连翻了好几页都没有。忽然看见“三”字，于是指着“三”字骂道：“我到处找你都不见，你倒在这里睡觉！”

## 书是印成的

一子喜游荡，不肯读书，其父怒，闭一室，传送饮食，教令眼睛仔细看书，心思要仔细想书，如此用功，自然明白。过了三日，父到房内，看其功课，子对曰：“蒙父亲教训得极妙，读书果然大有利益，我才看了三日书，心中就明白了。”父喜问曰：“明白了何事？”子亦喜曰：“我一向只认这读的书，是用笔写成的，仔细看了三日，才晓得一张一张的书，都是印版印成的。”

石成金评：今人读书，全不将圣贤言语，体贴身心，却专在字句上用功，虽读万卷，有何益处？原与此认印书之人一般无二。

**【译文】**

有一个人喜好游荡，不肯读书，他的父亲发怒了，将他关在一间房里，每天派人送吃送喝，叫他眼睛要仔细地看书，心思要仔细想书，像这样用功，自然就明白了。过了三天，父亲到房里来检查他的功课，儿子回禀道：“蒙父亲教训得极对，读书果然大有好处，我才读了三日书，心中就明白了。”父亲闻言大喜，问他：“明白了什么事？”儿子也高兴地说：“我一向都认为这读的书，是用笔写成的，仔细看了三日，才晓得一张一张的书，原来都是印版印成的。”

石成金评：现在的人读书，完全不把圣贤的言语，全身心地去体会，融会贯通，却一味地在字句上下功夫，纵使读书万卷，又有何益处？这种人与这位认识印书的人原本没什么两样。



## 聂①字三耳

一书手②写字多误落，遇造册时，将陈字着阝于右，被官责二十。书手性愚，误凡阝俱当在左，后又将郑字着阝于左，又被官责二十。后有聂姓者托写首状，书手大呼曰："我因两耳，一连打了四十；若与你写状，岂不送了我性命。"

**【注释】**

①聂的繁体为三个耳。

②书手：担任抄写工作的书吏。

**【译文】**

一个书手写字老写错，遇到编造册子时，将陈字的阝写在右边，被长官责打二十。书手生性愚笨，误以为凡阝都应在左边，后来又将郑字的阝写在左边，又被长官责打二十。后来，有一个姓聂的托他写个首状，书手吓得大叫："我因为两个耳朵，一连被打了四十；要是与你写状，岂不要送了我的性命。"

## 大人虎变

平湖令孙扩图，名士也。有大府经其地，供张甚谨，行馆楹帖，皆自制亲书。大府大喜。饭毕入寝，忽赫然怒，召入，数之曰："吾何尝食汝肉，而必以虎目我。"公力辩其无。大府指门联曰："此非汝手书耶？"公始悟，引咎而出。盖所书为"君子龙光①，大人虎变②"云。

**【注释】**

①龙光：恩宠荣光。《后汉书·高彪传》："故不待介者而谒大君子之门，冀一见龙光，以叙腹心之愿。"

②大人虎变：出《易经·革卦》。大人，指天子；虎变，谓变革一新，焕然可观，好像虎变一样，毛纹彪炳。

**【译文】**

平湖县令孙扩图是当代名士。有上官从境内经过，孙供应接待十分周到，旅馆的对联都是自己动手制作书写。上官非常高兴。饭后就寝，上官忽然勃然大怒，将孙扩图召来，训斥道："我什么时候吃了你的肉了，一定要把我看成老虎？"孙扩图极力辩解，称并无此事。上官指着门联说："这难道不是你亲笔书写的吗？"孙扩图这才醒悟是怎么回事，连忙承认错误。原来门联上写的是："君子龙光，大人虎变。"

## 僧人伸脚

昔有一僧人，与一士子同宿夜航船。士子高谈阔论，僧畏慑，卷足而寝。僧听其语有破绽，乃曰："请问相公，澹台灭明[①]是一个人，是两个人？"士子曰："是两个人。"僧曰："这等，尧舜是一个人，是两个人？"士子曰："自然是一个人。"僧乃笑曰："这等说起来，且待小僧伸伸脚。"

**【注释】**

①澹台灭明：字子羽，春秋时鲁国人，为孔子的弟子之一。貌丑，但品行高洁。

**【译文】**

从前，有一个和尚与一个士子一同在夜行船上住宿。士子高谈阔论，口若悬河，和尚有些敬畏，蜷曲双足而睡在铺上。过了会儿，和尚听出士子说的话有破绽，于是说："请问相公，澹台灭明是一个人，还是两个人?”士子说:“是两个人。”和尚又说:“这么说来，尧舜是一个人，还是两个人?”士子答道:“自然是一个人啦。”和尚于是笑了笑，说:“照这样说起来，还是让小僧伸伸脚。”



## 字误

韩昶是吏部[①]子，虽教有义方[②]，而性颇暗劣。尝为集贤校理，史传有“金根车”[③]，昶以为误，悉改为“银”。

冯梦龙评：吏部公子，宜乎只晓得金银也。

**【注释】**

①吏部：古代职官名，负责官吏的选用。此指唐代大文学家韩愈。韩愈在唐穆宗时，曾任吏部侍郎。

②义方：指行事应该遵守的规矩法度。后因多指家教。

③金根车：《古纬书》谓器车、根车，皆祥瑞之车，秦汉时饰车以金，作为乘舆，谓之金根车。

**【译文】**

韩昶是吏部侍郎韩愈的儿子，虽然受过良好的教育，但生性颇为愚劣。曾任集贤校理，史书上有“金根车”这一名词，韩昶以为错误，将“根”统统改成“银”，作“金银车”。

冯梦龙评：吏部老爷的公子，应当只晓得金银。

# 苦　海

**昔郑光业兄弟，遇人献词，句有可嗤者，辄投一巨皮箧中，号曰“苦海”，宴会则取视，以资谐戏。夫为词而足以资人之谐戏，此词便是天地间一种少不得语，犹胜于尘腐蹈袭，如杨升庵[①]所谓“虽布帛菽粟，陈陈相因，不可衣食”也。**

——摘自冯梦龙《古今谭概》

**【注释】**

①杨升庵：即杨慎，字用修，号升庵，明代文学家。四川新都人。著作达一百余种。

**【译文】**

过去有郑光业兄弟俩，遇人献词，如果有能引人讥笑的句子，就存到一个大皮箱中，称这皮箱为“苦海”。到宴客聚会的时候，就从中取些词句，作为谈笑戏耍的材料。其实，作的文章足以提供给人们谈笑娱乐，这样的文章便是天地之间少不得的一种语言，也还胜过那些毫无用处的，生硬模仿、抄袭前人的作品。这就是杨升庵所谓：“虽然是布帛菽粟，但陈陈相因，时间久了，也会变得不能穿着、食用了。”

## 盘门诗伯

万历[①]初，苏州盘门外昆弟二人，忘其姓，一号兰溪，一号兰洲，争以恶诗唱和，高自矜许。或作诗嘲之曰："盘门城外两诗伯[②]，兰溪兰洲同一脉。胸中全无半卷书，纸上空污数行墨。浣花溪[③]头杜少陵[④]，浔阳江[⑤]口李太白[⑥]。二公阴灵犹未散，终日在天寻霹雳。有朝头上啯声能[⑦]，打杀两个直娘贼。"

**【注释】**

①万历：明神宗朱翊钧年号，公元1573—1620。

②诗伯：诗坛领袖。

③浣花溪：河名，在四川成都市西郊，锦江的支流。杜甫曾在溪旁居住，故居即浣花草堂。

④杜少陵：即唐代大诗人杜甫，被尊为"诗圣"。

⑤浔阳江：古代江名，约指长江流经江西、安徽交界的一段。李白曾漫游于此间。

⑥李太白：即唐代大诗人李白，字太白，人称"诗仙"。

⑦啯声能：原注"吴语，犹云响一声。"

**【译文】**

明代万历初年，苏州盘门外住有兄弟二人，他们姓什么记不得了，只记得一位号兰溪，一位号兰洲。二人写的诗水平极低，却争先恐后地与人唱和，自以为很了不起。有人写了首诗嘲笑他们兄弟俩说："盘门城外两诗伯，兰溪兰洲同一脉。胸中全无半卷书，纸上空污数行墨。浣花溪头杜少陵，浔阳江口李太白。二公阴灵犹未散，终日在天寻霹雳。有朝头上啯声能，打杀两个直娘贼。"

## 自诧才华

北齐[①]并州[②]有士族[③]，好为可笑诗赋，轻蔑邢[④]、魏[⑤]诸公。众共嘲弄，虚相称赞，必击牛漉酒延之。妻知其妄，屡用泣谏。其人叹曰："才华不为妻子所容，何况行路？"

**【注释】**

①北齐：朝代名，北朝之一。550年高洋代东魏称帝，国号齐，都邺城，史称北齐。577年为北周所灭，共历六帝28年。

②并州：地名，今属山西。

③士族：亦称世族。由东汉的大姓豪族发展演变而成，在政治、经济各方面都享有特权，世代官居高位，是地主阶级中的特权阶层。

④邢：指邢劭，字子才，河间（今河北任丘北）人。北朝魏齐无神论者、文学家。官北齐中书监、摄国子祭酒。博学能文，与魏收并称"邢魏"。

⑤魏：指魏收，字伯起，北齐史学家。钜鹿下曲阳（今河北晋州市西）人。北魏时任散骑常侍，编修国史，北齐时任中书令兼著作郎，累官至尚书右仆射。

**【译文】**

北齐并州有位世族之人，好作可笑的诗赋，看不起邢子才、魏收等名家。人们都嘲弄他。谁要是表面上恭维他，他就宰牛备酒招待。他妻子知道他愚妄，屡屡哭着劝说他。他还发感慨说："连妻子都不承认我的才华，何况其他人呢！"

## 阳俊之

阳俊之多作五言歌，词荡而拙，世俗流传，名为"阳五伴侣"，写卖不绝。俊之遇于市，言其字误，取而改之。卖者曰："阳五，古之贤人。君何所知，轻敢议论！"俊之大喜，自言："有集十卷，虽家兄亦不知吾是才士。"

**【译文】**

阳俊之有很多五言歌诗，词语放荡拙劣，在世俗社会广为流传，名为阳五伴侣，不断有人抄写出售。他曾在市集上看到出售的抄本中有错字，要拿来改正，卖主却说："阳五是古代的贤才，你知道什么，敢轻易议论他的作品！"阳俊之听了大喜，自言自语说："我已有作品集十卷，连我哥哥都不知道我是有才之士。"



## 卢延让

卢延让[①]业诗，二十五举方登第。卷中有"狐冲官道过，狗触店门开"之句，张濬[②]每称赏之。又有"贼猫临鼠穴，馋犬舐鱼砧[③]"，为成汭[④]所赏。"栗爆烧毡破，猫跳触鼎翻"，为王建[⑤]所赏。卢谓人曰："平生谒尽公卿，不意得力于狐狗猫鼠！"

**【注释】**

①卢延让：字子善，唐光化(898—901)进士。后归附前蜀王建，历官水部员外郎、给事中、刑部侍郎。

②张濬：唐末河间(今属河北、天津)人。字禹川。性格洒脱，不拘小节。历官太常博士、谏议大夫、都统判官、尚书右仆射。

③砧：即切菜、肉的砧板。

④成汭：唐青州(今山东潍坊、益都一带)人。曾参加唐末大起义。后袭取归州，自称刺史，被唐昭宗封为荆南留后。

⑤王建：五代时期前蜀政权建立者，字光图。907—918年在位。唐末参加镇压农民起义，官壁州刺史。后攻占四川全境，被唐王朝封为蜀王。907年，在成都自立为帝，国号蜀，史称前蜀。

**【译文】**

卢延让专注于诗词创作，考了二十五次才考中进士。在他的诗卷中，有"狐冲官道过，狗触店门开"的句子，得到尚书右仆射张口的赞赏，一再称道。另外"贼猫临鼠穴，馋犬舐鱼砧"、"栗爆烧毡破，猫跳触鼎翻"等诗句，先后受到荆南留后成汭、前蜀皇帝王建的赏识。

卢延让对人们说："我一生中拜访过许许多多公卿，没想到竟得力于这些狐、狗、猫、鼠！"

## 二十八圈

宣城老儒丘华林者，工书法，尝赋梅花诗百首以示梅禹金，梅但为点句读而已。一日闽人林初文（章）孝廉以一绝句示梅，云："不待东风不待潮，渡江十里九停桡。不知今夜秦淮水，送到扬州第几桥。"梅击节逐字为加圈赞。五见之愠曰："林诗二十八字，正得二十八圈。吾诗百篇，最少岂不直得二十八圈乎？"人传以为笑。

**【译文】**

宣城的老儒生丘华林，写得一笔好字，曾作咏梅诗一百首，请梅禹金过目，梅禹金不过点点句读而已。有一天福建人林初文（名章，字初文）孝廉写了一首绝句给梅禹金看，诗是这么写的："不待东风不待潮，渡江十里九停桡。不知今夜秦淮水，送到扬州第几桥。"梅禹金击节称赞，逐字加圈夸许。丘华林见后十分恼怒，说："林章的诗二十八个字，刚好得二十八个圈。我一百篇诗，最少难道不能得二十八个圈吗？"被人们传作笑话。

## 宋宗子

哲宗[①]朝，有宗子[②]好为诗，而鄙俚可笑。尝作《即事》诗云："日暖看三织，风高斗两厢。蛙翻白出阔，蚓死紫之长。泼听琵琶风，馒抛接建章。归来屋里坐，打杀又何妨？"人问其诗意，答曰："始见三蜘蛛织网于檐前，又见二雀斗于两厢廊。有死蛙翻腹，似'出'字，死蚓如'之'字。方吃泼饭，闻邻家作《凤栖梧》[3]。食馒头未毕，阍人[4]报建安[5]章秀才上谒。接章既归，见内门上画钟馗击小鬼，故云‘打死又何妨’。”哲宗方欲灼艾[6]，有小内侍[7]诵此诗，笑极，遂罢灸。

冯梦龙评：相传《登厕》诗有“板侧尿流急，坑深粪落迟”，句法似此。

**【注释】**

①哲宗：即北宋哲宗赵煦，1085到1100年在位。

②宗子：皇室子弟。

③凤栖梧：词牌名，即《蝶恋花》。

④阍人：守门人。

⑤建安：地名，属今福建省。

⑥灼艾：即艾灸治疗法。用陈艾叶做成条状，在选定的穴位表面熏灼。

⑦内侍：即宦官，又称太监。

**【译文】**

宋哲宗朝，有位宗室子弟喜欢作诗，但其作品很粗俗可笑。他曾经作《即事》诗写道：“日暖看三织，风高斗两厢。蛙翻白出阔，蚓死紫之长。泼听琵琶凤，馒抛接建章。归来屋里坐，打杀又何妨？”有人问这首诗的意思是什么，他回答说：“开始我看到三只蜘蛛在屋檐前织网，接着又看到两只麻雀在两厢廊下争斗。有死青蛙肚子朝上，就像个‘出’字，地面上的死蚯蚓就像个紫色的‘之’字。刚要吃泼饭时，听到邻居家演奏《凤栖梧》，馒头还没吃完，守门人通报：建安章秀才来晋见。接待章秀才回来，看见了门上画着钟馗击小鬼的图像，所以说‘打杀又何妨’。”一次，宋哲宗正要进行艾灸治疗，有个小宦官给他朗诵了这首诗，他听了笑得连艾灸都做不成了。

冯梦龙评：相传有一首《登厕》诗，其中有“板侧尿流急，坑深粪落迟”之句，句法和上面那首诗很相似。

## 登溷诗

程师孟知洪州，作静堂，自爱之，无日不到，为诗题于石，曰："每日更忙须一到，夜深长是点灯来。"李元规见而笑曰："此是登溷诗。"

冯梦龙评：柳耆卿[①]词有"今宵酒醒何处，杨柳岸，晓风残月[②]。"或戏之曰："'杨柳岸、晓风残月'，此乃艄公登溷处耳。"

**【注释】**

①柳耆卿：北宋词人柳永，字耆卿。人称柳七。景祐进士，官屯田员外郎。其词在北宋及后世拥有盛名。

②此为柳永词《雨霖铃·寒蝉凄切》下片中的词句。

**【译文】**

程师孟任洪州知州时，修建了一所静堂，自己非常喜爱，没有哪一天不前来，题了一首诗刻在石上，上有"每日更忙须一到，夜深长是点灯来。"李元规看到此诗后，笑话他说："你这是咏上厕所的诗。"

冯梦龙评：柳耆卿的词中有"今宵酒醒何处，杨柳岸，晓风残月。"有人戏弄说："'杨柳岸、晓风残月'，这不过是艄公上厕所罢了。"

## 李廷彦

李廷彦献百韵诗于上官，中云："舍弟江南没，家兄塞北亡。"上官恻然，曰："君家凶祸，一至于此！"廷彦曰："实无此事，图对偶亲切耳。"一客谑云："何不言'爱妾眠僧舍，娇妻宿道房'？犹得保全兄弟。"

【译文】

李廷彦作百韵诗献给上司，其中有这样两句："舍弟江南没，家兄塞北亡。"上司看了，对他的不幸非常同情，对他说："你家遭受的凶祸，竟然到了这种地步！"李廷彦却说："其实没有这回事，只是图诗句对偶工整、贴切罢了。"一位客人开玩笑说："为什么不说成'爱妾眠僧舍，娇妻宿道房'呢？像这样还能保全两位兄弟的性命。"

## 孟浩然　王安石

孟浩然[①]诗："春眠不觉晓，处处闻啼鸟。夜来风雨声，花落知多少？"人谓"孟盲子"。荆公[②]宅乃谢安[③]所居地，有谢公墩，公赋诗曰："我名公字偶相同，我宅公墩在眼中。公去我来墩属我，不应墩姓尚随公。"人谓与死人争地界。

冯梦龙评：怜才莫如明皇[④]，而孟老不识，竟以"不才明主弃"之语自绝[⑤]，真盲子矣！荆公在朝日与人争新法，既罢，争墩，亦其性也。

【注释】

①孟浩然：唐代诗人，字浩然，湖北襄阳人。应进士不第，后为荆州从事卒。诗与王维齐名。

②荆公：指北宋名臣王安石，字介甫，号半山。江西临川人。庆历进士。熙宁二年(1069)，为参知政事，次年拜相，实行变法。熙宁七年(1074)罢相。次年再次拜相，才一年又罢去，退居江宁(今江苏南京)，封荆国公，世称王荆公。

③谢安：东晋名臣，字安石，出身士族。孝武帝时位至宰相。

④明皇：即唐明皇李隆基。

⑤据《新唐书・文艺传下》："(王)维私邀入内署，俄而玄宗至，浩然匿床下。维以实对，……诏浩然出。帝问其诗，浩然再拜，自诵所为。至'不才明主弃'之句，帝曰：'卿不求仕，而朕未尝弃卿，奈何

诬我?'因放还。""不才明主弃"出《岁暮归南山》诗。

**【译文】**

孟浩然的诗:"春眠不觉晓,处处闻啼鸟。夜来风雨声,花落知多少。"人们说孟浩然是"孟瞎子"。王荆公在江宁的宅第是东晋名臣谢安旧日府第的所在地。有一个墩名谢公墩,王荆公为此赋诗说:"我名公字偶相同,我宅公墩在眼中。公去我来墩属我,不应墩姓尚随公。"人们说这是与死人争地界。

冯梦龙评:世间君王没有比唐明皇更爱惜人才的了,而孟老先生却不知,竟然用"不才明主弃"自己断绝了自己的进身之路,真是个"瞎子"。王荆公在朝中的时候跟别人争论新法,罢了相,又与谢安争墩,这也是性情所致。

## 嘲窃句

祥符、天禧[①]中,杨大年[②]、钱文禧[③]、晏元献[④]为诗,皆宗李义山[⑤],号"西昆体"[⑥]。后进效之,多窃取义山诗句。尝内宴,优人作戏,有为义山者,衣服破裂,告人曰:"吾为馆职[⑦]诸公挦撦,以至如此!"坐者皆笑。

冯梦龙评:剥取他人口珠,是盗儒也,如何止坐毁坏衣冠律?

**【注释】**

①祥符、天禧:皆为北宋真宗赵恒的年号,分别为1008到1016年,1017到1021年。

②杨大年:即杨亿,字大年。北宋文学家,曾任翰林学士兼史馆编修。

③钱文禧:即钱惟演。字希圣,谥号文禧,北宋诗人。浙江临安人,吴越王钱俶之子,曾官保大军节度使,加同中书门下平章事。

④晏元献:即晏殊,字同叔,谥号元献,北宋诗人。官至集贤殿学士、同平章事兼枢密使。

⑤李义山:即李商隐,字义山,晚唐诗人。作品多托古以斥时

政，且富于文采，构思精密，情致婉曲，具有独特风格。然而，有用典过多、意旨隐晦的缺点。



⑥西昆体：北宋初诗歌的一个流派，特点即从形式上模仿李商隐，追求辞藻，堆砌典故，上列诸人皆为代表。因其诗歌汇集为《西昆酬唱集》，故有“西昆体”之称。

⑦馆职：指崇文院的官员。宋代沿唐制，史馆、昭文馆、集贤院通名三馆，称崇文院。

**【译文】**

宋大中祥符、天禧年间，杨亿、钱惟演、晏殊等人作诗，都效法李商隐，号称“西昆体”。后来的诗人仿效他们，往往盗取李商隐的诗句。一次在宫中举办的宴会上，演员演戏，有位演员扮作李商隐，穿着被撕得破破烂烂的衣服，对众人说道：“我被三馆诸位官员撕扯、摘取，弄成了这个样子。”在座的人都笑了起来。

冯梦龙评：盗取别人的名句，是儒生中的盗贼，怎能只按毁坏衣服帽子的法律处置呢？

# 不 韵

**语韵则美于听，事韵则美于传。然韵亦有夙根，不然者，虽复吞灰百斛[①]，洗胃涤肠，求一语一事之几乎韵，不得矣。山谷[②]常嘲一村叟云："浊气扑不散，清风倒射回。"此犹写貌，未尽传神。极其伎俩，直欲令造化小儿[③]羞涩，何止风伯[④]避尘已也？**

——摘自冯梦龙《古今谭概》

**【注释】**

①吞灰百斛：吞灰，据《云仙杂志》载，唐代诗人张籍（字文昌）曾取杜甫诗文一帙焚之，扫取灰烬，用膏蜜调拌，频饮之曰："吾令肝肠从此改易。"斛，量器名，也是容量单位，十斗为一斛，南宋末年改五斗为一斛。

②山谷：黄庭坚，字鲁直，号山谷老人、涪翁。北宋诗人、书法家。曾以诗受知于苏轼，并与之齐名，世称"苏黄"。又与秦观、张耒、晁补之同称"苏门四学士"。

③造化小儿：对创造天地万物的"造物主"的戏称。

④风伯：风神。字飞廉，能兴疾风。见屈原《离骚》："前望舒使先驱兮，后飞廉使奔属。"

**【译文】**

言语风雅就会使人觉得动听，行事风雅就能让人乐于传颂。但是，风雅也有先天的基础，不然的话，即使吞一百斛诗稿灰洗胃清肠，但要想说一句近乎风雅的话、做一件近乎风雅的事，也是办不到的。黄庭坚曾经嘲笑一位乡村老头说："浊气扑不散，清风倒射回。"这还是写他的外貌，不完全传神。如果让那些粗俗的浊物尽情表演，简直让造物主也要感到难为情，岂止让风神躲避而已？

# 不洗脚

阴子春[1]身服垢污，脚常数年不洗，云："洗辄失财败事。"妇甚恶之，曾劝令一洗。不久，值梁州[2]之败，谓洗脚所致，大恨妇，遂终身不洗。

冯梦龙评：阊门[3]市居，往来纷沓，泥水蹂践，积成块垒，俗呼"长墩"，去之败家，任其崎岖，终不敢动。子春"长墩"，乃在脚底！

【注释】

①阴子春：南北朝梁朝将领，累官梁、秦二州刺史，迁侍中。

②梁州：州名。故治在今陕西南郑县东。

③阊门：城门名，苏州城西门。此指苏州。

【译文】

南北朝时梁朝的将领阴子春身体和衣服都很肮脏，他的脚经常是几年都不洗，他说："洗脚就会失财败事。"他的老婆很厌恶他这一点，曾好说歹说让他洗了一次脚。没过多久，他在梁州遭到失败，便认定是洗脚造成的，为此对他的老婆非常痛恨，并下决心一生一世再也不洗脚了。

冯梦龙评：在苏州市区内居住，来往的车辆行人纷至沓来，泥水践踏，积成土堆，当地人俗称为"长墩"，认为铲平这种"长墩"就会败家，所以任凭道路坎坷不平，谁也不敢去动它。而阴子春的"长墩"却是在他的脚底！

# 方竹杖

润州甘露寺[1]有僧，道行孤高。李德裕[2]廉问日，以方竹杖一赠焉。方竹杖出大宛国[3]，坚实而正方，节须四面对出。及再镇浙右[4]，其僧尚在。问曰："竹兄无恙否？"僧曰：

"至今宝藏。"公请出观之，则老僧已规圆而漆之矣。公嗟惋弥日。故当时曾有诗云："削圆方竹杖，漆却断纹琴[⑤]。"

冯梦龙评：杖取扶衰，圆以便握。但不知此僧岂少一圆竹，而费此工作为也？大愚大愚！

**【注释】**

①润州：州名。故治在今江苏镇江。甘露寺：在今江苏镇江北固山上。相传三国吴甘露年间建，唐李德裕扩建。乾符年间寺毁，宋大中祥符年间始移建于北固山上。

②李德裕：唐大臣，字文饶。武宗时居相位，力主削弱藩镇，反对李宗闵、牛僧孺集团，是牛李党争中李派首领。后遭牛派打击，贬崖州司户死。李德裕曾任淮南节度使，润州为其所辖。

③大宛国：古代西域国名，在今乌兹别克斯坦共和国费尔干纳一带。

④浙右：即唐时方镇浙江西道。古人以西为右，故称。李德裕曾任浙西观察使。

⑤断纹琴：琴日夜为弦所激，其漆历久则现断纹。据说不历五百岁不断，愈久则断愈多。故古琴以断纹为证。漆却断纹琴与削圆方竹杖，皆谓庸俗不解事。

**【译文】**

唐代润州甘露寺中，有一位道行孤高的和尚。李德裕任淮南节度使巡视到这里时，将一根方竹杖赠给了这位和尚。这方竹杖原产于大宛国，质地坚实，切面呈正方形，节须由四面成对地生长。等到李德裕出任浙西观察使时，又来到甘露寺，当时那位和尚健在。李德裕问他："竹兄还好吧?"和尚回答说："至今当作宝物珍藏着。"李德裕请他把方竹杖拿出来看看。一看，原来老和尚已经将它修成圆柱形，并且漆上了漆。李德裕非常惋惜，哀叹了一整天。所以当时有首诗说："削圆方竹杖，漆却断纹琴。"

冯梦龙评：竹杖的用途是扶助年老体弱的人，圆是便于把握。让人不可理解的是：这位和尚就因为缺少一根圆竹子，非得花费这么大功夫把方竹削成圆竹吗？真是太愚蠢了！太愚蠢了！



# 国公诗

湖州[①]吴主事[②]家素饶，求李西涯[③]文寿其父。时公为学士，鄙其人，不许。吴问其友曰："今朝中爵位极尊者为谁？"曰："英国公太师左柱国[④]也。"吴即缄币求英公。英公令门馆作诗与之。吴得诗，夸于人云："英国当朝第一人，乃为我作诗，何必李学士也！"

冯梦龙评：若使吴公选汉文，定须检卫、霍[⑤]著作。倘选唐诗，又恐尉迟公[⑥]不善韵语，如何？

**【注释】**

①湖州：府名。治乌程（今浙江湖州市）。

②主事：六部属官，职位次于员外郎。

③李西涯：李东阳，字宾之，号西涯。明代诗人。天顺进士，官至吏部尚书、华盖殿大学士。

④英国公太师左柱国：指世袭英国公张辅的后代。张辅，明朝大臣，历事永乐至正统四朝，永乐间以功封英国公。太师，三公之一，多为大官加衔，表示恩宠而无实职。左柱国，武官的勋号。

⑤卫、霍：卫青、霍去病，汉武帝时名将，多次击败匈奴，拜将封侯，为当时权贵。

⑥尉迟公：即尉迟恭，字敬德。唐初大将。玄武门之变，助李世民夺取帝位。历任泾州道行军总管、襄州都督等职。

**【译文】**

湖州人主事吴某家向来很富有。仗着家中有钱，吴主事想请诗人李东阳写篇诗文为他父亲祝寿。当时，李东阳身为学士，很看不起吴主事这个人，就没有答应。吴主事问他的朋友："现在朝中爵位最高的人是谁？"他的朋友说："当然是英国公太师左柱国了。"吴主事便备下礼物去求英国公。英国公让自己的门客写了一首诗给吴主事。吴得到这首诗后，对人夸耀说："英国公是当今朝廷中第一尊贵的人，连他都为我作诗，何必一定要李学士呢！"

冯梦龙评：假如要让吴主事选辑汉代的文章，他一定会挑选卫青、霍去病的著作。如果让他选唐诗，又恐怕尉迟恭不善于吟诗作赋，那该怎么办呢？

## 《五马行春图》

沈周①作《五马行春图》②赠一太守。守怒曰："我岂无一人相随耶？"沈知之，另写随从者送入，因戏之曰："奈绢短，止画前驱三对。"守喜曰："今亦足矣。"

冯梦龙评：既画轿前三对头踏，便须画衙中千两黄金，不然总是不像！

**【注释】**

①沈周：明画家。字启南，号石田，晚号白石翁。不应科举，长期从事绘画和诗文创作。名重于明代中叶画坛，后人把他和文征明、唐寅、仇英合称"明四家"。

②《五马行春图》：五马，太守的代称。太守为一郡行政的最高长官。明清专用于知府的别称。行春，古代地方长官在初春下乡劝农，称行春。

**【译文】**

明代画家沈周曾画了一幅《五马行春图》赠给一位太守。可是那位太守却生气地说："我难道就没有一个人相随吗？"沈周知道后，就另外画了一张有随从的送去，并戏弄他说："没办法，因为绢太短了，所以只画上三对仪仗前导。"太守高兴地说："就这样也足够了。"

冯梦龙评：既然画上了轿前的三对仪仗前导，就应该再画上衙署中的千两黄金，不然的话总是不像！

## 俗 礼

北方民家吉凶辄有相礼者，谓之“白席”。韩魏公[①]自枢密[②]归邺[③]，赴一姻家礼席。偶筵中有荔枝，欲啗，白席者遽唱曰：“资政[④]吃荔枝，请众客同吃荔枝！”公憎其饶舌，因置不取。白席者又云：“资政放荔枝矣，请众客放下荔枝！”

**【注释】**

①韩魏公：韩琦，北宋大臣。字稚圭。屡进屡出，迭任枢密使、宰相，历仁宗、英宗、神宗，执政三朝。反对王安石变法，与司马光、富弼等同为保守派首脑。封魏国公。

②枢密：官名。枢密院长官为枢密使。宋代与中书省之同平章事等合称“宰执”，共同负责军国要政。

③邺：地名。邺县，故城在今河北邯郸市临漳县西。

④资政：本为宋代殿名。宋代特置资政殿大学士，以授罢职之宰相，或其他大臣，即以资政为称呼。

**【译文】**

北方老百姓家办吉凶事都有赞礼的人，称作“白席”。北宋大臣韩琦自枢密使罢官回到邺县后，有一次到姻亲家去赴宴。韩琦偶然看见宴席上有荔枝，就拿起一个来想吃。这时，赞礼的人突然唱道：“资政吃荔枝，请诸位客人同吃荔枝！”韩琦非常憎恨他的多嘴多舌，于是将拿起的荔枝又放了回去。赞礼的人又唱道：“资政放下荔枝了，请诸位客人也放下荔枝！”

## 宣 水

石曼卿[①]在中书堂[②]。一相曰：“取宣水来！”石曰：“何也？”曰：“宣徽院[③]水甘冷。”石曰：“若司农寺[④]水，当呼为农水也?”坐者大笑。

冯梦龙评:余寓麻城[5]时,或呼金华酒为金酒。余笑曰:“然则贵县之狗,亦当呼麻狗矣?”坐客有脸麻者,相视一笑。

【注释】

①石曼卿:石延年,北宋人,字曼卿。读书通大略,为文劲健,工诗善画,少以意气自豪,喜巨饮。官至太子中允。与欧阳修为至交。

②中书堂:即中书省,总管国家政事的官署。

③宣徽院:官署名。总领宫内诸司及三班内侍的名籍和郊祀朝会宴飨供账等事宜。

④司农寺:官署名。主管粮食积储、京官禄米及园池果实等。

⑤麻城:今湖北省麻城市。

【译文】

北宋人石延年在中书省任职时,有一天,一位宰相支使他说:“取一点宣水来!”石延年一时没有反应过来,便问道:“什么东西?”宰相说:“宣徽院中的水又甜又凉,叫你去打一点来。”石延年这才明白,“宣水”是指宣徽院中的水,便说:“如果是司农寺里的水,就应该称之为‘农水’了?”在座的人都大笑起来。

冯梦龙评:我在麻城居住的时候,听见有人把金华酒叫作“金酒”。我笑着说:“那么贵县的狗,也应当叫作‘麻狗’了?”当时在座的客人中,有一个脸上长麻子的,大家互相看看,都笑了。

## 元世祖定刑

元世祖[1]定天下之刑,笞、杖、徒、流、绞五等[2]。笞杖罪既定,曰:“天饶他一下,地饶他一下,我饶他一下。应笞一百者,止九十七;杖亦如之。”此虽仁心,亦近于戏矣。

冯梦龙评:天、地、皇帝三个大人情,止饶三板,执杖者可谓强项!

**【注释】**

①元世祖：元代皇帝，名忽必烈，1260—1294年在位。

②“笞”句：笞，用荆条打人背部或臀部。杖，用大荆条、大竹板或棍棒抽打人的背、臀或腿部。徒，拘禁罚使劳作。流，放逐远方。绞，缢死。

**【译文】**

元世祖忽必烈制定国家的刑罚，分为笞、杖、徒、流、绞五等。笞、杖两种刑罚制定后，元世祖说：“天饶他一下，地饶他一下，我饶他一下。应笞一百下的，只打九十七下；杖刑也是这样。”这虽然是元世祖的仁慈之心，但也近乎开玩笑了。

冯梦龙评：天、地、皇帝三个大人情，只饶三板，执杖行刑的可以称得上是个性格刚强而不肯低首下人的人了。

## 训　子

南汇瓦屑墩有富人张叔英，名附成均[①]，胸无点墨，然喜假斯文。一日为子完姻，俗有诘朝请训之礼。叔英夫妇高坐堂中，儿媳参拜于前。礼人赞请训。叔英高声作官话：“尔生于富贵之家，未知稼穑之艰难。”时宾朋满座，皆耸耳而听下文。叔英迟之又久，复操土音曰：“你若要做人，须急急爬上去。”于是哄堂大笑。

**【注释】**

①成均：指“国子监”，为封建时代最高学府。

**【译文】**

南汇瓦屑墩富人张叔英，虽然名为国子监生员，其实没有一点文化，但是喜欢假作斯文。一日为儿子完婚，当地习俗有第二天早上请求父母训导的礼仪。张叔英夫妇在堂中高坐，儿子和儿媳在面前跪拜。司礼喊“请训”。张叔英用官话高声说：“你生长在富贵人家，不知道稼穑的艰难。”当时宾朋满座，都竖起耳朵听他的下文。

张叔英歇了好大一会，又用土语说道："你若要做人，就赶紧爬上去。"于是哄堂大笑。

## 寿字令

有赴寿筵说寿字酒令，一人曰："寿高彭祖。"一人曰："寿比南山。"一人曰："受福如受罪。"众客曰："此话不独不吉利，且受字不是寿字，该罚酒三杯，另说好的。"其人饮完又率然曰："寿夭莫非命。"众嗔怪曰："生日寿诞，岂可说此不吉利话？"其人自悔曰："该死了，该死了。"

**【译文】**

大家去吃祝寿酒筵，席上行寿字酒令，一个人说："寿高彭祖。"一人说："寿比南山。"一人说："受福如受罪。"众客人说："你这话不仅仅是不吉利，而且受字不是寿字，该罚酒三杯，另说好的。"这人饮毕酒又随口而道："寿夭莫非命。"众人怪罪道："生日寿诞，怎么可以说这种不吉利话？"这人自责着说："该死了，该死了。"

## 赋　诗

苏人有二婿者，长秀才，次书手[①]，每薄次婿之不文。次婿恨甚，请试。翁指庭前山茶为题，咏曰："据看庭前一树茶，如何违限不开花？信牌[②]即仰东风去，火速明朝便发芽。"翁曰："诗非不通，但纯是衙门气。"再命咏月，咏曰："领甚公文离海角，奉何信票到天涯。私度关津[③]犹可恕，不合黄夜入人家。"翁大笑曰："汝大姨夫亦有此诗，何不学他。"因请诵之。首句云："清光一片照姑苏。"哗曰："此句差了。月岂偏照姑苏乎？须云照姑苏等处。"

**【注释】**

①书手：担任抄写工作的书吏。

②信牌：即传信牌。始于宋仁宗康定元年(1040)，本于军中使用，用以传递号令和文件。元以后，民事也使用，凡诸管官以公事摄所部，并用信牌。

③关津：关卡和渡口。

**【译文】**

某苏州人有两个女婿，大女婿是个秀才，二女婿是个书手，丈人经常鄙薄二女婿谈吐不文雅。二女婿十分气愤，请丈人出题考试。丈人指定庭院里的山茶为题，二女婿咏道："据看庭前一树茶，如何违限不开花？信牌即仰东风去，火速明朝便发芽。"丈人说："诗不能说不通，但完全是衙门气。"再叫他咏月，二女婿又咏道："领甚公文离海角，奉何信票到天涯。私度关津犹可恕，不合夤夜入人家。"丈人大笑道："你大姨夫也有这么一首诗，何不学他。"于是请读来听听。首句为："清光一片照姑苏。"二女婿闹了起来，说："这句就差了。月亮难道只照姑苏吗？应该说照姑苏等处。"

## 家　语

吴中有一老，故微而窭，初弄蛇为生，其长子行乞，次子钓蛙，季子讴采莲歌以丐食，晚致富厚。一日，其老聚族谋曰："吾起家侧微，今幸饶于资，须更业习文学，方可振家声也。"于是延塾师馆，督令三子受业，逾季，塾师时时誉诸子业日益。其老乃具燕集宾，延名儒试之。名儒至，则试以耦语，初试季子云："纷纷柳絮飞。"季子对曰："哩哩莲花落。"继试仲子云："红杏枝头飞粉蝶。"仲子对曰："绿杨树下钓青蛙。"卒试长子云："九重殿下，排两班文武官员。"长子对曰："十字街头，叫几声衣食父母。"其老窃聆之，诧曰："阿曹云云，犹旧时所弄蛇家语也。"

**【译文】**

吴中有一个富人，本来出身贫寒，起初靠耍蛇过日子，大儿子四处乞讨，二儿子钓虾蟆，小儿子唱莲花落讨饭，晚年居然发家致富。有一天，这人把家人叫到一起商量："我们出身贫寒，今天侥幸发了家，广有资财，必须再学习文学，才能提高我们家的声望。"于是请私塾先生来家设馆，督促三个儿子学习，三个月过去了，先生经常夸奖这几个儿子学业不断进步。富人于是摆下酒宴，召集宾客，请名儒来考试。名儒来到，考试对对子，先考小儿子，出对："纷纷柳絮飞。"小儿子对道："哩哩莲花落。"接着考二儿子，出对："红杏枝头飞粉蝶。"二儿子对道："绿杨树下钓青蛙。"最后考大儿子，出对："九重殿下，排两班文武官员。"大儿子对道："十字街头，叫几声衣食父母。"富人在一旁偷听，惊讶地说："他们说的，还是旧时耍蛇人家的话。"

## 不利语

有一人惯说不利之语，人皆厌之。一富翁新造厅房一所，惯说不利者往看，亲至门前，敲门不应，大骂："浪牢门，为何关的这样紧，想必是死绝了。"翁出而怪之曰："我此房费尽千金，不见容易；你出此不利之言，太觉不情。"其人曰："此房若卖，只好值五百金罢了，如何要这样大价？"翁怒曰："我并未要卖，因何估价？"其人曰："我劝你卖是好意，若遇一场天火[①]，连屁也不值。"一家五十得子，三朝[②]，人皆往贺，伊亦欲往，友人劝之曰："你说话不利，不去为佳。"其人曰："我与你同去，我一言不发何如？"友曰："你果不言，方可去得。"同到生子之家，入门叩喜，直到入席吃酒，始终不发一言，友甚悦之。临行，见主人致谢曰："今日我可一句话也没说，我走后，你的娃娃要抽四六风[③]死了，可不与我相干。"

**【注释】**

①天火：旧时称火灾。据《搜神记》：东汉糜竺外出归来，路遇一妇人。妇人称："我，天使也，当往烧东海糜竺家。"这天糜家果然失火。

②三朝：此指新生儿出生后的第三天。民俗在这一天洗儿并宴请亲友。

③四六风：小儿脐风。一般多在生后四五天或六七天内发病，故俗称四六风。

**【译文】**

有一个人惯于说不吉利的话，人们都讨厌他。某富翁新建了一所厅房，惯说不吉利话的这位前去参观，自己走到门前敲门，见没人开门，就破口大骂："格么牢门，为什么关得这样紧，想必是死绝了。"富翁出来责怪道："我为建这房费的钱财何止千金，也不算容易；你说出这种不吉利的话，未免太不近人情了吧！"这位说："你这房若卖，也只好值五百金罢了，为什么要这样高的价钱？"富翁勃然大怒，说："我并没有要卖，你凭什么给我估价？"这位答道："我劝你卖，那是一番好意，要是遇上一场天火烧了，连屁也不值。"某人五十岁时得到了一个儿子，三朝这天，人们都前往贺喜，他也想去，朋友劝他说："你说话不吉利，还是不去的好。"这位说："我和你一同去，我一句话也不说，怎么样？"朋友说："你如果真的不开口，那还去得。"二人一同来到生了儿子的这户人家，从进门致喜直到入席吃酒，这位果然是始终没说一句话，朋友非常高兴。临走的时候，去见主人致谢说："今日我可是一句话也没说，我走后，你的娃娃要是抽四六风死了，可与我不相干。"

# 矜　嫚

谦者不期恭，恭矣；矜者不期嫚[①]，嫚矣。达士旷观，才流雅负，虽占高源，亦违中路[②]。彼不检兮，扬衡学步；自视若升，视人若堕，狎侮诋諆[③]，日益骄固。臣虐其君，子弄其父，如痴如狂，可笑可怒。君子谦谦，慎防阶祸！

——摘自冯梦龙《古今谭概》

【注释】

①嫚：轻慢、侮辱。

②中路：不偏不倚之道，即指中庸之道，封建社会的处世原则。

③狎侮诋諆：戏侮诋毁他人。

【译文】

谦虚的人即使未想到对人恭敬，也一定会恭敬待人；骄傲的人即使没想到对别人侮慢，却往往侮慢了别人。通达之士总是心胸开阔地看待世上万事万物，才子们又总是自命不凡，他们虽然在天资上超过常人，但在处世上却违背了不偏不倚的中庸之道。这些人行为不检点，趾高气扬，他们总把自己看得很高明，看别人都不如自己，戏侮诋毁别人，一天比一天骄傲起来。为臣者戏弄其君，为子者戏弄其父。如痴如狂，让人感到又可笑又可怒。有修养的人应该非常谦虚，要谨慎地避免招致灾祸。

## 首　冠

开成[1]初，卢肇就江西解试[2]，为试官末送。肇有谢启云："巨鳌屃赑[3]，首冠蓬山。"试官谓之曰："昨恨人数挤排，深惭名第奉浼[4]，何云首冠？"肇曰："顽石处上，巨鳌戴之，岂非首冠？"一座大笑。

冯梦龙评：考试无凭，赖此解嘲。

**【注释】**

①开成：唐文宗李昂的年号，时间为836—840年。

②解试：即乡试，唐制，报考进士的人都要由地方发送入试，故称解试。

③屃赑：用力的样子。

④浼：污染。

**【译文】**

唐开成初年，卢肇参加江西乡试，被主管考试的官员以最后一名送去。事后卢肇感谢考官说："巨鳌屃员，首冠蓬山。"考官对他说："前段时间令人讨厌的是报考的人数太多，排不上队，因此把你最后一名送去，有损你的名声，我为此也深感惭愧。你为何说'首冠'？"卢肇说："一块大石在上，巨鳌戴在头上，难道不是'首冠'？"周围的人听后，都哄然大笑。

冯梦龙评：考试时没本事，只好用这个来解嘲。

## 福先寺碑文

裴度[1]修福先寺，将求碑文于白居易。判官皇甫湜[2]怒曰："近舍湜而远取居易，请从此辞！"度亟谢，随以文属湜。湜饮酒挥毫立就，度酬以车马玩器约千缗[3]。湜怒曰："碑三千字，每字不值绢三匹乎？”度又依数酬之。湜又索文改窜。度笑曰：“文已妙绝，增一字不得矣。”

**【注释】**

①裴度：唐朝著名宰相，历宪宗、穆宗、敬宗、文宗四朝，封晋国公。

②判官皇甫湜：皇甫湜，字持正，唐元和进士，仕至工部郎中。性卞急，嗜酒，有文才，与李翱、张籍齐名。此时在裴度手下为判官。判官，官名，唐代特派担任临时职务的大臣皆得自选中级官员奏请充任判官，以资佐理。唐中期以后，节度、观察等使均有判官，亦由本使选充，以备差遣，均非正官。

③缗：本指穿钱的绳子，用以代指成串的钱，一千文为一缗，亦就是以后的一贯。

**【译文】**

唐宰相裴度修缮福先寺，准备请大诗人白居易撰写碑文。其判官皇甫湜生气地说：“你舍近求远。请允许我从此辞别！”裴度急忙致歉，随后把撰写碑文的任务交给了皇甫湜。他饮酒挥毫，一蹴而就。裴度送给他车马玩物等价值约一千缗的东西作为报酬。皇甫湜生气地说：“碑文三千字，每个字不值三匹绢吗？”裴度又如数付给报酬。皇甫湜又索要碑文修改，裴度笑着说：“碑文已绝妙，一个字也不能增加了。”

## 李　邕

李邕[①]尝不许萧诚书，诚乃诈作古帖，令纸故暗，持示邕，曰：“此乃右军[②]真迹，如何？”邕看称善。诚以实告之。邕复取视曰：“细看亦未能全好。”

冯梦龙评：唐太宗学虞监[③]隶书，每难于“戈”法。一日书遇“戬”字，招世南补写其“戈”，以示魏郑公[④]，曰：“朕书何如世南？”公曰：“仰观圣作，内‘戬’字‘戈’法逼真。”李邕眼力大逊郑公，说好说歹，一味忌刻耳。

【注释】

①李邕：唐书法家，字泰和。历官汲郡、北海太守，人称“李北海”。工文、善书，尤擅以行楷写碑，笔力沉雄，自成面目，对后世影响较大。他天性豪放，不拘细节。

②右军：即王羲之，东晋书法家。官至右军将军，人称“王右军”。工书法，博采众长，精研体势，一改汉魏以来质朴的书风，成为妍美流便的新体。其书备精诸体，尤擅正、行，字势雄强多变，为历代学书者所崇尚。

③虞监：即虞世南，唐初书法家。字伯施。官至秘书监，故名。因封永兴县子，也称“虞永兴”。其书法外柔内刚，笔致圆融遒丽，与欧阳询、褚遂良、薛稷并称唐初四大书法家。

④魏郑公：即魏征，唐初政治家。字玄成，唐太宗即位，为谏议大夫。贞观三年(629)任秘书监，参与朝政。封郑国公。

【译文】

唐书法家李邕看不起萧诚的书法。萧诚就用欺骗手法把自己的书法做成古帖的样子，把纸的颜色弄得暗淡，看上去很陈旧，然后拿去给李邕看，说：“这是王羲之的真迹，如何?”李邕看后称好。萧诚把实情告诉了李邕，李邕又拿过来看看说：“仔细看来，也并不是那么好。”

冯梦龙评：唐太宗李世民向大书法家虞世南学习隶书，每次遇到“戈”字都写不好。有一日，写字时遇到“戬”字，召虞世南补写“戈”字边。李世民拿给魏征看，并说：“我的书法比起虞世南来怎么样?”魏征说：“仰视陛下大作，里面‘戬’字的‘戈’笔法学得很逼真。”看来，李邕的眼力远比不上魏征。说好说坏，没有一定标准，只是忌人之能罢了。

## 三灾石

萧颖士[①]尝至李韶家，见歙砚[②]颇良，语同行者曰：“君识此砚乎？盖三灾石也。”同行者不喻，退而问之。曰：“字札不奇，一灾也；文辞不优，二灾也；窗几狼藉，三灾也。”

**【注释】**

①萧颖士：唐玄宗时期著名文人，字茂挺。年十九中进士，策对第一，补秘书正字，名扬天下。

②歙砚：中国名砚，因石材产于安徽歙州（今歙县），故名。

**【译文】**

萧颖士曾到李韶家，见一歙砚非常好，就对同行者说：“您认识这砚台吗？这就是‘三灾石’呀。”同行者不明白他说的是什么意思，等从李韶家出来后问他。萧颖士说：“写书信文章时书法不雄奇，这是一灾；文辞不优美，这是二灾；窗台、桌子上杂乱不堪，这是三灾。”

## 郑元礼诗

郑元礼，崔昂妇弟；魏收，昂之妹夫。昂持元礼数诗示卢思道[①]，曰：“元礼比来诗咏亦不减魏收。”思道曰：“未觉元礼贤于魏收，且知妹丈疏于妇弟。”

**【注释】**

①卢思道：南北朝隋之际诗人，字子行。其诗纤艳，多游宴酬赠之作。明人辑有《卢武阳集》。

**【译文】**

郑元礼，是崔昂的妻弟，魏收，是崔昂的妹夫。崔昂拿着郑元礼的几首诗给卢思道看，说：“元礼近来的诗作不比魏收的差了。”卢思道说：“我不觉得元礼的诗比魏收的好，只是知道你与妹夫的关系比与妻弟的关系疏远罢了。”

## 殷　安

唐逸士殷安，冀州信都人，谓薛黄门曰：“自古圣贤，数不过五人：伏羲八卦[1]，穷天地之旨，一也；”乃屈一指，“神农植百谷[2]，济万人之命，二也；”乃屈二指，“周公制礼作乐[3]，百代常行，三也；”乃屈三指，“孔子前知无穷，却知无极，拔乎其萃，出乎其类，四也；”乃屈四指，“自此以后，无屈得指者。”良久乃曰：“并我五也。”遂屈五指。

赵南星评：殷安自负是大圣人，而唐朝至今无知之者，想是不会妆圣人，若会妆时，即非圣人，亦成个名儒。

冯梦龙评：黄帝、尧、舜诸公，还求再发一续案。

**【注释】**

①伏羲：中国神话中人类的始祖。传说人类由他和女娲氏兄妹相婚而产生。又传说八卦也出于他。

②神农：传说中农业和医药的发明者。相传远古人民过采集渔猎生活，他用木制作耒，教民农业生产。

③周公：西周初年政治家。姬姓，名旦。周武王胞弟。因其采邑在周(今陕西岐山东北)，故称他为周公。曾助武王灭商。武王死后，成王年幼，由他摄政。相传他制礼作乐，建立典章制度，主张“明德慎罚”。

**【译文】**

唐朝山人殷安是冀州信都人，对薛黄门说：“自古以来圣贤之士没有超出五个：伏羲氏创八卦，用来解释天地间万事万物，这算一个；”说完，弯曲一个手指。“神农氏尝百草而种百谷，周济万民，这算第二个；”又弯曲第二个手指。“周公制作礼乐，世代遵奉实行，这算第三个；”于是又弯曲第三个手指。“孔子前知无穷，后知无极，出类拔萃，这算第四个；”又弯曲第四个手指。“从这以后，就再没有能使我的手指弯曲的人了。”过了许久，说：“连我殷安才五个。”于是弯曲第五个手指。

赵南星评：殷安自负是大圣人，但是从唐朝到如今，却没有人知道他，想来是殷安不会把自己打扮成圣人，若是会打扮的话，即使成不了圣人，也可以成个名儒。

冯梦龙评：黄帝、尧、舜诸公，还求再发一个续榜。

## 娄谅狂语

上饶[1]娄谅过姑苏[2]，泊舟枫桥，因和唐人诗[3]，有“独起占星夜不眠”之句。对客云：“汝不知，我每行必动天象[4]。”

冯梦龙评：“小人”、“天狗”[5]都是星象，由他夸嘴！

**【注释】**

①上饶：地名。在江西省东北部，信江上游。

②姑苏：苏州市的别称。因西南有姑苏山得名。

③和唐人诗：步唐人之韵而作诗。此处指和张继的《枫桥夜泊》诗：“月落乌啼霜满天，江枫渔火对愁眠。姑苏城外寒山寺，夜半钟声到客船。”

④每行必动天象：天象，天空的星象，指日月星辰的运行。古人迷信说法，地上的杰出人物都是天上的星宿下凡。这些人物的行动，会牵动天上他所属的星宿做出反应。

⑤“小人”、“天狗”：都是星名。此处讥讽娄谅为“小人”、“天狗”。

**【译文】**

上饶人娄谅路过苏州，把船停泊在枫桥，和着唐诗人张继的《枫桥夜泊》的诗韵作诗一首，其中有“独起占星夜不眠”的句子。娄谅对客人说：“你不知道，我这个人每有行动，必定会牵动天上的星象。”

冯梦龙评：“小人”、“天狗”都是星象，由他夸嘴好了。

## 刘真长

王长史[1]语刘真长曰：“卿近大进。”刘曰：“卿仰看耶？”长史问曰：“何也？”刘曰：“不尔，何由测天之高？”

**【注释】**

①长史:官名。始置于秦。西汉时,三公均设长史。东汉太尉、司徒、司空三公亦设长史,职任颇重,为三公之辅佐。三国、晋、南北朝沿置不改。唐、宋州郡亦设长史,唐大都督府之长史往往即充节度使。

**【译文】**

王长史对刘真长说:"您近来大有长进。"刘真长说:"您是抬头看的吗?"王长史问:"这话是什么意思?"刘真长说:"如果不是抬头看,你怎么能测量天的高度呢?"

## 谢仁祖

谢仁祖[①]年八岁,谢豫章[②]将送客,尔时语已神悟,自参上流,诸人咸共叹之,曰:"年少一坐之颜回[③]。"仁祖曰:"坐无尼父[④],焉别颜回?"

冯梦龙评:果是颜回,不须尼父亦别;若真有尼父,恐颜回又未必属君矣!

**【注释】**

①谢仁祖:即谢尚,晋人,字仁祖。自幼聪慧。长大后,辨悟绝伦,脱略细行,不为俗事。善音乐,博综众艺。深受王导器重,比之王戎。官历历阳太守、中郎将、尚书仆射、豫州刺史,有政绩。不久为镇西将军。卒谥简。

②谢豫章:即谢鲲,字幼舆,阳夏(今河南太康县)人。谢尚之父。官历长史、豫章太守。为政清廉,百姓爱之。

③颜回:即颜渊,春秋末期鲁国人。名回,字子渊。孔子学生。贫居陋巷,箪食瓢饮,而不改其乐。孔子称赞他的德行。早卒,孔子极悲恸。后被统治者尊为"复圣"。

④尼父:即指孔子,儒家学派始祖。名丘,字仲尼,鲁国人。父,通"甫",古代对男子的美称。

【译文】

晋人谢尚八岁时就非常聪慧，理解事情很快，自己常常拜见一些上流人物。一次，父亲谢鲲带着他送客，众客人都称赞他说："小小年纪，却是在座人中的颜回啊。"谢尚说道："在座的没有尼父，怎么能分辨出颜回来?"

冯梦龙评：果真是颜回，不需要尼父亦能分辨出来。如果在座的真有尼父，恐怕颜回的褒称又不一定属于你了。

## 郭忠恕画卷

郭恕先忠恕[①]善画。有求者，必怒而云："意欲画即自为之。"寓岐下[②]时，有富人子喜画，日给醇酒，待之甚厚。久乃以情言[③]，且致匹素[④]。郭为画小童持线车放风鸢[⑤]，引线数丈满之。富人子大怒，与郭遂绝。

【注释】

①郭恕先忠恕：即郭忠恕(？—977)，宋初画家、文字学家。字恕先，又字国宝，洛阳(今属河南)人。工画山水，尤擅界画。现存《雪霁江行图》，传是他的作品。

②岐下：岐山之下。岐山，在今陕西岐山县东北。

③以情言：把自己的打算说出来。

④匹素：一匹白绢。一匹等于四丈。

⑤风鸢：风筝。

【译文】

宋郭忠恕擅长绘画。谁向他要画，他必定会生气而去。他常说，想要画，就自己去画吧。他居住在岐山下时，有位富家子弟很喜欢画，每天送来好酒，对他非常厚待。时间长了，这位富家子弟说出了自己的心里话，并给他拿来一匹白绢。郭忠恕在白绢这头为他画了一个小男孩，小男孩手里拿着线车，在白绢的那一头画了一只小风筝，然后画一长线连起来，这匹白绢就画满了。富家子弟非常生气，就与郭忠恕绝交了。



## 诋　夫

谢道韫[①]，奕之女，适王凝之[②]。还，甚不乐。奕曰："王郎，逸少子，不恶。汝何恨也？"曰："一门叔父，则有阿大、中郎[③]，群从兄弟，则有封、胡、羯、末[④]。不意天壤之间，乃有王郎！"

**【注释】**

①谢道韫：东晋才女，谢安的侄女。

②王凝之：王羲之（逸少）之子，工草隶。历任江州刺史、左将军、会稽内史。后为孙恩所杀。

③阿大、中郎：指谢尚、谢据。

④封、胡、羯、末：《晋书·王凝之妻谢氏传》中以封、胡、羯、末作为谢韶、谢朗、谢玄、谢渊四人的小字。

**【译文】**

东晋才女谢道韫，是谢奕的女儿，嫁给了王凝之。谢道韫回娘家，非常不快活。谢奕问她："王郎是逸少之子，也不坏。你还有什么不高兴的呢？"谢道韫说："我们家叔父辈中有阿大、中郎；众兄弟中有谢韶、谢朗、谢玄、谢渊。没想到天地之间，竟然还有王郎这种人。"

## 谑　父

陆余庆为洛州[①]长史，能言而艰于决判。时人语曰："说事喙长三尺，判事手重千斤。"其子亦谑云："陆余庆，陆余庆，笔头无力嘴头硬。一日受词讼，十日看不竟。"书纸迭案褥下，余庆得之，曰："必是那狗！"遂鞭之。

**【注释】**

①洛州：今洛阳一带地区。

**【译文】**

陆余庆任洛州长史，他能言善辩，但对于诉讼案件却难以裁断。当时的人说："说事时嘴长三尺，断事时手重千斤。"他的儿子也开玩笑说："陆余庆，陆余庆，笔头无力嘴头硬。一日受词讼，十日看不竟（完）。"他把这些话写在纸上叠起来，放在案褥之下，陆余庆发现了，非常生气地说："一定是那狗！"于是鞭打了儿子一顿。

## 狗脚朕

高澄侍宴，以大觞属孝静帝[①]。帝不胜忿，曰："自古无不亡之国，朕[②]安用生为？"澄怒曰："朕！朕！狗脚朕[③]！"

冯梦龙评：始乎谑，卒乎骂，渐不可长。信然！

**【注释】**

①孝静帝：东魏皇帝元善见，534—550 年在位，谥孝静皇帝。

②朕：皇帝自称。

③狗脚朕：狗脚皇帝。

**【译文】**

高澄侍奉东魏孝静帝饮宴，拿一大杯酒让孝静帝喝。孝静帝气愤之极，说："自古以来没有不灭亡的国家，朕也用不着总这样活着吧？"（意指被高澄监视、控制。）高澄一听发怒说："朕！朕！狗脚朕！"

冯梦龙评：以开玩笑开始，以辱骂结束，由小到大，实不可长。确实是这样！

## 不能林下立

卢思道[①]历事周[②]、齐[③]。既入隋，偶与宾客日中立。内史[④]林德林谓曰:“何不就树荫?”思道曰:“热则热矣,不能林下立[⑤]。”



**【注释】**

①卢思道:南北朝隋之际著名诗人,字子行。在齐官散骑常侍,北周官仪同三司,隋初官散骑侍郎。

②周:即北周政权,公元557—581年。

③齐:即北齐政权,公元550—577年。

④内史:官名,西周始置,历代职掌不同,隋改中书省为内史省,中书令为内史令。

⑤林下立:明指站树林下,暗指不能屈居林德林之下。

**【译文】**

卢思道先后在北周、北齐做过官。隋朝统一后,官散骑侍郎。一次他与宾客站在太阳地上聊天,内史林德林对他说:“为什么不到树荫下站着呢?”卢思道回答:“热就热点儿吧,宁肯受热也不能站到林下。”

## 鞋　底

宋杨文公亿[①]尝草制[②],为执政者所点窜。公甚不平,因取稿上涂抹处,用浓墨傅之,就为鞋底样,题其旁曰“世业杨家鞋底”。人问其故,曰:“他人脚迹。”常传为嗢噱。自后行文遇人涂抹者,必相谐曰:“又遭鞋底。”

**【注释】**

①杨文公亿:北宋文学家杨亿,字大年,福建人。淳化进士。任翰林学士兼史馆修撰。作品辞藻华丽,尤以骈文著名。

②制:皇帝的命令。

**【译文】**

宋朝杨文公亿曾经为皇上草拟命令,遭到当政官员的删改。杨亿愤愤不平,于是将稿子上被涂抹的地方,用浓墨再涂一层,画成鞋底的模样，在一旁题上字——“祖传杨家鞋样”。旁人问这怎么解释，答道：“他人的脚印。”常被大家传为笑谈。自此以后，凡是行文遭到别人涂抹的人，一定互相开玩笑说：“又遭了鞋底。”

## 貂耳茸外褂

潘梅溪为苏州巨富，与之相埒者，惟枫桥汪姓而已。尝谒汪，服貂耳茸外褂。汪不之识，问潘，潘告之而面得色，汪大恚。潘去，乃令其仆遍向旧家搜寻此服，并悬重价，每一袭偿金八百两。一夕而得八袭，诘朝折柬招潘饮。潘至，则八仆立于大门之左，所服与潘无异，潘惭而去。

**【译文】**

潘梅溪是苏州的巨富，能与他比拟的，只有枫桥汪某人而已。潘梅溪曾经去拜访汪某，穿着一袭貂耳茸外褂。汪某不认识，问潘梅溪，潘梅溪告诉了他，脸上带着洋洋得意的神色，汪某大为愤怒。潘梅溪走后，汪某于是叫仆人到处向世家大族搜寻这种服装，悬赏高价收购，每一袭开价八百两银子。一夜之间搜罗到八袭，天亮后，汪某写信请潘梅溪来喝酒。潘梅溪来到后，看到大门的左手边站着八个仆人，身上穿的外褂，和自己的没什么差别，不禁惭愧而去。

# 贪 秽

人生于财，死于财，荣辱于财。无钱对菊，彭泽令[①]亦当败兴。倘孔氏[②]绝粮而死，还称大圣人否？无怪乎世俗之营营[③]矣！究竟人寿几何？一生吃着，亦自有限，到散场时，毫厘将不去，只落得子孙争嚷多，眼泪少。死而无知，直是枉却；如其有知，懊悔又不知如何也！

——摘自冯梦龙《古今谭概》

**【注释】**

①彭泽令：即陶渊明（？—427），又名潜，字元亮，浔阳柴桑（今江西九江）人。曾任江州祭酒、彭泽令等职。他长于诗文辞赋。散文以《桃花源记》驰名。有《陶渊明集》。

②孔氏：指孔子。这里意指孔子周游列国，行至陈蔡一带时，曾被困断粮。

③营营：为获利而奔走。

**【译文】**

人在钱财中生，在钱财中死，在钱财中安享荣华或蒙受耻辱。无钱沽酒来欣赏重阳秋菊，就是嗜菊如命的彭泽令也会觉得扫兴。假如孔子在陈蔡间绝粮饿死了，还能被称为大圣人吗？难怪世人要忙忙碌碌地追逐钱财。可是人生毕竟短暂，一生的吃喝穿用，也是十分的有限。到了退出人生舞台的时候，一毫一厘也带不走，只落得子孙为财产争争吵吵的多，为先人故去而流的泪水少。如果人死后无知无识，那也罢了；假若死后有知，又不知是如何的懊悔呢！

# 如　意

齐人有女，二家同往求之。东家子丑而富，西家子好而贫。父母不能决，使其女偏袒[①]示意。女便两袒。母问其故。答曰："欲东家食、西家宿。"

冯梦龙评：昔有四人言志。一云："吾愿腰缠万贯。"一云："愿为扬州刺史[②]。"一云："愿跨鹤仙游。"末一人云："吾志亦与诸君不殊，但愿腰缠十万贯，骑鹤上扬州耳。"故坡仙[③]题竹云："若对此君仍大嚼，世间那有扬州鹤？"余观今人口谈贤圣，眈眈窥权要之津；手握牙筹[④]，沾沾博慷慨之誉；惰农望岁，败子怨天，大率此类也，何独笑齐女哉？

衡公岳知庆阳[⑤]，僚友诸妇会饮，金绮烂然，公内子[⑥]荆布而已。既罢，颇不乐。公曰："汝坐何处？"曰："首席。"公曰："既坐首席，又要服华美，富贵可兼得耶？"斯乃知足者。

**【注释】**

①偏袒：袒露一臂，视其倾向哪一方。

②扬州刺史：扬州，今扬州市。刺史：官名。宋以来，扬州为东南最繁华富庶的地方。

③坡仙：即苏轼（1037—1101），北宋大文学家，字子瞻，号东坡居士。

④牙筹：用象牙或兽骨制的计算用具。

⑤庆阳：地名，今甘肃省东北部。

⑥内子：指妻子。

**【译文】**

齐人有一个女儿，同时有两家去求婚。东家儿子面容丑陋，家里却十分富有；西家儿子长相英俊潇洒，家境却一贫如洗。父母拿不定主意，就让女儿袒露胳膊来示意，她露出哪边胳膊，便是属意哪一方。没想到，这女儿却把两条胳膊都露了出来。她母亲问她什么意思，她答道："想在东家吃饭，在西家睡觉。"



冯梦龙评：过去曾有四个人谈论各自的志向。一个说："我想腰缠万贯"；一个说："我愿做扬州刺史"；一个说："我希望能骑上仙鹤云游一番"；最后一个说："我的志向与各位没什么不同，只不过想腰缠万贯，骑着仙鹤到扬州上任啊。"所以，北宋诗人苏东坡题竹诗云："若对此君仍大嚼，世间那有扬州鹤？"我看现在的人，满口圣贤之言，却瞪大眼睛盯着高官厚禄；手里拿着牙筹计算钱财，却又极力想博取慷慨的好名声。懒惰的农夫痴望着岁星光临，败家子埋怨老天爷，大抵也都属于这一类。凭什么单单耻笑这位齐国女子呢？

衡公岳任庆阳长官时，其同僚们的夫人在一起饮宴，满座的都是穿金戴银，光彩夺目，唯有衡公岳的夫人头戴荆钗、身穿布裙。聚会结束后，他的夫人为此很不高兴。衡公岳问："在聚会中你坐在何处？"夫人说："坐在首席。"衡公岳于是说道："既然坐了首席，还要穿戴华美，难道富与贵可以兼而得之吗？"这才是知足的人。

## 抱鸡　养竹

唐新昌县令夏侯彪之初下车，问里正[1]曰："鸡卵一钱几颗？"曰："三颗。"彪之乃遣取十千钱，令买三万颗，谓里正曰："未便要，且寄鸡母抱之。"遂成三万头鸡，经数月长成，令县吏："与我卖。"一鸡三十钱，半年之间，成三十万。又问："竹笋一钱几茎？"曰："五茎。"又取十千钱付之，买得五万茎。谓里正曰："吾未须笋，且林中养之。"至秋竹成，一茎十文，积成五十万。其贪鄙不道皆此类。

冯梦龙评：《谑浪》载：太守[2]罗姓者，官江右，以旧丝及锅铁照斤数发出，易人网巾、钢针。智与此类。

【注释】

①里正：乡里的小官，相当于村长之类。

②太守：官名。本为战国时郡守的尊称，自西汉改郡守为太守起，为一郡最高行政长官，历代相沿置。

【译文】

唐新昌县令夏侯彪之初上任，问里正道："用一钱可买几个鸡蛋呀？"答道："三个。"于是夏侯彪之让人拿来一万钱，叫他买三万个鸡蛋，对里正说："我不是马上要，先寄放在老母鸡那儿孵抱。"于是孵出三万只鸡，几个月后长大了，又命令县吏："去给我卖了去。"一只鸡卖三十钱，半年之间，一万变成了三十万。夏侯彪之又问："用一钱可买几根竹笋？"答："五根。"于是他又令人拿一万钱，买五万根竹笋。对里正说："我并不需要竹笋，暂且在竹林中养着它。"到了秋天竹子长成了，一根卖十钱，共卖了五十万钱。这县令贪婪、卑鄙、不守正道，所干的大都是这一类事。

冯梦龙评：《谑浪》记载：有一姓罗的太守，在江右任职，拿旧丝头及废锅铁按斤数发出，交换他人同样斤数的丝巾和钢针。这种算计，与夏侯彪之相同。

## 科钱造像

唐瀛州[①]饶阳县令窦知范贪污。有一里正死，范集里正二百人，为之造像，各科钱一贯[②]。既纳钱二百千。范曰："里正地下受罪，先须救急。我先选得一像，且以贷之。"于袖中出像，仅五寸许。

冯梦龙评：此令乃化缘和尚现宰官身[③]者。

【注释】

①瀛州：辖境相当于今河北保定市、沧州市一带。

②贯：原意为穿钱的绳索，古代的铜钱用绳穿，一千个为一贯。

③现宰官身：现身为宰官。宰官，主持民政的地方长官，即县

宰、县令。



【译文】

唐瀛州饶阳县令窦知范贪得钱财。有一里正死去，窦知范召集了二百多位里正，给死者塑像，要求大家每人出钱一贯。很快就收纳了二百多贯钱。而窦知范却说："死者在地下受罪，必须先救急。我已经先选得一尊像，暂且用它来顶替吧！"于是从袖中拿出一尊像，仅五寸多高。

冯梦龙评：这县令，是个化缘和尚变化的宰官身。

## 张鹭鹚

开宝[①]中，神泉县令张某，外廉而内实贪。一日自榜县门云："某月某日是知县生日。告示门内典级诸色人，不得辄有献送。"有一曹吏与众议曰："宰君[②]明言生日，意令我辈知也。言不得献送，是谦也。"众曰："然。"至日各持缣[③]献之，命曰"寿衣"。宰一无所拒，感领而已。复告之曰："后月某日，是县君[④]生日，更莫将来。"无不嗤者。众进士以鹭鹚[⑤]诗讽之云："飞来疑似鹤[⑥]，下处却寻鱼。"

【注释】

①开宝：北宋太祖赵匡胤的年号(968—976)。

②宰君：指主持民政的地方长官。

③缣：细绢。

④县君：县令之妻的尊称。

⑤鹭鹚：即鸬鹚，亦称鱼鹰。广布于我国各地，已驯化的可使捕鱼。

⑥鹤：白鹤。古时用以比喻清高廉洁之人。

【译文】

北宋开宝年间，神泉县县令张某貌似廉洁，其实贪钱纳货。一天，他自己在县衙门前贴了张告示，上面写道："某月某日是知县生日。在此告示县衙内各级人员，不得送礼祝寿。”有位曹吏与众官议论道：“县令大人明明白白地告诉我们他的生日，其本意不就是为了让我们大家都知道吗？所谓不得送礼，是表面上的谦让而已。”众官都赞同说：“是这样。”到了县令生日那天，众官各持丝帛奉献，美其名曰“贺寿的衣服”，县令无一拒绝，只不过略表谢意罢了。接着，张某又告诉众人说：“下个月某日，是我妻子的生日，大家就不要再来了。”众人一听，没有不嗤之以鼻的。回来后，进士们写了首《鹭鹚》诗来讥讽他道：“飞来疑似鹤，下处却寻鱼。”

## 利赗给

宋张璪使契丹[①]，老病强行。故事[②]：死于使者，本朝及北朝[③]赗给甚厚。璪利之，在道日，食生冷，求病死，卒不死。

冯梦龙评：此等性命，方是值钱。失此好机会，未免入“枉死城”中。

**【注释】**

①契丹：古族名、古国名，源于东胡。北魏以来，在今辽河上游一带游牧。唐末，建立辽朝(916—1125)，与五代和北宋并立。1125年，为金所灭。

②故事：过去的规定、惯例。

③北朝：指北方的契丹国。

**【译文】**

宋代张璪要出使契丹国，尽管他年老有病，但还是扶病而行。按旧例：使者如果死在出使期间，本朝和北朝都会给予甚为丰厚的财物。张璪想得到这笔赏赐，在出使契丹的路途上总是吃些生的、冷的食物，故意糟蹋自己的身体，以求得病而死。可他最终也没死掉。

冯梦龙评：这样的性命，才是最值钱的。失去了借出使而死掉的机会，再死就未免是“死得不值得”，要进“枉死城”了。

# 裴佶姑夫

裴佶[①]尝话：少时姑夫为朝官，有雅望。佶至宅，会其退朝，深叹曰："崔昭何人？众口称美，必行贿也！如此安得不乱！"言未讫，门者报寿州[②]崔使君[③]候谒。姑夫怒，呵门者，将鞭之。良久，束带强出。须臾，命茶甚急，又命酒馔，又命速为饭。姑曰："前何倨而后何恭？"及入门，有得色，揖佶曰："憩学中！"佶未下阶，出怀中一纸，乃赠官𫄨[④]千匹。

**【注释】**

①裴佶：字弘正，唐德宗时历官谏议大夫、黔中观察使、工部尚书。

②寿州：地名。唐辖境相当于今安徽寿县、六安、霍山、霍邱等县地。

③使君：古称奉命出使的人，后用以敬称州郡长官。

④𫄨：粗绸。

**【译文】**

唐朝的裴佶曾说：小时候，姑夫在朝中做官，有很好的名声。一次，裴佶到姑夫家去看望姑母，正碰到姑夫退朝回来，只听到姑夫深深地感叹道："崔昭是什么样的人，为什么大家都说他的好话？一定是他向朝官们行了贿赂。如此下去，天下怎么能不乱呢？"话还没说完，守门人来报，说寿州的崔长官在等候拜见。姑夫一听非常恼火，呵斥看门人，还要鞭打他。隔了好一会儿，姑夫才穿戴整齐，勉强地出来接见了来客。不一会儿，姑夫命人快快上茶，过后又忙让准备酒饭。裴佶的姑姑也有些莫名其妙了，说："为什么前头倨傲而后来又那样恭敬？"等到姑父回到居室，脸上很有得意之色，挥手示意裴佶说："到书房中去休息吧！"裴佶还未走下台阶，只见姑父从怀中抽出一张礼单，上面写着送上官绸千匹。

## 元诞不贪

元诞[①]为齐州刺史[②]，在州贪暴。有沙门[③]为诞采药还。诞曰："师从外来，有何得？"对曰："唯闻王贪，愿王早代。"诞曰："齐州七万家，吾每家未得三升钱，何得言贪？"

**【注释】**

①元诞：北魏宗室，字昙首，袭爵济阴王。在任贪暴，牛马骡驴，无不逼夺，家中奴仆，又常迫取良人为妇。

②齐州刺史：齐州，北魏辖境相当于今济南市。刺史：官名。西汉始置，掌一州之军政大权，为一州内最高行政长官。宋时，仅属虚衔。元、明时废。

③沙门：佛教名词。原为古印度各教派出家修道者的通称，后佛教专指依照戒律出家修道的人。

**【译文】**

元诞任齐州刺史，在任上既贪心又残暴。有一僧人为元诞出外采药归来，元诞问："师父从外面回来，有什么收获呀？"僧人回答说："只听到人们都骂你太贪财了，他们都巴望着早点有别的官员来代替你哪！"元诞却不以为然地说："这齐州有七万户，我在每户未曾弄到过三升钱，哪里谈得上贪财呢？"

## 不动尊

刘宣武铸铁为算子[①]。子薄游妓家，妓求钗奁。刘子辞之。姥曰："君家库中青铜[②]号为'不动尊'，可惜朽烂！"刘子云："吾父唤算子作'长生铁'，况钱乎？彼日烧香祷祝天地，要钱生儿，绢生孙，金银千百亿化身，岂止'不动尊'而已！"

【注释】

①算子:古代计算时用的筹码,也叫算筹。

②青铜:此指铜钱。

【译文】

刘宣武用铁铸成算子。他儿子到妓女家玩乐,妓女向他索取头钗、妆奁。刘宣武儿子推脱掉了。老鸨说:“你家库房中的铜钱,号称‘不动尊’,可惜总有一天会腐朽烂掉的!”刘的儿子说:“我父亲把算子叫作‘长生铁’,更何况钱呢?他每天烧香祈祷天地,要钱能生儿子,丝绢生孙子,金银则一下子变化出千百亿化身,岂止是‘不动尊’而已!”

## 古物

江夏王义恭[①],性爱古物,常遍就朝士求之。侍中[②]何勗已有所送,而征索不已。何意不平,尝出行道中,见狗枷、败犊鼻,命仆取归,饰以箱,送之。笺曰:“承复需古物,今奉李斯狗枷,相如[③]犊鼻。”

【注释】

①江夏王义恭:南北朝时期南朝宋武帝刘裕的儿子刘义恭,被封为江夏王。

②侍中:官名。秦始置,为丞相属官。两汉沿置。魏晋后,地位更加重要,往往成为实际上的宰相。隋改侍中为纳言,为门下省长官。唐又称侍中,玄宗时改称左相。北宋仅存其名,南宋废。

③相如:即司马相如,西汉辞赋家。字长卿,蜀郡成都(今属四川)人。曾同卓文君当垆卖酒,自己穿犊鼻裈为酒保。

【译文】

江夏王刘义恭生性酷爱古物,常常在满朝文武中求取。侍中何勗本已向刘义恭送上过古物,而刘义恭还是不停地索要,这使何勗心中愤愤不平。一次,出门走在路途中,看见路边有一狗项圈、一件破短裤，就命仆人捡了回来。他把这两样东西放在华美的箱子里，送给刘义恭。信上说："承蒙阁下还向我要古物。现在送上李斯用过的狗项圈、司马相如穿过的破短裤。"

## 神仙酒

浙东桐庐县[①]旧有酒井，相传有道人诣一酒肆中取饮，饮毕，辄去，酿家亦不索值。久之，道人谓主媪[②]曰："数费媪酒，无以报。有少药投井中，可不酿而得美酒。"乃从渔鼓[③]中泻出药二丸，色黄而坚，如龙眼大，投井中而去。明日井泉腾沸，挹之皆甘醴，香味逾于造者。俗呼为"神仙酒"。其家用此致富。凡三十年，而道人复来，阖门敬礼。道人从容问曰："君家自有此井以来，所入子钱几何？"主媪曰："酒则美矣，奈乏糟粕饲猪，亦一欠事！"道人叹息，以手探井中，药即跃出，置渔鼓中，井复如旧。

**【注释】**

①桐庐县：在今浙江省杭州市西南部，钱塘江沿岸。

②媪：对老年妇女的敬称。

③渔鼓：亦称"竹琴"、"道筒"，拍击乐器。

**【译文】**

浙东桐庐县境内，过去有一酒井。相传有一道士常到一家酒馆中饮酒，喝完后不付钱就走，酒店老板也从不向他索要。过了好长时间，一次，道士对主人家的老太太说："我多次喝您店中的酒，我身上也没有什么可报答的东西。我有一点药，投入井中，可以不用酿造，就得美酒。"说着，就从随身的渔鼓中倒出两丸药，这药黄色，看上去很坚实，而且像龙眼那么大。道士把两丸药投入水井中就走了。第二天，水井中井泉腾沸，取出的水都是甘甜的美酒，其香味胜于酿造的酒。于是人们都把这酒称作"神仙酒"，这家小酒馆也因此而致富。三十年过去了，道士再次来到，酒家热情接待。道士从容地问道："你家自有这口井以来，所赚的钱有多少？"主人家老太太答道："酒倒是好了不少，只是无奈缺少了过去酿酒时剩下的酒糟来喂猪，这也是一件遗憾的事！"道士听完叹息地把手往井中一伸，两丸药就跳了出来，道士把它又装进渔鼓里。自此以后，那口井又像从前一样了。



## 宋景文

宋郊居政府[①]，上元[②]夜读《周易》。弟学士宋祁点华灯，拥歌妓，醉饮达旦。翌日，郊令人云："相公寄语学士：闻昨夜烧灯夜宴，穷极奢侈，不知记得那年上元，同在州学吃斋煮饭否？"祁答曰："寄语相公：不知那年在州学吃斋煮饭为甚的？"

江盈科评：噫，小宋亦人杰也，其言尚如此，然则人不能移于遇，真难哉！

冯梦龙评：原来只为这个？可叹，可叹！

**【注释】**

①宋郊居政府：宋郊，后改名宋庠，字公序，北宋仁宗天圣初中状元，官至兵部尚书、同平章事、枢密使，封郑国公。居政府，在执政机关中任事。

②上元：正月十五为上元节（今之元宵节）。宋时都城上元之夜庆会甚盛。

**【译文】**

宋郊在北宋担任宰相，元宵节的夜晚，还在攻读《周易》。他的弟弟宋祁却点着华灯，拥歌妓，通宵达旦地饮酒作乐。第二天，宋郊让人带过话来："听说你昨夜举灯夜宴，穷奢极欲。不知你还记得当年元宵节，我们同在州学时所吃的粗茶淡饭吗？"宋祁说："请转告宋郊相公：不知道我们当年在州学吃粗茶淡饭为的是什么？"

江盈科评：唉，小宋也是人中杰出之士，说出来的话尚且如此，那么人不因环境的改变而改变，真难啊！

冯梦龙评：原来只为这个！可叹啊可叹！

## 四　尽

梁鱼弘[1]，襄阳人，常言："我为郡，有四尽：水中鱼鳖尽，山中麋鹿尽，田中米谷尽，村里人庶尽。"

**【注释】**

①鱼弘：南朝梁人。官历南樵、盱眙、竟陵、永宁、新兴诸郡太守。性极侈靡，侍妾百余人，车马服玩，都为一时之盛。

**【译文】**

南朝梁人鱼弘是襄阳人，他常对他人说："我做郡太守，有'四尽'：水中鱼鳖尽，山中麋鹿尽，田里的粮食尽，村里的百姓尽。"

## 五大天地

一官好酒怠政，贪财酷民，百姓怨恨。临卸篆[1]，公送德政碑[2]，上书"五大天地"。官曰："此四字是何用意？令人不解。"众绅民齐声答曰："官一到任时，金天银地；官在内署时，花天酒地；坐堂听断时，昏天黑地；百姓含冤的，是恨天怨地；如今交卸了，谢天谢地。"

**【注释】**

①篆：指印章。

②德政碑：旧时歌颂官吏政绩的纪念碑。

**【译文】**

某官好酒贪杯，荒废政务，贪污受贿，虐待民众，老百姓都十分怨恨。卸任时，民众共同送给他一个德政碑，上写"五大天地"。这官不懂，问道："这四个字是什么用意，实在叫人不解。"士绅和普通百姓齐声回答:“长官一上任,就是金天银地;在官邸是花天酒地;坐堂审案时,那是昏天黑地;百姓们含冤负屈的,是恨天怨地;如今你交权卸职了,我们谢天谢地。” 

## 酸　酒

客谓店主曰:“肴只菜腐足矣,酒须绝美者。”少顷,来问:“菜内可着醋?”客曰:“着些亦好。”取菜置讫,又问:“豆腐可着醋?”客曰:“着些亦好。”取腐置讫,又问:“酒中可着醋?”客笑曰:“酒中如何着醋?”店主攒眉云:“怎好,怎好,已着醋了。”

醉月子评:还是酒着醋内,非醋着酒内。又有卖淡酒而以关刀[①]作标者,人问何意,曰:“杀出些水气。”亦妙。

**【注释】**

①关刀:指关羽用过的一种青龙偃月刀。

**【译文】**

客人告诉店主说:“菜只要小菜豆腐就够了,酒必须是绝美的。”过了会儿,店主来问:“菜里头要不要放醋?”客人答道:“放点也好。”上菜后,店主问:“豆腐要不要放醋?”答:“放点也好。”上完豆腐后,又问:“酒里头要不要加醋?”客人笑着说:“酒里头怎么可以放醋?”店主皱着眉头说:“怎么办,怎么办,已经加醋了。”

醉月子评:还是酒加在醋里,而不是醋加在酒里。又有人卖淡酒却用关刀作招牌,别人问是什么缘故,答道:“杀出些水气。”也很妙。

## 善有善报

昔一人行善,应托生,转轮王问所欲,对曰:“父是尚书子状元，绕家千顷好良田。鱼池花叶般般有，美妾娇妻个个贤。充栋金银并米谷，盈箱罗绮及银钱。身居一品王公位，安享荣华寿百年。”王曰：“有此好处，待我自去，将王位让与你罢。”

**【译文】**

从前，某人行善积德，死后得善报应再投生为人，转轮王问他有什么要求，这人回答道：“我要父亲是尚书，儿子做状元；家有良田千顷；鱼塘花果样样俱备；娇美的妻妾个个贤德；金银粮谷堆满库；满箱笼的绫罗绸缎和银钱。我自己官居一品，位极王公，安享荣华富贵，长命百岁。”听罢，转轮王说：“有这么好的地方，还是我自己去罢，我情愿将王位让给你。”

## 捐躯报国

庚子[①]之后，赔款过巨，政府以责之疆吏[②]，疆吏责之州县。大抵于暴敛横征之外，别无筹款之法，故民日见其穷，财日见甚匮。惟不肖官吏，上下其手，巧立名目，借饱私囊而已。而投闲置散之员，更于此时穷思极想，条陈聚敛之法，以冀迎合上司，得以见用，故粤中有娼捐[③]之议。夫广东自闱姓[④]报效海防经费以来，已有奉旨开赌之诮，使娼捐之议再行，则诮更有不堪闻问者矣。或曰此议若行，是加娼家以美名也。问何美名？曰：“捐躯报国”。

**【注释】**

①庚子：指 1900 年八国联军侵华。

②疆吏：即封疆大吏。清代多指巡抚等。

③娼捐：指娼妓营业的税收。

④闱姓：以猜科举考试中榜者的名字的一种赌博活动，清末盛行于两广。

**【译文】**

庚子之后，赔款过于巨大，政府用它责求封疆大吏，封疆大吏就责求州县。大抵在横征暴敛之外，也没有别的筹款的办法，所以民众一天天地贫困，财富一天天地匮乏。只有那些不肖的官吏上下其手，巧立名目，借机中饱私囊。而那些投闲置散的官员，此时更是挖空心思，绞尽脑汁，想出种种聚敛的办法，借以迎合上司，获得任用，所以粤中有征收娼捐的建议。广东自从闱姓贡献海防经费以来，民间已经有奉旨开赌的嘲讽，假使娼捐的建议再得以施行，那么肯定有比这更难听的嘲讽话。有人说：此议若实行，是给了娼家一个美名。问是什么美名？答道："捐躯报国"。

## 借用长生

某甲染时疫死，其家人至市上买棺，苦无佳者，不得已归而熟商之。闻某富室之主人，备有长生木[①]在，便往求借用，许以事后照样奉还一具。富室不允，其家人踌躇再三；默念富室之人，素喜重利盘剥，何不用利动之。因对之曰："尊棺如肯借，他日奉还时，除照样大小之原本奉还外，再加添小棺材二三具，以为利钱如何？"

**【注释】**

①长生木：棺材的讳称。

**【译文】**

某人染上流行病死了，家人到市场上购买棺材，却找不到好点的，不得已回来仔细商量。听说某富室的主人备有一具棺材，便前往请求借用，许诺事后照样奉还一具。富室不答应。死者的家人犹豫了半天，心想有钱人一向喜欢重利盘剥，为何不用利息来打动他呢？于是对富室主人说："尊棺如肯借用，他日奉还时，除照样大小的原本奉还外，再加添小棺材二三具，作为利钱怎么样？"

## 王知训

王知训帅宣州，入觐，赐宴，伶人戏作一神，或问何人，答言："吾是宣州土地。"问何故到此？答言："王刺史入觐，和地皮卷来。"

赵南星评：州官入觐，土地随之，此常事也，而独言宣州，此乃与王知训有仇者为之耳。

石成金评：昔有咏回任官曰："来如猎犬去如风，收搭州衙大半空。只有江山移不动，也将描入画图中。"但恐土地神后，跟有若干冤魂怨魄，必要剥的地皮仍然剥完了，加上些利息，方才得散。

**【译文】**

王知训为宣州刺史，入朝觐见皇上，皇上赐宴招待，宫中的伶人扮作一个神，有人问什么人，回答道："我是宣州的土地。"问怎么到这儿来了？答道："王刺史入朝觐见，我和地皮一起被卷来。"

赵南星评：州官入朝觐见皇上，土地爷随同前往，这也是常有的事，为什么只说宣州，这一定是与王知训有仇的人干的。

石成金评：过去有一首咏回任官的诗，写道："来如猎犬去如风，收搭州衙大半空。只有江山移不动，也将描入画图中。"只怕土地神的后头，还跟有若干冤鬼，必定要将剥来的地皮仍然剥完了，再加上些利息，才能够让它消散。

# 厚　颜

天下极无耻之人，其初亦皆有耻者也。冒而不革，习与成昵。生为河间妇人[①]，死虽欲为谢豹[②]，亦不可得矣。余尝劝人观优[③]，从此中讨一个干净面孔。夫古来笔乘[④]，孰非戏本？只少一副响锣鼓耳！

——摘自冯梦龙《古今谭概》

**【注释】**

①河间妇人：著名淫妇，见柳宗元《柳河东集·外集》“河间传”。性本淑贞，为邻里所诱，成为不堪改造的淫妇。

②谢豹：杜鹃鸟的别称。唐代刘焘《树萱录》：“昔人有饮于锦城谢氏，其女窥而悦之。其人闻子规啼，心动，即谢去。女恨甚，后闻子规啼则怔忡若豹鸣，使侍女以竹枝驱之曰：‘豹，汝尚敢至此啼乎？’故名子规为谢豹。”

③观优：看戏。

④笔乘：本义为笔记，引申为书籍。

**【译文】**

即使是天下最无耻的人，他们当初也都是知道廉耻的。有了错误，若不及时加以革除，就会逐渐养成坏习惯而难以纠正了。活着的时候像河间妇人那样荒淫无耻，死后就想化为杜鹃也是不可能的。我曾劝人们多看戏，从戏中找一个干净的面孔。古往今来的书籍，哪一个不是戏本？只是少了一副喧闹的锣鼓而已。

## 《金楼子》[①]载子路事

孔子尝游于山，使子路取水，逢虎于水所。与共战，揽尾得之，纳怀中。取水还，问孔子曰："上士[②]杀虎如何？"子曰："上士持虎头。"又曰："中士杀虎如何？"子曰："中士捉耳。"又问曰："下士杀虎如何？"子："捉虎尾。"子路出尾弃之。

冯梦龙评：贫儿得粥自豪，不知他人有吃饭者。

**【注释】**

①《金楼子》：梁元帝萧绎所撰的一部札记。

②上士：道德高尚之士。

**【译文】**

孔子曾经在山中漫游，让弟子子路去取水，子路在取水的地方恰遇一只老虎。经过一番搏斗，把老虎的尾巴揪了下来，揣入怀中。取水回来，他问老师说："道德高尚的人怎样杀虎？"孔子说："他们抓住虎头。"子路又问："平常人怎样杀虎？"孔子回答："他们要抓住老虎的耳朵。"子路又问："下等的人怎样杀虎？"孔子回答说："他们揪老虎的尾巴。"子路听后感到非常惭愧，偷偷把老虎尾巴取出来扔掉了。

冯梦龙评：贫苦人家的孩子，能吃粥就感到很自豪，很满足了，殊不知别人还有吃干饭的！

## 急泪无泪

宋世祖[①]至殷贵妃墓，谓刘德愿曰："卿等哭妃若悲，当加厚赏。"刘应声号恸，涕泗交横，即拜豫州刺史[②]。帝又令羊志哭，羊亦呜咽甚哀。他日有问羊者："卿那得此副急泪?"羊曰:"我尔日自哭亡妾耳。"

冯梦龙评:两个花脸固可笑,然此墓岂可使他人有泪!



【注释】

①宋世祖:南朝宋孝武帝刘骏。453 到 464 年在位。

②豫州刺史:豫州,汉武帝置十三刺史部之一。辖境约当今淮河以北、伏牛山以东豫东、皖北地。

【译文】

南朝宋孝武帝来到殷贵妃墓前,对刘德愿说:"你们如果非常悲痛地为贵妃大哭一场,我会给你重赏。"刘德愿应声号啕大哭起来,哭得泪流满面,孝武帝当即封他为豫州刺史。孝武帝又令羊志哭,羊志也立刻大哭,并且显得异常的悲痛。事后,有一天,有人问羊志:"你从哪弄来这么一些应急的眼泪呢?"羊志回答说:"我那天自是哭我死去的妾罢了。"

冯梦龙评:这两个小丑的行为固然可笑,然而这座墓怎么能使他人流泪呢!

## 桓温似刘琨

桓温①自以雄姿风气,是宣帝②、刘琨③之俦。及伐秦④还,于北方得一巧作老婢,访之,乃刘琨婢也。一见温,便潸然泣曰:"公甚似刘司空⑤!"温大悦,出外整理衣冠,又呼问之。婢云:"面甚似,恨薄;眼甚似,恨小;须甚似,恨赤;形甚似,恨短;声甚似,恨雌。"温于是褫冠解带,昏然而睡,不怡者累日。

【注释】

①桓温:东晋谯国龙亢(今安徽怀远西)人,字元子。明帝婿。专擅朝政。

②宣帝:即司马懿。司马炎代魏后,追尊为宣帝。

③刘琨:晋将领,诗人。字越石,中山魏昌(今河北无极)人。官

并州刺史，愍帝初，任大将军，都督并州军事。其诗歌今存《扶风歌》等三首，慷慨激昂。明人辑有《刘越石集》。

④秦：这里指的是前秦。

⑤司空：官名。西周始置。西汉，与大司马、大司徒并称三公，参预政事。魏晋南北朝时，地位特高，多作权臣的加官。隋唐至宋，无实权。元废。

**【译文】**

东晋的桓温自以为体貌风度可与司马懿、刘琨相比。后来攻打前秦回来，在北方得到一位很能干的老婢女，一问，知道她曾是刘琨的婢女。这婢女一见桓温，便潸然泪下，说："大人与刘司空太像了！"桓温一听非常高兴，赶快出去整理了一番衣冠，又将老婢女唤来询问。婢女说："脸很像，可惜薄了点；眼很像，可惜小了点；胡须很像，可惜红了点；身材很像，可惜矮了点；声音很像，可惜不够洪亮。"桓温听后，摘下冠帽，解下官服，昏昏而睡，好几天不痛快。

## 王　建

王建[①]尝坐徒刑，但无杖痕。及得马涓为从事[②]，涓好诋讦，建恐为所讥，因问曰："窃闻外议，以吾曾遭徒刑，有之乎？"涓曰："有之。"建恃无杖痕，对众袒背示涓曰："请足下试看，遭责杖而肌肉如是？"涓乃抚背曰："大奇！当时何处得此好膏药来！"宾佐失色。

冯梦龙评：王建讳杖，殊无豪杰气，马涓教诲得好！

**【注释】**

①王建：五代十国时前蜀的建立者。907到918年在位。字光图，许州舞阳（今属河南）人。出身低微，少年时以屠牛、贩私盐为业。

②从事：州郡长史的僚属，帮助处理公务。

**【译文】**

王建曾受过徒刑，只是身上没有留下杖打的伤痕。后来马涓做他的助手，马涓这人喜欢说别人的坏话，揭别人的短处，王建担心被他讥讽，于是找机会问道："我私底下听到外面有些议论，说我曾经遭受过徒刑，有这事吗？"马涓说："有的。"王建仗着自己身上没有杖痕，对着众人袒露出后背给马涓看："请你仔细看看，遭到杖打的人肌肤能是这样的吗？"马涓抚摸着王建的后背说："真是天大的奇迹，当时你是从哪儿弄来了如此好的膏药！"左右和宾客听后都大惊失色。

冯梦龙评：王建忌讳受到杖责的往事，太没有豪杰气概了。马涓教诲得好。

## 誉词成句

黔郡①刺史新任公宴。时伶人②致词曰："为报吏民胥庆贺，灾星退去福星来！"刺史喜其善誉，问谁撰此，将遗赉之。伶人对曰："此郡中迎官成句。"

冯梦龙评：凡府县官临去任，有遗爱者，百姓争为脱靴，著于仪门③，以代甘棠之思④。近有为贪令脱靴者，令讶曰："我何德而烦汝？"答曰："是旧规。"近吾邑又有伪为脱靴而以敝靴易去其佳者，盖衔恨之极也，尤可笑。

**【注释】**

①黔郡：北周建德三年(574)废奉州置黔州。治所在今彭水县。唐辖境相当于今四川彭水、重庆黔江等地。

②伶人：古代对乐人的称谓。

③仪门：明清时称官署大门之内的门为"仪门"。

④甘棠之思：对有德政的地方官的思念。甘棠即棠梨，《诗·召南》有《甘棠》篇。朱熹集传："召南循行南国，以布文王之政，或舍甘棠之下，其后人思其德，故爱其树而不忍伤也。"后用以称颂有德政

的地方官。

**【译文】**

黔郡刺史刚刚上任，举行公宴招待各界。乐人致贺词说："为报吏民胥庆贺，灾星退去福星来。"新任刺史很喜欢这些赞誉之词，问是谁撰写的，将给予赏赐。乐人回答说："这是本郡中每次迎接新官到任的老话啊！"

冯梦龙评：府、县等地方官临到离任，凡有仁德之政留于任所的，百姓争着为其脱靴，放在官署的大门内，以代表对他有仁德之政的思念。近来有为贪婪县令脱靴者，县令惊讶地说："我有何德这样麻烦你？"回答说："这是老规矩。"我的乡里又有假装脱靴而用破旧的靴子换去他的好靴子，这是因为对为官者恨怒已极了，更是可笑。

## 山东好人

青州[①]鲁聪，以白丸药往外郡卖之，遇一宦，强其贱售。鲁不从，遂至垢詈。宦曰："何处人？"鲁曰："山东。"宦曰："可知愚骙。山东何曾有好人！"鲁曰："山东信无好人，只有一孔夫子！"宦有惭色。

冯梦龙评：近有于考试日，鄙徐州无人才者。徐州一生出曰："敝州止出徐达等八人[②]。"谈者愧之。苏郡[③]文风，惟崇明为下。有陈生者，巨擘[④]也，馆于太仓，同馆者乃本州廪生[⑤]，数以海县侮之。陈艴然曰："崇明人固不才，然非我；太仓人固多才，然非汝。何得相欺！"馆生默然。

**【注释】**

①青州：汉武帝置十三刺史部之一。辖境相当于今山东德州市、齐河县以东，马颊河以南，济南市以北和河北吴桥县等地。

②徐达等八人：明初开国功臣徐达、汤和等八人均为徐州一带人。

③苏郡：即平江府，治今苏州市。

④巨擘（bò）：大手笔，文章高手。

⑤廪生：科举制度中生员名目之一。明代府、州、县学生员都有生活补助，故名。



**【译文】**

山东青州鲁聪，把白丸药运到外地去贩卖，途中遇到一个官员，强令他把药低价出卖。鲁聪不从，于是遭到这官员的辱骂。官员问："你是什么地方的人？"鲁聪回答："山东人。"官员说："难怪你这么愚蠢呢，山东何曾有过什么好人！"鲁聪答道："山东确实没有什么好人，只不过有一个孔夫子。"官员听后脸上马上出现了惭愧的神色。

冯梦龙评：最近有人在会考那天鄙视徐州没有人才。徐州一书生便出来说："我们徐州只出过功臣徐达、汤和等八人。"这使刚才说话的人惭愧不已。苏州的文风，崇明一带被认为是最次的。崇明有一姓陈的书生，擅长写作，寓居于太仓。同住的都是本州廪生，他们多次因陈某来自海边文化落后的地方而侮辱他。陈书生愤愤不平地说："崇明人固然没才气，但这不是我；太仓人固然有才学，但也不是你们！凭什么欺侮人哪！"同住的书生们都无话可说了。

## 冒诗并冒表丈

唐李播典蕲州[①]。有李生来谒，献诗。播览之，骇曰："此仆旧稿，何乃见示？"生惭愧曰："某执公卷行江淮已久，今丐见惠[②]。"播曰：仆老为郡牧，此已无用，便奉赠。"生谢别，播问："何之？"生曰："将往江陵[③]谒表丈卢尚书。"播曰："尚书何名？"生曰："弘宣。"播大笑曰："秀才又错矣！卢乃仆亲表丈，何复冒此？"生惶恐谢曰："承公假诗，则并荆南表丈一时曲取[④]。"播大笑而遣之。

【注释】

①蕲州：唐辖境相当于今湖北长江以北、巴河以东地区。

②今丐见惠：现在请求你赠送给我。丐：讨求。

③江陵：唐升荆州为江陵府。治所在江陵(今湖北江陵县)。辖境相当于今湖北枝江市以东、潜江市以西、荆门和当阳以南地区。

④曲取：曲意收取。

【译文】

唐朝李播为蕲州刺史时，有一位姓李的书生来拜见，并献上写的诗。李播看了这些诗，惊奇地说："这些诗是我的旧作，今天怎么让我看这些?"李某惭愧地说："我把大人的这些诗，当作我自己写的，在江淮一带行走已经很长时间了。现在我请求大人把这些诗赠给我吧!"李播答道："我已经年老了，在州郡做刺史，这些诗已是无用，便送给你吧!"李某道谢告别。李播问："到什么地方去呀?"李某说："我打算去江陵拜见表丈大人卢尚书。"李播忙问："这位尚书叫什么名字?"李某答道："卢弘宣。"李播一听，大笑说："秀才又错了!卢弘宣尚书是我的亲表丈，你怎么又来冒认表丈大人哪?"李某诚惶诚恐地请求李播说："承蒙大人已给我诗了，我想就连荆南表丈这层关系也一并收取了。"李播哈哈大笑着打发这位李书生走了。

## 诋诗

张率年十六，作赋颂二千余首。虞讷见而诋之，率乃一旦焚毁，更为诗示焉，托云沈约[①]。讷更句句嗟称，无字不善。率曰："此吾作也!"讷惭而退。

冯梦龙评：韩昌黎[②]应试《不迁怒贰过》题，见黜于陆宣公[③]。翌岁，公复典试，仍命此题。韩复书旧作，一字不易，公大加称赏，擢为第一。以韩之才，陆之鉴，文无定价如此，又何怪乎虞讷也!

【注释】

①沈约：南朝梁文学家，字休文。历仕宋、齐、梁三代，助梁武帝

登位，为尚书左仆射，封建昌县侯，后官至尚书令。

②韩昌黎：唐代文学家韩愈。自谓郡望昌黎，故称“韩昌黎”。

③陆宣公：即陆贽，字敬舆，宣公乃其谥号。唐德宗时为翰林学士，参与机谋，时号内相。后官至中书侍郎，同平章事。力图改革弊政。后为裴延龄所谗，罢相被贬。



**【译文】**

张率十六岁，写诗作赋两千余首。虞讷每见其诗赋都一概贬诋，张率气愤之极把自己的作品全部毁掉。他再写诗来给虞讷看，却假托为大文学家沈约的作品，虞讷看时就一句句地嗟叹称赞，简直无一字用得不好。张率说：“这诗是我所作。”虞讷羞惭地退下去了。

冯梦龙评：韩愈应试，写题为《不迁怒贰过》的文章，被翰林学士陆贽刷掉了。第二年，陆贽仍为主考，还是出的这道题，韩愈将旧作写上，一字未改。陆贽却对他的文章大加赞赏，选拔为第一名。以韩愈的文才，陆贽的鉴别能力，文章的评价如此没有定准，又如何责怪虞讷呢！

## 陆居仁

陆居仁①每谓人曰：“吾读书至得意时，见庆云一朵，隐隐头上，人不能睹。一日读《诗经》注②，有不安处，思易之。忽于梦中见尼父③拱立于前，呼吾字曰：‘陆宅之，朱熹④误矣，汝说是也’！”一友谑曰：“足下得非禀受素弱乎？”居仁曰：“何为？”友曰：“吾见足下眼目眊眩，又梦寐颠倒耳！”遂赧不复言。

**【注释】**

①陆居仁：元朝人，字宅之。

②《诗经》注：南宋朱熹撰，是一部宋后广为流传至今的解释《诗经》的书。它对汉以来被深信不疑的《毛诗序》作了总的批判，不完

全按照旧的注疏而以意去探求《诗经》的本义。

③尼父：即孔子，字仲尼，故被尊称为尼父。

④朱熹：字元晦，号紫阳。徽州婺源（今属江西）人。生平著作甚多，有《四书章句集注》、《周易本义》、《诗集传》、《楚辞集注》等。

**【译文】**

陆居仁常常对别人说："我读书读到得意之处，就看到一朵祥瑞的云彩，忽隐忽现地出现在我的头上，别人看不见。有一天我读朱熹的《诗经》注时，发现有解释不妥之处，就想修正它。这时我神情恍惚如在梦中，只见孔夫子拱手站在我门前，叫着我的字说：'陆宅之啊，是朱熹错了，你的说法是对的'。"听了他的这些话，一学友开玩笑地说："你莫不是生就的体质单薄纤弱吧？"陆居仁说："你为什么这么问？"学友回答："我看你双眼昏花，做的梦又颠三倒四！"陆居仁十分羞赧，不再说话。

## 竞射

开元七年，赐百僚射。金部员外卢廙、职方郎中[①]李畬，俱非善射，箭不及垛，而竞言工拙。畬戏曰："与卢箭俱三十步。"左右不晓。畬曰："畬箭去垛三十步，卢箭去畬三十步。"

**【注释】**

①郎中：官名。战国始置。唐在六部各设四司，各司置郎中一人主事。自此以后，各朝代各部均置郎中，分掌司内事务。

**【译文】**

唐玄宗开元七年（719），玄宗李隆基赐令百官射箭。金部员外郎卢廙、职方郎中李畬箭都射得不好，他们射出去的箭连箭垛子都没射中，却争着说对方的射功太差。李畬开玩笑说："我的箭与卢大人的箭都差三十步。"旁人不明其意，李畬解释道："我的箭离箭垛三十步，卢大人的箭离我的箭三十步。"

## 聂以道断钞

聂以道曾宰江右[①]一邑。有人早出卖菜，拾得至元钞[②]十五锭，归以奉母。母怒曰：“得非盗而欺我？况我家未尝有此，立当祸至。可速送还！”子依命携往原拾处，果见寻钞者，付还其人。乃曰：“我原三十锭！”争不已，相持至聂前。聂推问村人是实，乃判云：“失者三十锭，拾者十五锭，非汝钞也！可自别寻。”遂给贤母以养老。闻者快之。

**【注释】**

①江右：江西当时称为江右。

②至元钞：元世祖至元年间发行的纸币。一锭相当于一贯。

**【译文】**

元朝的聂以道曾经主管江西一带政务。有一次，一个人早出卖菜，拾到至元钞十五锭，便拿回家交给母亲。他母亲愤怒地说：“这莫非是偷来的却欺骗我是捡的吧！何况我们家里从未有过这么多钱，要了马上会有灾祸。你快送回去。”儿子听从母亲的命令回到拾钱的地方，果然碰见了寻找失物的失主，便把钱交给了那人。那失主却说：“我原来丢失的是三十锭。”两人互相争执不下，就你拉我扯地到了聂以道面前。聂以道经过询问，知道那拾遗的村民说的是实话，便判决说：“失主丢的是三十锭，拾者拾得的是十五锭，这一定不是你的钱，你可以去别处寻找。”钱就判给了村民拿去为贤明的母亲养老。听到这事的人都觉得痛快。

## 换羊书

宋韩宗儒性饕餮[①]，每得东坡一帖，于殿帅姚麟换羊肉数斤。黄鲁直[②]戏东坡云：“昔右军[③]字为换鹅，今当作换羊书矣。”公在翰苑，一日以生辰制撰纷冗[4]，宗儒又致简以图报书。来人督索甚急，公笑曰：“传语本官今日断屠。”

**【注释】**

①饕餮：传说中的贪食恶兽，用以指贪婪的人，后亦专指人的贪于饮食。

②黄鲁直：即黄庭坚，北宋诗人，书法家，字鲁直，号山谷道人。他出于苏轼门下，而与苏轼齐名，世称“苏黄”。

③右军：即王羲之，东晋书法家，字逸少。出身贵族。官至右军将军、会稽内史，人称“王右军”。

④制撰纷冗：撰写文章之事既多且乱。

**【译文】**

北宋的韩宗儒生来就贪吃贪喝。他每次得到苏东坡的一张字，就到武将姚鳞处换几斤羊肉。黄庭坚与苏东坡开玩笑说：“过去王羲之曾以字换鹅，现在阁下写的可以作换羊肉书了。”当时苏东坡正在翰林院。有一天因为庆贺生日要撰写的文章很多，韩宗儒又派人送来了信简，希望得到回信。来送信的人督催求索得很急。苏东坡笑着说：“告诉他本官今天不屠宰。”

## 驴乞假

胡趱者，昭宗[1]时优[2]也，好博奕。常独跨一驴，日到故人家棋，多早去晚归。每至其家，主人必戒家僮曰：“与都知于后院喂饲驴子！”胡甚感之，夜则跨归。一日非时宣召，胡仓忙索驴，及牵至，则喘息流汗，乃正与主人拽硙耳，趱方知从来如此。明早复展步而去。主人复命喂驴如前。胡曰：“驴子今日偶来不得。”主人曰：“何也？”胡曰：“只从昨回便患头旋恶心，起止未得，且乞假将息。”主人亦大笑。

**【注释】**

①昭宗：唐昭宗李晔，888到904年在位。

②优：演戏的人。

【译文】

胡趱是唐昭宗的优伶，喜欢下棋。常常独跨一头驴，每天到老朋友家下棋，而且多是早去晚归。每到朋友家，主人必会再三嘱咐家仆说："把驴送到后院去给都知好好喂养！"胡趱很感动，到晚上再骑上驴回去。一日，昭宗临时宣召胡趱前去，胡趱慌忙找驴，等到驴牵到，还是气喘吁吁，浑身流汗，原来它正在为主人家拉磨呢！胡趱这才明白过去从来如此。第二天早上，他步行前往，主人仍像以前那样命家仆去喂驴。胡趱说："这驴今天偶然来不了。"主人问："为什么？"胡趱说："自从昨天回去，便闹头晕恶心，行动坐卧都不舒服，暂且请个假休息休息吧！"主人一听，也不禁大笑起来。

## 脔婿

今人[①]于榜下择婿[②]，号"脔婿"……其间或有意不愿就而为贵势豪族拥逼而不得辞者。一新贵少年有风姿，为贵族之有势力者所慕，命十数仆拥至其第。少年忻然而行，略无辞逊。既至，观者如堵。须臾，有衣金紫者出曰："某惟一女，亦不至丑陋，愿配君子，可乎？"少年鞠躬谢曰："寒微得托迹高门，固幸！待更归家，试与妻子商量如何？"众皆大笑而散。

【注释】

①今人：指宋代人。

②榜下择婿：新进士名榜一公布，权贵们就争着从中物色女婿。

【译文】

宋朝时新进士的名榜一公布，权贵们就争相从中物色女婿，称"脔婿"。那些被选中做女婿的人也有并不情愿的，但是被权门豪族拥逼无法推辞。有一位新贵少年貌美而又有风度，被一个有势力的贵族看中，这贵族就令十几个仆人簇拥着少年回府，而少年欣然而行,一点也不逃避推辞。到家之后,来看的人很多,挤得像一堵墙一样。一会儿,有一着金紫官服的人出来说:"我只有一个女儿,长得也不丑,想把她嫁给你,可以吗?"少年对他深深地鞠了一躬,然后说:"像我这样贫寒卑微的人,能攀上您这么高的门第,当然十分荣幸。且等我回家去与妻子商量一下,怎么样?"众人都大笑起来,一哄而散。

## 廖恩无过

熙宁[①]中,福建贼廖恩聚徒党于山林。已听招抚出降,朝廷赦罪,授右班殿直[②]。既至,有司供"脚色"[③]一项云:"历任以来,并无公私过犯。"见者哂之。

冯梦龙评:人但知廖恩可笑,孰知荐判中说清说廉,墓志上称功称德,皆是廖恩"脚色",安然不惭,独何也?

**【注释】**

①熙宁:宋神宗年号(1068—1077)。

②右班殿直:殿直,皇帝的侍从官,分左右两班。

③脚色:出身履历。据赵昇《朝野类要·入仕》:"脚色:初入仕,必具乡贯、户头、三代名衔、家口、年龄、出身履历。"

**【译文】**

熙宁年间,福建贼廖恩啃聚绿林,落草为匪。后来接受朝廷招安,出山归降,朝廷赦免了他的罪行,授官右班殿直。招安后,有关部门提供的"脚色"一项称:"(廖恩)历任以来,在公私两方面都没有什么过错。"见到的人无不发笑。

冯梦龙评:人们只知道廖恩此事可笑,殊不知推荐书中对被荐人说清说廉,墓志上对墓主称功称德,都是廖恩"脚色"一类,却恬然不以为耻,又是为什么呢?

## 称儿子

父子同行，有不知者，指子问曰："此位何人？"父答曰："此人虽然是朝廷极宠爱吏部尚书真正外孙第九代的嫡亲女婿，却是我生的儿子。"

石成金评：胸中有一盘香贵亲，随口定要说出，总不觉羞。

**【译文】**

父子俩一块出门，有人不知道他们是父子，指着儿子问道："这位是谁?"父亲答道："此人虽然是朝廷极宠爱的吏部尚书的真正外孙的第九代的嫡亲女婿，却是我生的儿子。"

石成金评：胸中有一盘香喷喷的显贵亲戚，随口必定要说出来，总不知道羞耻。

## 送　匾

一人夸己必中，说："夜梦鼓乐一部，送牌匾到家。"一友曰："我亦梦见送至宅上，匾有四字。"问何字，曰："岂有此理。"

醉月子评：以为必中而遍问星相者，亦是白日做梦。

**【译文】**

一人对人夸口说自己一定考中，说："昨夜我梦见一队鼓乐，吹吹打打，将牌匾送到家里来。"一个朋友接口说："我也梦见送牌匾到你宅上，匾上有四个字。"问是哪四个字，答道："岂有此理。"

醉月子评：以为自己一定高中而到处请教算命先生的人，也是白日做梦。

# 割股疗亲

有父病延医者，医曰："病已无救，除非君孝心感格，割股[1]可望愈耳。"子曰："这却不难。"遂抽刀以出，逢一人卧于门，因以刀刲之。卧者惊起。子抚手曰："不须喊，割股救亲，天下美事。"

醉月子评：此子割他人之股救亲，第知父可以生，而不管他人之死，亦是一点孝心，只欠良心耳。

**【注释】**

①割股：即割大腿肉。封建时代以割股疗亲为至孝。

**【译文】**

有人因为父亲病了，延医诊治。医生说："这病已没法治了，除非你的孝心感动天地，割股疗亲或许可望治愈。"做儿子的说："这却不难。"于是抽了把刀，走了出去，看到一个人睡在门口，就用刀剐他的肉。睡的人大惊而起。这位儿子拍着手说："不要喊，割股救治亲人，那是天下最值得称颂的事。"

醉月子评：这位儿子割他人的大腿肉救治亲人，只知父亲可以因此而生，而不管他人的死活，也是一点孝心，只是少了良心罢了。

# 惧　内

**女德之凶，无大于淫妒；然妒以为淫地也。譬如出仕者，中无贪欲，则必不忌贤而嫉能矣。然丈夫多惧内，自天子以至于庶人皆不免焉，则又何也？语曰："当断不断，反受其乱。"**

——摘自冯梦龙《古今谭概》

**【译文】**

妇女道德规范的大敌，莫过于淫欲与嫉妒。然而，嫉妒又正是为了淫欲。譬如为官者，心中如果没有贪图的欲望，就一定不会忌贤嫉能了。然而，天下男子大多惧内，上自天子下到平民百姓都不能避免，这又是为什么呢？还是古人说得好："当断不断，反受其乱。"

## 裴 谈

裴谈素奉释氏[1];妻悍妒。谈谓人曰:"妻有可畏者三:少妙时,视之如生菩萨,安有人不畏生菩萨?男女满前,视之如九子魔母[2],安有人不畏九子魔母?及五十、六十,薄施妆粉,或青或黑,视之如鸠盘荼[3],安有人不畏鸠盘荼?"

冯梦龙评:唐中宗时,优人进"回波词"曰:"回波尔时栲栳,怕妇亦是大好,外面只有裴谈,内面无如李老[4]。"后闻之,乃厚赐优。当时君臣皆以惧内为固然矣。

**【注释】**

①释氏:指佛教。因佛教创始人为释迦牟尼,故称。

②九子魔母:女神名,保佑人们生子之神。

③鸠盘荼:丑鬼名,梵语的音译。

④李老:指唐中宗。中宗惧怕韦后,政由内出。

**【译文】**

裴谈向来信奉佛教。而其妻不仅凶悍蛮横而且嫉妒心特强。裴谈对人说:"妻子可怕的地方有三处:当她们是妙龄少女时,看上去个个像美丽动人的菩萨,有谁不害怕菩萨呢?待到儿女满堂,环绕膝前,看上去如同九子魔母一般,有谁不怕九子魔母呢?到了五六十岁时,她们薄施妆粉,有的地方青有的地方黑,看上去就像个鸠盘荼,怎么会有人不怕鸠盘荼?"

冯梦龙评:唐中宗时,优人在御前演唱"回波词":"回波尔时栲栳,怕妇亦是大好,外面只有裴谈,内面无如李老。"韦后听说之后,重重地赏赐了优人。当时的君臣都认为惧内是理所当然的事。

## 李大壮

吴儒李大壮畏服小君[1],万一不遵号令,则叱令正坐,为缩[②]扁髻，中安灯碗燃灯。大壮屏气定体，如枯木土偶。人目之曰："补阙灯檠。"又尝值妻病，求鸦为药。大壮积雪中多方引致，仅获一枚。友人戏之曰："圣人以凤凰来仪为瑞，君获此免祸，可谓黑凤凰矣！"

冯梦龙评：如此肉身灯，正合供养生菩萨，但不应复杀生耳。

**【注释】**

①小君：古代称诸侯的妻子，后亦作为妻的通称。

②绾：盘结。

**【译文】**

吴地儒生李大壮害怕妻子，一不小心没有遵从妻子的号令，妻子就要呵斥他，命令他端正坐好，将他的头发盘编成扁发髻，在发髻中安放一个灯碗，点上灯。李大壮屏住呼吸，整个身体纹丝不动，如同一段枯木、一个木偶。他人看到后称他为"补缺的灯台"。又一日，碰上其妻生病，需要用乌鸦作药。大壮在一尺多厚的积雪中设法捕捉，好不容易抓到了一只。朋友们开玩笑地说："圣人把凤凰作为吉祥福瑞的象征，阁下获此乌鸦才得以免受惩罚，该把这乌鸦称作黑凤凰啦！"

冯梦龙评：这样的肉身灯，正适合供奉活菩萨。但他不应该又去干杀生一类的事！

## 九　锡

王丞相以曹夫人性忌，乃密营别馆，众妾罗列，男女成行。一日，夫人于蔬园中，望见两三小儿骑羊，脸端正可念。语婢："汝出问，是谁家儿？"给使[①]不达旨，乃云："此是第四、五等诸郎。"曹惊恚，便命车驾，将黄门[②]及婢二十人，持食刀自出寻讨。王亦飞辔出门，左手扳车栏，右手提麈尾[③]，以柄打牛，狼狈奔驰，仅得先至。蔡司徒[④]闻之，谓王曰："朝廷欲加公九锡[⑤]。”王自叙谦志。蔡曰：“不闻他物，唯闻短辕犊车、长柄麈尾耳。”王大笑。

【注释】

①给使：供差使的婢女、仆人等。

②黄门：官名，汉唐间非宦者充任的黄门侍郎、给事黄门侍郎等官的简称。

③麈尾：拂尘。魏晋人清谈时常执的一种拂子，用麈尾毛制成。

④司徒：官名。西周始置，主管人民、土地及教化之事。汉代司徒居宰相要职。三国后以丞相掌实权，司徒成虚衔。明废。

⑤九锡：古代帝王赐给有大功或有权势的诸侯大臣的九种礼器。

【译文】

东晋丞相王导因为妻子曹夫人生性特别嫉妒，就偷偷地安置了另一住处，侍妾成群，儿女成行。一天，曹夫人在菜园中看见两三个小孩骑羊玩耍，样子长得端正可爱，就对婢女说：“你出去问问，那是谁家的孩子？”这供差使的婢女不明底细，就说：“他们是四姨太、五姨太的儿子呀！”曹氏一听，又惊又愤，命人备起车马，带领下属及婢女二十人，手持餐刀出去寻找丈夫的外室。王丞相听说后也赶快驾车出门，他左手扳住车栏，右手提着麈尾，用其木柄狠狠地打牛快跑，这样慌张狼狈地一路狂奔，才比曹氏先到了一步。司徒蔡谟听说了这件事，对王丞相说：“朝廷要给大人加九锡了！”王丞相不知道这是开他玩笑，还表示谦让之意，蔡司徒接着说：“也没听说有别的东西，只听说有短车辕的牛车、长柄的麈尾。”王丞相听到这儿，才明白是在戏弄自己，也禁不住大笑起来。

## 王中令

王中令铎[①]镇渚宫[②]，为都统以拒黄寇[③]，兵渐近。先是赴镇以姬妾自随，其内未行，本以妒忌。忽报夫人离京在道。中令谓从事曰："黄巢渐以南来，夫人又自北至。旦夕情味，何以安处？"幕僚戏曰："不如降黄巢。"公亦大笑。

**【注释】**

①王中令铎：王铎，唐太原（今山西）人。879年，督军镇压黄巢起义军。守江陵。官历荆南节度使、中书令、义昌节度使。

②渚宫：即江陵。因春秋时期楚成王在此建渚宫，后人遂将渚宫用作江陵的别称。

③黄寇：对黄巢起义军的谩词。

**【译文】**

唐僖宗年间，王铎镇守江陵，任都统领军抗击北上的黄巢起义军。黄巢军队逐渐逼近。起初王铎赴任时带着姬妾同行，其妻没有同来，就是因为妒忌。突然接到报告说他的妻子已离开京城上路。王铎苦笑着对随从们说："黄巢逐渐从南逼来，夫人又从北边赶到，这日子可怎么办？"他的幕僚开玩笑地说："不如投降黄巢。"王铎听后大笑。

## 四畏堂

王钦若[①]夫人悍妒，不畜姬侍。王于后圃作堂，名"三畏"。杨亿[②]戏曰："可改作'四畏'。"王问其说。曰："兼畏夫人。"王深以为恨，卒无嗣。

冯梦龙评：还是修斋诵经不到。

**【注释】**

①王钦若：字定国，宋太宗时进士。官历参知政事、同平章事、枢密使、左仆射、宰相。

②杨亿：北宋文学家，字大年，淳化进士，任翰林学士兼史馆修撰。以骈文著名。著作多佚，现存《武夷新集》。

**【译文】**

王钦若的夫人凶悍并且嫉妒心很强，不许丈夫在家中蓄养妾侍。王钦若在后花园中建一静堂，取名为“三畏”堂。杨亿戏弄他说：“这‘三畏堂’可改‘四畏堂’。”王钦若问为什么，杨亿回答说：“再加上‘畏夫人’这一条。”王钦若对此深感遗憾，终于绝了后。

冯梦龙评：还是修斋诵经不足。

## 池水清

渠州人韩伸善饮博，多留连于花柳之间。其妻怒甚，时复自来驱趁同归。尝游谒东川，经年方返，复致妓与博徒同饮。妻闻之，率女仆潜匿邻舍，俟其宴合，遂持棒伺于暗处。伸不知，方攘臂浮白，唱“池水清”，声犹未绝，脑后一棒，打脱幞头，扑灭灯烛。伸即蹿于饭床之下。有坐客暗遭毒挞；复遣二青衣把髻子牵行，一步一棒决之，骂曰：“这老汉，何落魄不归也！”烛下照之，乃是同座客。蜀人传笑，遂呼韩为“池水清”。

**【译文】**

渠州人韩伸善饮酒、赌博，又常留连于花柳之间。他妻子对此非常恼火，时常来找他，将他赶回家去。韩伸曾到东川游玩，一年多才返回，又招来妓女与赌徒们同饮。他妻子听说后，带领女仆们偷偷躲藏在邻居家里，待到他们开宴后，手持木棒守候在暗处。韩伸丝毫不知这些，他捋衣出臂，举起酒杯放声高唱《池水清》，歌还未唱完，脑后一棒打来，包头的头巾被打掉了，扑灭了灯烛。韩伸赶紧窜到了饭桌下。黑灯瞎火中，有位客人遭到毒打，韩伸的妻子又指使两个女仆抓住这人的发髻，走一步打一棒，她边打边骂道：“你这老东西，为什么这样像丢了魂似的不回家！”后来，点灯一照，才知道打的是同座的客人。于是，蜀中人把此事传为笑谈，就叫韩伸为“池水清”。

## 谢太傅夫人

谢公[①]既深好音乐，颇欲立妓妾。兄子外甥辈微达此旨，共问讯刘夫人，因方便称《关雎》、《螽斯》[②]有不忌之德。夫人知以讽己，乃问："谁撰此诗？"云："是周公[③]。"夫人曰："周公是男子相为耳，若使周姥撰诗，当无此言！"

**【注释】**

①谢公：即谢安，字安石。出身士族，东晋孝武帝时任宰相。

②《关雎》、《螽斯》：都是《诗经》篇名。有一种意见认为这两篇诗都是歌颂后妃为君王引见姬侍而不嫉妒的德行。

③周公：西周初年政治家，姬姓，周武王之弟，名旦。曾辅佐武王灭商。

**【译文】**

谢安特别喜好音乐，很想弄几个姬妾。其侄儿及外甥们略知他的这一心意，就一起去试探刘夫人的口气，找了个机会夸赞《关雎》、《螽斯》诗中歌颂后妃们不嫉妒的德行。刘夫人一听就知道他们在劝说自己，便故意问道："这些诗是谁写的？"孩子们说："是周公。"刘夫人说："周公不过是男子帮男子说话而已。若是周姥来写诗，一定没有这一类的话。"

## 刘氏诗题

许义方妻刘氏，端洁自许。义方出经年，忽一日归，语其妻曰："独处无聊，得无时与邻里亲戚往还乎？"刘曰："自君之出，唯闭自守，足未尝履阈。"义方咨叹不已，又问："何以自娱？"答曰："唯时作小诗以适情耳。"义方欣然命取诗，观之，开卷第一篇题云《月夜招邻僧闲话》。

**【译文】**

许义方的妻子刘氏，总夸自己如何如何地端庄贞洁。许义方外出一年多，有一天忽然回来了，对妻子说："你一个人在家十分无聊，也不与邻里亲戚来往吗?"刘氏答道："自你出门以后，天天关门自守，我脚都没有跨出我们家的门槛!"许义方听后感叹不已，一会儿又问："你拿什么给自己消遣呢?"妻子答道："只是有时写点小诗来调剂一下情绪而已。"许义方高兴地要来她的诗卷观看，打开一看，开卷的第一首诗的题目就是《月夜招邻僧闲话》。

# 谲　智

人心之智，犹日月之光。粪壤也，而光及焉，曲穴也，而光入焉。智不废谲，而有善有不善，亦宜耳。小人以之机械[①]，君子以之神明[②]。总是心灵，唯人所设，不得谓智偏属君子，而谲偏归小人也。

——摘自冯梦龙《古今谭概》

**【注释】**

①机械:《淮南子·原道》:“故机械之心藏于胸中,则纯白不粹,神德不全。”高诱注:“机械,巧诈也。”

②神明:《淮南子·兵略》:“见人所不见谓之明,知人之所不知谓之神,神明者,先胜者也。”

**【译文】**

人的机智,就像日月的光辉。即使贱如粪土、弯曲如洞穴,光辉也一样地照耀,一样地射入。机智并不排斥诡诈,至于运用的效果有好有坏,那是取决于运用得是否适宜。小人用来表现为欺诈,君子用来表现为高明。机智和诡诈都是心灵的产物,在于人们如何去运用,不能说机智只属于君子,而诡诈只属于小人。

## 魏太祖

太祖[1]少好飞鹰走狗，游荡无度。其叔父数言之于嵩[2]，太祖患之。后逢叔父于路，乃阳败面㖞口。叔父怪而问其故，太祖曰："卒中恶风。"叔父以告嵩，嵩惊愕呼太祖，太祖口貌如故。嵩问曰："叔父言汝中风，已差[3]乎？"太祖曰："初不中风，但失爱于叔父，故见罔耳。"嵩乃疑焉，自后叔父有以告，终不复信。太祖于是益得肆意矣。

**【注释】**

①太祖：即曹操，小字阿瞒。曾任汉丞相，挟持汉献帝，与各地诸侯进行兼并战争。死后，其子曹丕废汉建魏，追尊为太祖武帝。世称魏祖。

②嵩：即曹嵩，曹操之父。

③差：即"瘥"，病愈。

**【译文】**

曹操年轻时喜欢飞鹰走狗，游手好闲，毫无节制。他的叔父屡次在他的父亲曹嵩跟前告状，曹操为此感到忧虑。后来在路上遇到他的叔父，于是曹操假装出口眼歪斜的模样。叔父觉得奇怪，连忙询问缘故，曹操说："突然中了恶风。"叔父将这告诉了曹嵩，曹嵩大惊，呼叫曹操，曹操面貌一如平日。曹嵩问："叔父说你中风了，好了吗？"曹操答道："本来就没有中风，只因为不讨叔父的喜欢，所以才遭受诬罔。"于是曹嵩开始怀疑起来，此后叔父说的事，曹嵩终究不相信。曹操于是得以更加放肆。

## 魏　武

魏武[1]常言人欲危己，己辄心动。因语所亲小人曰："汝怀刃密来我侧。我必说心动，执汝行刑。汝但勿言某使，无他，当厚相报。”此人信之，被执不惧，遂斩之。

冯梦龙评：啖野葛[②]及梦中杀人，皆诈也。独此举，三岁小儿恐亦难欺，老瞒[③]所亲，夫岂木偶？必是此老有心，预择一极愚蠢者，谬如亲爱，而借之以实其诈耳。智囊之首，黠贼之魁乎。

**【注释】**

①魏武：即曹操。

②啖野葛：《博物志》称曹操习惯吃野葛。

③老瞒：即曹操。曹操小字阿瞒。

**【译文】**

曹操经常说：别人要害自己，自己就会心里一动。有一天，他交代身边的一个亲兵说：“你揣把刀悄悄地走到我身边来。我一定说自己心血来潮，捉你去惩处。你只不要说是我叫你这样做的，不会有什么事，事后，我一定重重地报答你。”这人信以为真，抓住之后也不害怕，于是被斩首。

冯梦龙评：吃野葛和梦中杀人，二者都属欺诈。唯独这件事，只怕连三岁的小孩子也骗不了。老瞒所亲信的人，难道是木偶泥胎？一定是这个老家伙早有预谋，预先挑选了一个极其愚蠢的家伙，平日里假装十分亲近喜爱，好借他的人头来坐实自己的诡计罢了。老瞒真不愧是智囊中的头牌、狡猾人中的魁首。

## 崔、张豪侠

进士崔涯、张祜[①]下第后，游江淮，嗜酒狂吟，以侠相许。崔尝有诗云：“太行岭上三尺雪，壮士怀中三尺铁[②]。一朝若遇有心人，出门便与妻儿别。”由是侠名播于人口。一夕，有非常人，装饰甚武，腰剑，手囊贮一物，流血于外，入门曰：“此张侠士居耶？”曰：“然。”张揖客甚谨。既坐，客曰：“有一仇人，十年莫得，今夜获之，喜不可已。”指囊曰：“此其首也!”问:“有酒否?”张命酒,客饮嚼甚壮,曰:“闻公义气,薄有所请,可乎?”张唯唯。客曰:“此去三数里,有一义士,余所深德。君可假十万缗[3],立欲酬之。若济,则平生恩仇毕矣。此后赴汤蹈火,亦无所惮。”张且不吝,深喜其说,乃筹其缣素中品之物,罄以畀之。客曰:“快哉!死无恨!”乃留囊首而去,期以却回。及期不至,五鼓绝声,东曦既驾,杳无踪迹。张虑囊首彰露,客既不来,将遣家人埋之;开囊,乃豕首也。方悟见欺,迩后豪侠之气顿丧。

冯梦龙评:按:张祜字承吉,苦吟时,妻孥唤之不应。以责祜,祜曰:“吾方口吻生花,岂惜汝辈?”后知南海罢,但载罗浮石归,不治产。虽一事见欺,不愧豪士矣。

**【注释】**

①崔涯、张祜:唐宪宗时诗人,二人齐名。

②三尺铁:即剑。

③缗:成串的钱。

**【译文】**

唐代进士崔涯、张祜科举落第后,到江淮一带游历,纵情于诗酒之间,以侠义之士互相推许。崔涯曾经作了这样一首诗:“太行岭上三尺雪,壮士怀中三尺铁。一朝若遇有心人,出门便与妻儿别。”因此,江湖上都传说二人是侠义之士。有一天晚上,张祜家来了一个人,这人相貌奇特,身穿劲装,腰中悬挂宝剑,手中的袋子中装有一物,血流于外,他进门就问:“此处是张侠士的府上吗?”张祜非常恭谨地接待来客。落座之后,客人说:“有一个仇人,追杀了十年都未能得手。今晚终于杀了他,真是太高兴了。”又指着袋子说:“喏,这就是他的人头。”来客又问有没有酒。张祜连忙叫人摆上酒菜。客人大吃大喝起来,说:“听说您十分的仗义,我有一个请求,不知肯不肯俯允?”张祜连声说:“好说,好说。”客人说:“离这三里多路,有一个大义士,对我有大恩大德。请公借给我十万缗钱,我想立即报答他。如果能够如愿,那么,平生的恩恩怨怨就都了结了。从此后,就是赴汤蹈火，也在所不惜。"张祜素来大方，又特赞赏客人的主张，就把家里值钱的东西统统拿出来交给客人，客人说："真痛快！死而无恨矣。"于是留下装有人头的袋子走了，走时约定了转回来的时间。到了约定的时间，客人没到，直到五更过了，东边升起了太阳，客人还是杳无音信。张祜担心事情败露，客人既然不来，就指派家人掩埋。打开袋子一看，原来是一个猪头。这才醒悟是被人欺骗了。从此，豪侠的气概一下子就全没有了。

冯梦龙评：张祜，字承吉。当他埋头构思的时候，妻子儿女喊他都不应声。她们因此责怪他，张祜答道："我正好吟到绝佳的诗句，哪里还顾得上你们？"后来做南海县知县，卸任时，只载回一些罗浮石，没有置办别的产业。虽然在一件事上受了骗，终究不愧为一个豪杰之士。

## 贷 金

嘉靖[①]间，一士人候选京邸。有官矣，然久客囊空，欲贷千金，为所故游客谈。数日，报命曰："某中贵[②]允尔五百。"士人犹恨少。客曰："凡贷者，例以厚贽先。内相[③]家性，苟得其欢，何不可？"士人拮据凑贷器币，约值百金。为期入谒。及门，堂轩丽巨，苍头庐儿[④]，皆曳绮缟，两壁米袋充栋，皆有"御用"字。久之，主人出。主人横肥，以两童子头抵背而行。享礼微笑，许贷八百。庐儿曰："已晚，须明日。"主人曰："可。"士人既出，喜不自任。客复属耳："当早至，我俟于此。"明日至，寥然空宅，堂下两堆煤土，皆袋所倾。问主宅者，曰："昨有内相赁宅半日，知是谁何？"客亦失迹，方知中诈。

【注释】

①嘉靖：明世宗年号（1522—1566）。

②中贵：即“中贵人”，有权势的太监。

③内相：对有权势的太监的谀称。

④苍头庐儿：旧时私家蓄养的奴仆。

**【译文】**

嘉靖年间，一个士人到京城等候朝廷选拔任用，获得委任后，然而因为长期客居京城，身边的钱财都用得差不多了，打算找人借贷千金，对一个经常来往的熟人谈了自己的想法。过了几天，熟人回话说：“某中贵人答应借给你五百两银子。”士人嫌少。熟人说：“找人借钱，照例必须先向对方送一笔厚礼。内相性情好，假如能讨得他欢喜，还有什么办不成？”士人手头很紧，东拼西凑，凑了大约一百两银子的礼品。约定日期前往拜访，只见房舍十分的华丽，奴仆都穿着绸缎服装。两旁堆码着齐屋栋的米袋，米袋上都有“御用”字样。过了许久，主人才出来见客。主人十分的肥胖，靠着两个童子顶着背推着走。主人与客人见礼后微微而笑，应允贷给他八百两银子。奴仆说：“今天太晚了，要明天才能办。”主人说：“就这样吧。”士人告辞后，喜不自禁。熟人又叮嘱道：“明天早点来，我在这等你。”第二天，士人如约来到。只见一所空宅，堂下堆着两堆煤灰，都是米袋里倒出来的。询问看守房屋的人，答道：“昨天有个内相来租了半天，知道他是谁？”再找那位熟人，也失了踪影，才知上当了。

## 一钱诓百金

胠箧[①]唯京师为最黠。有盗能以一钱诓百金者，作贵游衣冠，先诣马市，呼卖胡床[②]者，与一钱，戒曰：“吾即乘马，尔以胡床侍。”其人许诺。乃谓马主：“吾欲市骏马，试可乃已。”马主谨奉羁靮。其人设胡床而上，盗上马疾驰而去。马主追之。盗径扣官店，维马于门，云：“吾某太监家人，欲段匹若干，以马为质，用则奉价。”店睹其良马，不之疑，如数畀之。负而去。俄而马主迹至店，与之争马，成讼。有司不能决，为平分其马价云。

【注释】

①胠箧：撬开箱笼，亦用作盗窃的代称。

②胡床：一种可以折叠的轻便坐具。

【译文】

盗贼以京城的最为狡猾。有一个能用一文钱骗上百两银子的骗子，打扮成有钱有势人的模样。先到马市，喊来一个卖折椅的，给他一文钱，交代说："我要乘马，你拿把折椅跟着我。"这人答应了。然后对马主说："我想买匹骏马，先试一下，中意就买。"马主就将笼头和缰绳递给他，骗子踏着胡床，跃上马背，驱马疾驰而去。马主急忙上马尾追而去。骗子骑马直奔官店，将马系在门前，说："我是某太监的家人，拟买缎匹若干，我把马作抵押，如果用了就付给你价款。"店主看了看他骑的骏马，毫不怀疑，如数将缎匹交给他。骗子扛着走了。不一会，马主寻踪来到官店，与店里争夺马匹，官司打到衙门里。衙门老爷无法辨别真伪，最后判双方各分得一半的马价。

## 乘驴妇

有三妇人雇驴骑行，一男子随之。忽少妇欲下驴择便地，呼二妇曰："缓行俟我！"方其下驴，男子佐之，少妇即与调谑若相悦者。已乘驴，曰："我心痛，不能急行。"男子既不欲强少妇，追二妇又不可得，乃憩道旁，而不知少妇反走久矣。是日三驴皆失。

【译文】

有三个女人雇了三头驴子骑着赶路，一个男子随着前往。忽然一个少妇想下驴找个地方方便一下，招呼另外两个女人说："你们慢慢走等着我。"下驴的时候，男子过来帮着她，少妇就风言风语地像相好的人那样跟他调笑。待到重新上了驴，少妇说："我心口疼痛，不能走急了。"男子既不想勉强少妇，往前追赶另两个女人又追不上，于是在路边歇着等后头这位，却不知少妇已掉头走了很久了。这一天，三头驴都丢了。

## 秘　法

杭州吴山有售秘法者。一人以三百钱购三条，曰：持家必发；饮酒不醉；生虱断根。固封慎重而与之，云："此诀至灵，慎勿浪传人也。"归家视之，则曰勤俭，曰早散，曰勤捉而已。

**【译文】**

杭州吴山有人兜售秘诀。某人用三百文钱买了三条，分别是：持家必发；饮酒不醉；生虱断根。卖的人将秘诀封得严严实实然后郑重其事地交给他，说："此诀最灵验，千万不要轻易告诉别人。"这人回家来，打开一看，三个秘诀：一条是"勤俭"；一条是"早散"；一条是"勤捉"。

## 易　术

金陵[①]人有卖药者，车载大士[②]像。问病，将药从大士手中过，有留于手不下者，则许人服之，日获千钱。有少年子从旁观，欲得其术，俟人散后，邀饮酒家。不付酒钱，饮毕竟出，酒家如不见也。如是三。卖药人叩其法，曰："此小术耳，君许相易，幸甚！"卖药曰："我无他。大士手是磁石，药有铁屑，则粘矣。"少年曰："我更无他。不过先以钱付酒家，约客到绝不相问耳。"彼此大笑而罢。

**【注释】**

①金陵：即今江苏南京。

②大士：即观音大士。

【译文】

金陵有个卖药的,用车子装着观音菩萨的神像。有人前来求药,就问问病情,把药放在菩萨手上。如果药粘在手上不掉下来,就允许病人服用,每天可收入上千钱。有一个少年在旁边观看,想学到这种技术。等到人散后,邀卖药人到酒家喝酒。也不付酒钱,吃完就走,酒家也不问,就像没看见。接连几天都是这样。卖药人觉得很奇怪,询问是什么法术。少年回答道:“这算不了什么,你要是同意交换法术,我将很高兴。”卖药人说:“我没有别的诀窍。观音大士的手是磁石做的,药里夹杂有铁屑,就粘住了。”少年说:“我更没有别的诀窍。不过事先付了钱给酒家,约定客来后,绝不询问。”两人大笑着走了。

## 女巫

京师闾阎多信女巫。有武人陈五者,厌其家崇信之笃,莫能治。一日含青李于腮,绐家人疮肿痛甚,不食而卧者竟日。其妻忧甚,召女巫治之。巫降,谓五所患是名疔疮,以其素不敬神,神不与救。家人罗拜恳祈,然后许之。五佯作呻吟甚急,语家人云:“必得神师入视救我可也。”巫入按视。五乃从容吐青李视之,捽[①]巫批其颊[②],而叱之门外。自此家人无信崇者。

冯梦龙评:以舍利取人,即有借舍利以取之者。以幻术愚人,即有托幻术以愚之者。以神道困人,即有诡神道以困之者。“无奸不破,无伪不穷”,信哉!

【注释】

①捽:揪住。

②批其颊:打耳光。

【译文】

京师里的人大多迷信巫婆。有一个武将叫陈五,讨厌家里人对巫婆崇拜得五体投地，却无法改变。一日，陈五在腮帮里含了一个青李，骗家里人说是疮肿，十分的疼痛。一整天躺在床上不吃不喝。他的妻子十分担心，请巫婆前来治疗。巫婆降神，说陈五患的是疔疮，因为他一向不尊敬鬼神，神不肯施救。陈五的家人都跪在地上，恳切祈求，然后巫婆才答应。陈五假装呻吟得厉害，对家人说："一定要神师进来看，就可以救我。"巫婆进去察看。陈五不慌不忙地从口里吐出一个青李子给她看。揪着巫婆的衣领，一顿耳光打了出去。从此，家人再没有信巫婆的了。

冯梦龙评：利用舍利骗取人钱财，就有人借舍利来骗取他的钱财。利用幻术愚弄人，就有人假托幻术来愚弄他。利用神道困厄人，就有人诡称神道来困厄他。俗话说："无奸不破，无伪不穷"，真是不错。

## 智　妇

某家娶妇之夕，有贼来穴壁[①]，已入，会其地有大木，贼触木倒，破头死。烛之，乃所识邻人，仓惶间恐反饵祸[②]。新妇曰："无妨。"令空一箱，纳贼尸于内，舁[③]至贼家门首，剥啄[④]数下，贼妇开门见箱，谓是夫所盗，即举至内。数日，夫不返，发视，乃是夫尸；莫知谁杀，亦不敢言，以瘗之[⑤]。

**【注释】**

①穴壁：即破墙入室偷盗。

②饵祸：招来灾祸。

③舁：抬。

④剥啄：敲门。

⑤瘗：埋葬。

**【译文】**

某人家娶新妇，这天晚上，有贼挖墙入室偷盗。小偷进来后，碰巧这里有一棵大树，不小心一头撞在大树上，死了。主人家的人点着火烛过来一看，发现死去的是自己的邻居，仓皇之间又怕会招来祸殃。新妇说："不要紧。"叫人腾出一口箱子，将小偷的尸体放在箱内，抬到小偷家门口，然后敲了敲门。贼婆娘开门见到箱子，以为是丈夫偷来的，连忙搬进屋。过了几天，还不见丈夫回来，打开箱子一看，原来里面装的竟是自己丈夫的死尸。贼婆娘不知道是谁杀的，又不敢声张，只好掩埋了事。

## 海刚峰

有御史怒某县令。县令密使嬖儿[①]侍御史，御史昵之，遂窃其符[②]逾墙走。明晨起视篆[③]，篆箧已空，心疑县令所为，而不敢发，而称疾不视事。海忠肃[④]时为教谕，往候御史。御史闻海有吏才，密诉之。海教御史夜半于厨中发火。火光烛天，郡属赴救。御史持篆箧授县尹，他官各有所护。及火灭，县令上篆箧，则符在矣[⑤]。

**【注释】**

①嬖儿：受宠爱的人。

②符：官符，即官印。明代官员失印即失职，所以县令使人去偷御史的官印。

③篆：即官印。

④海忠肃：即海瑞，号刚峰。谥忠介。

⑤海瑞教御史将印匣交县官保管，倘县官上缴空匣子，难免有失守的罪愆。县官为逃此劫，必定交出所窃官印。

**【译文】**

某御史与某县令不和。县令偷偷地派自己的相好去陪御史过夜，御史着了迷，这位相好的就趁机偷了御史的官印，翻墙逃走。第二天早晨御史起来一看官印，印匣子还在，官印不见了。御史心里怀疑是县令干的，却不敢声张，只好诡称有病，不能升堂办公。海忠介公海瑞当时正在南平做教谕，前去看望御史。御史风闻海瑞足智多谋，精明强干，就悄悄地将此事的原委告诉了他，请他想个办法。海瑞教御史半夜在厨房放火，如此这般。当晚，御史官衙失火，火光冲天，本城属官纷纷前来救火。御史将印匣子交给县官保管，其他官员都安排有照看的任务。等到火被扑灭，县令缴上印匣子，官印已放回来了。

## 黠竖子

西邻母有好李，苦窥园者，设井墙下，置粪秽其中。黠竖子呼类窃李，登垣，陷井间，秽及其衣领，犹仰首于其曹："来来！此有佳李！"其一人复坠。方发口，黠竖子遽掩其两唇，呼"来来"不已，俄一人又坠。二子相与诟病。黠竖子曰："假令二子者有一人不坠井中，其笑我终无已时！"

冯梦龙评：小人拖人下浑水，使开口不得，皆用此术。

**【译文】**

西邻妇女家李树上结的果特好吃，苦于每每为人偷食，于是在院墙脚下挖了个坑，灌上粪便。有一个狡猾人带着两名同伙一起去偷李子，他翻二围墙，一跳，正落粪坑里，粪便都淹到了他的脖子。他还是仰着头喊："来！来！这里有好李子！"其中的一个同伙又掉了进来。这人正要张口说话，狡猾人连忙按住他的嘴，不停地招呼："来呀！来呀！"一会儿，另一个也掉了进来。两个都一起责骂他。狡猾人说："假使你们两人有一个不掉到粪坑里来，那还不得老笑话我！"

冯梦龙评：小人拖人下浑水，让人无法开口，都是用的这种办法。

## 跳　神

北方男子跳神叫做端公。有一端公教着个徒弟，一日，端公出外，有人来请跳神，这徒弟刚会打鼓唱歌，未传真诀，就去跳神；到了中间，不见神来附体，没奈何信口搐了个神灵，乱说一篇，得了钱米回家，见他师傅说道："好苦。"把他跳神之事，说与师傅，师傅大惊道："徒弟，你怎么知道？我原来就是如此。"

赵南星评：此端公过于忠厚，徒弟问他，何不说："跳神极是难事，妙诀不可轻传，恐泄天机，鬼神责谴，须是三年五载，方可传授，你今即行的去，且将就应付。"可惜轻易说了实话，所谓"若将容易得，便作等闲看"也。

【译文】

北方男子跳神的叫作端公。有一个端公带了一个徒弟，有一天，端公有事出门了，有人来请跳神，这徒弟刚学会打鼓唱歌，师傅还没有传授真诀，就去跳神；到了中间，不见有神来附体，没办法，只好信口拉了个神灵，乱说了一通，得了钱米回家，见了他师傅说道："好苦啊。"把他跳神的事情，说给师傅听。师傅听后大惊，说道："徒弟，你是怎么知道的？我原来就是这样跳的。"

赵南星评：这端公太过忠厚，徒弟问他，为什么不说："这跳神是件极难的事，妙诀不可轻易传授与人，恐怕泄露了天机，招来鬼神谴责，须是过了三年五载，方可传授。你现在既然能对付得了，暂且将就着应付。"可惜轻易地说了实话，所谓"若将容易得，便作等闲看"。

## 节日门状

刘贡父[①]为馆职[②]。节日，同舍遣人以书筒盛门状[③]遍散人家。刘知之，乃呼所遣人坐于别室，犒以酒肴，因取书筒视之，凡与己一面之旧者，尽易以己门状。其人既饮食，再三致谢，遍走巷陌，实为刘投刺[④]，而主人之刺遂已。

【注释】

①刘贡父：宋人。刘攽，字贡父，号去非。庆历六年（1046 年）进士。官至中书舍人。曾协助司马光撰写《资治通鉴》。为人疏俊，不修威仪，喜谐谑，数招怨悔，终不能改。

②馆职：唐宋时凡在史馆、昭文馆、集贤馆等处供职，从直馆到校勘，都称馆职。

③门状：犹旧时的拜帖。古未有纸，削竹木书写姓名，叫作刺；后世用纸书写，叫作名纸。唐武宗时，宰相李德裕权倾朝野，人务加礼，改具衔候起居之状，称为门状。

④刺：见"门状"。

【译文】

刘贡父任馆职的时候，节日里，同事派人用书筒装着名帖四处上门投递。刘贡父知道了这件事，于是叫住投递的人，请他到别的房里吃酒，乘机取过书筒翻看。凡是和自己见过一面的，就都换成自己的门帖。投递的人吃完了，再三地向刘贡父表示感谢，到处奔走，其实是为刘贡父投递名帖，而自己主人的名帖反而没送出去。

## 科试郊饯

科试故事，邑侯[①]有郊饯。酒酸甚，众哗席上。张幼于令勿喧，保为易之，因索大觥满引为寿。侯不知其异也，既饮，不觉攒眉，怒惩吏，易以醇。

【注释】

①邑侯：县令。因县令有如诸侯，独宰一县，故名。

【译文】

士子出门应试，照规矩，县令要在城外摆酒送行。酒席上用的酒酸得像醋，大家当场都闹了起来。张幼于叫大家不要闹，保证给他们换酒。于是拿一个大杯子装满酒给县令敬酒。县令没想到酒会不一样。饮罢，不觉皱起了眉头，大怒，惩治了经办的胥吏，命令换上好酒。

## 孙兴公嫁女

王文度弟阿智恶乃不翅，年长失婚。孙兴公绰有女，亦僻错，无嫁娶理，因诣文度，求见阿智。既见，便扬言："此定可，殊不如人所传，哪得至今未有婚处！我有一女，乃不恶，欲令阿智娶之。"文度欣然以启蓝田。蓝田惊异。既成婚，女之顽嚣乃过婿，方知兴公之诈。

冯梦龙评：阿智得妇，孙女得夫，大方便，大功德，何言诈乎？

**【译文】**

王文度（王坦之）的弟弟阿智（王虔之）品行十分恶劣，年纪老大也没人愿意与他结亲。孙兴公（孙绰）有个女儿，也十分的乖僻古怪，没办法嫁出去。孙兴公于是找到王文度家，要求见见阿智。见面之后，孙绰便故意说："阿智蛮不错嘛，完全不像人们说的那样，怎么会到现在还没有婚配！我有一个女儿，还不错，我想叫阿智娶她。"王文度很高兴地向他的父亲王述（蓝田侯）禀报。王述又惊又喜。成婚之后，王家的人发现孙家女儿比阿智还要愚悍顽劣，这才知道上了孙兴公的当。

冯梦龙评：阿智得到了媳妇，孙家女儿得到了丈夫，这是大方便，大功德，怎么可以说欺诈？

## 令人不忍欺

曾文正[①]在军中，礼贤下士，大得时望。一日有客来谒，公立见之。其人衣冠古朴，而理论甚警，公颇倾动。与谈当世人物，客曰："胡润芝[②]办事精明，人不能欺；左季高[③]执法如山，人不敢欺；公虚怀若谷，爱才如命，而又待人以诚，感人以德，非二公可同日语，令人不忍欺。"公大悦，留之营中，款为上宾。旋授以巨金,托其代购军火。其人得金,去同黄鹤。公顿足曰:“令人不忍欺,令人不忍欺。”

【注释】

①曾文正:即曾国藩,字涤生,道光进士。太平天国运动爆发后,以吏部侍郎身份组织湘军,进行镇压。后任两江总督,率部攻破天京。卒谥文正。

②胡润芝:胡林翼,字贶生,号润芝,道光进士。参与曾国藩镇压太平军的活动。与曾国藩并称“曾胡”。

③左季高:左宗棠,字季高。举人出身。参与曾国藩镇压太平军的活动。后又率部平定新疆阿古柏叛乱。1881 年任军机大臣。卒谥文襄。

【译文】

曾文正统率军队的时候,礼贤下士,为世人所称赞。有一天,一个客人前来拜访。来客穿着十分古朴,而言论十分精辟,曾国藩很为震动。两人相与谈论当世的人物,客人说:“胡润芝办事精明,人们无法欺骗他;左季高执法如山,人们不敢欺骗他;您虚怀若谷,爱才如命,而又以诚待人,以德感人,不是胡、左二公可以同日而语的,叫人不忍心欺骗。”曾国藩十分高兴,将他留在军营中,当作上宾接待。不久,交给他一笔数额巨大的款子,委托他代为购买军火。这人拿到款子后,就像黄鹤一样一去不返。曾国藩跺着脚念叨:“叫人不忍心欺骗,叫人不忍心欺骗。”

# 戏　弄

古云"稚子弄影，不知为影所弄。"然则弄人即自弄耳。虽然，不自弄，将不为造化小儿[①]弄耶？傀儡场中[②]，大家搬演将去，得开口处便落便宜。谓之"弄人"可，谓之"自弄"可；谓之"造化弄我"，"我弄造化"，俱无不可。

——摘自冯梦龙《古今谭概》

**【注释】**

①造化小儿：对造物主的戏称。

②傀儡场中：木偶戏台上。冯梦龙把社会比作戏台。

**【译文】**

古人说："小孩戏弄影子，却不知道自己已被影子捉弄。"如此说来，戏弄别人也就是作弄自己了。虽说是这样，自己不去作弄自己，谁又能保证不被造物主戏弄呢？在社会这座大舞台上，人人扮演着各自的角色在台上演出，有了说话的机会，就可以落便宜。说是捉弄别人可以，说是作弄自己也可以；说是造物主戏弄我，或是我捉弄了造物主，都没有什么不可以的。

## 乘大家热铛

北齐高祖[1]尝宴近臣为乐。高祖曰："我与汝等作谜共射[2]之：'卒律葛答'。"石动筩[3]曰："是煎饼。"高祖笑曰："是也。"又曰："汝等诸人为我作一谜，我为汝射之。"诸人未作，动筩为谜，复曰："卒律葛答。"高祖射不得，问曰："此是何物？"答曰："是煎饼。"高祖曰："我始作之，何因更作？"动筩曰："乘大家热铛子头[4]，更作一个。"高祖大笑。

**【注释】**

①北齐高祖：北齐（550—577）的建立者文宣帝高洋的父亲东魏权臣高欢，死后被追尊为皇帝，庙号高祖。

②射：猜谜。

③石动筩：北齐名优。

④铛子头：浅而平底的铁锅。

**【译文】**

北齐的高祖皇帝曾经宴请身边的亲信臣子作乐。高祖说："我给你们出个谜语，大家一起来猜：'卒律葛答'。"石动筩说："是煎饼。"高祖笑着说："是的。"接着又提出："你们大家给我出一条谜语，我来给你们猜。"其他人还没想出来，石动筩就说了，谜面也是"卒律葛答"。高祖猜不出来，就问道："谜底是什么？"石动筩回答说："是煎饼。"高祖说："我开始出的就是这条谜语，你怎么又来了一遍？"石动筩诙谐地回答："趁您的热锅，我再做一个煎饼。"高祖听了哈哈大笑起来。

## 胜伊一倍

高祖[1]尝读《文选》[2]，有郭璞[3]《游仙诗》，嗟叹称善。石动筩起曰："此诗有何能？若令臣作，即胜伊一倍。"高祖不悦，曰："汝是何人？自言作诗能胜郭璞一倍，岂不合死？"动筩即云："大家即令臣作，若不胜一倍，甘心合死。"即令作之，动筩曰："郭璞《游仙诗》云：'青溪千余仞，中有一道士。'臣作云：'青溪二千仞，中有二道士。'岂不胜伊一倍？"高祖始大笑。

**【注释】**

①高祖：指北齐高祖高欢。

②文选：即《昭明文选》，梁萧统选编的一部文学总集。

③郭璞：字景纯，东晋文学家。博学、工诗，以《游仙诗》最负盛名。

**【译文】**

齐高祖曾经读郭璞作的《游仙诗》，一再称赞。石动筩起奏说："这诗有什么好？要是叫我写，可以超过他一倍。"齐高祖心中不快，说："你是什么人？敢自称写诗能超过郭璞一倍，岂不是该死？"石动筩答道："皇上让我作一首，要是不超过一倍，甘愿受死。"高祖就叫他作，石动筩说："郭璞《游仙诗》说：'青溪千余仞，中有一道士。'我的诗为：'青溪二千仞，中有二道士。'岂不超过他一倍？"齐高祖于是大笑。

## 九百相戏

冯道[①]、和凝[②]同在中书[③]。一日，和问冯曰："公靴新买，其值几何？"冯举左足曰："九百[④]。"和性褊急，顾吏诟责曰："吾靴何用一千八百？"冯举右足曰："此亦九百！"

**【注释】**

①冯道：字可道，五代政客，历事四姓十君，在相位二十余年。

②和凝：字成绩，五代词人。后梁时举进士，历事后晋、后汉。

③中书：中书省，官署名。魏晋始设，历代略有变异，多为总管

全国政务的中枢机构。

④九百：亦作九伯。宋人称人痴憨为九百。

**【译文】**

五代时冯道与和凝同在中书省任职。有一天，和凝问冯道："公新买的靴子值多少钱哪？"冯道抬起左脚说："九百。"和凝性情急躁，转头便责骂自己的吏役："我的靴子为什么花了一千八百钱？"冯道抬起右脚说："这只也是九百！"

## 上譬下譬

王元美[①]与客宴集。王偶泄气，众客皆匿笑。王即设令，要经书中"譬"字一句。王举"能近取譬"。众客于"譬如北辰"、"譬若掘井"等语尽举之，王皆以不如式论罚。众客不服。王曰："我'譬'在下，不若公等'譬'乃在上。"

**【注释】**

①王元美：王世贞，字元美，号凤洲。明代文学家。嘉靖进士，官至南京刑部尚书。才学富赡，尤好诗文。为"后七子"之一。

**【译文】**

王元美与朋友们聚餐，他偶然放了一个屁，大家都偷偷地笑他。王元美便提出行酒令，要求每人说出经书中一句带有"譬"字的话。他自己说了"能近取譬"。其他客人纷纷说出"譬如北辰"、"譬若掘井"等句子，王元美都认为不合要求，应该罚酒。客人们不服气。王元美说："我的'譬'（音同'屁'）在下边，不像你们的'譬'在上边。"

## 石学士善谑

石中立[①]，字表臣。在中书时，盛度[②]禁林当直，撰"张文节公[③]神道碑"，进御罢，呈中书。石卒问曰："是谁撰？"盛不觉对曰："度撰[④]。"满堂大笑。



冯梦龙评：五代广成先生杜光庭[⑤]多著神仙家书，悉出诬罔，如《感遇传》之类，故人谓妄言为"杜撰"。

【注释】

①石中立：宋代人。疏旷好谐谑。仁宗景祐中拜参知政事，以少师致仕。卒谥文定。

②盛度：字公量，景祐中以礼部侍郎参知政事，迁知枢密院事。

③张文节公：张知白，字用晦，谥号文节。宋真宗时官参知政事，仁宗时官同中书门下平章事。虽显贵，清约如寒士。

④度撰：与"杜撰"谐音。

⑤杜光庭：五代道士，仕前蜀，赐号广成先生、传真天师。晚年隐居青城山白云溪，号东瀛子。能诗文，著道书多种，创作传奇《虬髯客传》，流传甚广。

【译文】

宋代学士石中立，字表臣。他在中书省任职时，有一次礼部侍郎盛度在翰林院值班，起草《张文节公神道碑》，献给皇帝阅后，又转送到中书省。石中立冷不防地问道："碑文是谁撰写的?"盛度不假思索地回答："度撰。"这恰与"杜撰"谐音，引起满堂大笑。

冯梦龙评：五代道士广成先生杜光庭写了许多记述神仙事的书，如《感遇传》之类，都是出自编造、想象，因此人们称胡编乱造为"杜撰"。

## 东坡肉

陆宅之善谑，每语人曰："吾甚爱东坡。"或问曰："东坡有文，有赋，有诗，有字，有东坡巾。君所爱何居?"陆曰："吾甚爱一味东坡肉[①]！"闻者大笑。

【注释】

①东坡肉：据宋周紫芝《竹坡诗话》载：苏东坡在黄冈，戏作《食

猪肉》诗云:“黄州好猪肉,价贱如粪土。富者不肯吃,贫者不解煮。慢着火,少着水,火候足时他自美。每日起来打一碗,饱得自家君莫管。”后肴馔中有所谓“东坡肉”,本此。

**【译文】**

陆宅之喜欢诙谐逗趣,他常对别人说:“我非常喜欢东坡。”有人问他说:“苏东坡有文章,有歌赋,有诗词,有书法,还有东坡巾,您所喜欢的是哪一样呢?”陆宅之回答:“我特别喜爱一道菜肴——东坡肉!”闻者大笑。

## 李璋题壁

一故相远派①,在姑苏②嬉游,书具壁曰:“大丞相再从侄某尝游。”士人李璋素好讪谑,题其旁曰:“混元皇帝③三十七代孙李璋继至。”

**【注释】**

①远派:血缘关系很远的同宗。

②姑苏:苏州的别称,因西南有姑苏山而得名。

③混元皇帝:即老子,姓李名耳,字聃。春秋时思想家,道家学派创始人,后为道教徒尊为教主,称混元皇帝。

**【译文】**

一位已故宰相的血缘关系很远的同宗,在苏州游玩时,在一面墙壁上写道:“大丞相再从侄某某到此一游。”书生李璋喜欢取笑,他在那行字旁边又题写了一行:“混元皇帝三十七代孙李璋继至。”

## 古　物

李寰①建节②青州。表兄武恭性诞妄,又称好道,多蓄古物。遇寰生日,特以箱擎一皂袄子遗之,书云:“此李令公[③]恢复京师时所着，愿尚书[④]功业一似西平。”寰以书谢。后遇恭诞，寰以箱盛一破腻脂幞头饷恭，云：“知兄深慕高真，求得洪崖先生[⑤]初得仙时幞头：愿兄得道一如洪崖。”

冯梦龙评：以皂袄易得破帽，此番古董交易，折本多矣！

**【注释】**

①李寰：唐代武将。

②建节：执持符节，这里指为节度使。

③李令公：李晟（727—793），字良器，唐代将领。德宗时，率军讨藩镇田悦等叛乱。建中四年（783）击败叛据长安的朱泚，收复京师。累官至太尉兼中书令，封西平郡王。

④尚书：唐代三省之一尚书省长官称尚书令，职同宰相。此处是对李寰的尊称。

⑤洪崖先生：唐人张氲，青州神山县人，隐居姑射山，号洪崖先生。传说其得道成仙。另一传说，黄帝时臣子伶伦，帝尧时已三千岁，仙号洪崖。

**【译文】**

唐代李寰为青州节度使。他的表兄武恭性格荒诞虚妄，又自称崇尚道教，收藏了许多古物。一次李寰过生日，武恭特地用箱子装了一件黑布袄子送给他，并在信中写道：“这是李晟当年讨伐叛乱、收复京师长安时所穿的衣服，祝愿您像西平郡王那样为国家建功立业。”李寰写信表示了感谢。后来遇到武恭的生日，李寰就用箱子装了一顶又破又脏满是油腻的头巾送给武恭，并对他说：“知道表兄深切仰慕高士真人，我特地寻来洪崖先生当初得道成仙时戴的头巾，祝愿您像洪崖一样得道成仙。”

冯梦龙评：用一领黑布袄子换来一顶破帽子，这番古董交易，也太亏本了！

## 皛饭、毳饭

进士郭震[①]、任介，皆西蜀豪逸之士。一日，郭致简于任曰:“来日请餐皛饭[②]。”任往,乃设白饭一盂,白萝卜、白盐各一碟,盖以三白为皛也。后数日,任亦招郭食“毳饭”[③]。郭谓必有毛物相戏,及至,并不设食。郭曰:“何也?”任曰:“饭也毛,萝卜也毛,盐也毛。只此便是毳饭。”郭大笑而别。

**【注释】**

①郭震:宋代成都人。博学能诗,才识过人,悠然有物外之志。

②皛饭:唐人以萝卜、盐、饭为三白。郭设三白,以为“皛饭”。

③毳饭:四川方言称没有为“毛”。任请郭吃饭,三样皆毛,三毛为“毳”,故称毳饭。毳,鸟兽的细毛。

**【译文】**

宋代进士郭震、任介,都是四川豪放洒脱的人。一天,郭震写信给任介说:“哪天来我家请你吃皛饭。”任介便去了,郭震摆出白饭一碗,白萝卜、白盐各一碟,原来是以三白为“皛”,请吃皛饭。过了几天,任介也请郭震吃“毳饭”。郭震以为他一定会拿出三样有毛的食物来开玩笑。待到了任介家里,任介根本不摆食物。郭震问:“这是为什么?”任介回答说:“饭也毛(没有),萝卜也毛,盐也毛。这就是毳饭。”郭震听罢大笑,告别回家。

## 庄　乐

庄乐,国初名医也,好诙谑。同郡李庸遣家僮持柬诣乐,误称其名[①]。乐绐之曰:“若家欲借药磨耳,汝当负去。”但书片纸以复云:“来人面称姓名,罚驮药磨两次。”庸得书大笑,即令负还。

**【注释】**

①误称其名:古人称名是对人的不尊敬行为,只能称字。

**【译文】**

庄乐是明朝初年的名医,生性诙谐爱开玩笑。一次他的同乡李庸派仆人拿着信件到他家,仆人错误地直呼其名。庄乐骗他说:“你家主人要借磨药的石磨,你给背回去。"并写了一张纸条作为答复:"来人当面称某姓名,罚他驮药磨两次。"李庸见了仆人带回的字条禁不住大笑,当即就让仆人将石磨送还。

## 巡按许挈家

麻城侍御[1]董公石,述其同年进士某,亦作御史,往贵州巡按,未行,一日有他御史过其家,知某素惧内,其室甚悍,戏之曰:"朝廷今有特恩,凡云贵巡按,皆许挈家自随。"悍妻于屏后听之,信以为然,遂装束,坚欲同行。御史曰:"世无此理,彼戏言耳。"妻曰:"君子无戏言。老贼欲背家娶妾为乐耶!"某托亲党再三晓譬,终不听。某竟以此请告不行。

**【注释】**

①侍御:官名,即侍御史,或称御史。秦以前本为史官。后代都随事立名,称侍御史、治书侍御史、禁防御史、监察御史等。至明清仅存监察御史,分道行使纠察,并有分任出巡者,称巡按御史、巡漕御史等,三年一换。

**【译文】**

侍御史麻城人董公石讲过,他的一位也做御史的同年进士,被朝廷派往贵州巡按。尚未出发时,一天有另一位御史到他家里来,来人知道他素来惧内,他的老婆也非常厉害,就故意开玩笑说:"朝廷现在有特别的照顾,凡派往云南、贵州巡察的监察御史,都允许携带家属随行。"他老婆在屏风后听见了这话,信以为真,便开始收拾行装,坚决要跟御史一同赴任。御史说:"从来没有巡按带家属的道理,他是开玩笑的。"夫人却说:"君子无戏言。你这个老东西一定是想背着家人在外边娶小老婆作乐吧!"这位御史托亲戚朋友再三向她解释说明,可她始终听不进去。这位御史大人最后竟因此向朝廷请求不去巡按了。

# 画 梅

陈白沙[1]善画梅。人持纸求索者，多无润笔。白沙题其柱云："乌音人又来。"或诘其旨。乃曰："不闻乌声曰'白画、白画'？"客为之绝倒。

**【注释】**

①陈白沙：陈献章，明代学者，字公甫，新会（今属广东）白沙里人，世称白沙先生。绝意科举，曾应召受翰林检讨而归，自此以后屡召不赴。其理学以静为主。近禅学，工画，尤善梅。

**【译文】**

明代学者陈献章善于画梅花。带着纸上门求他作画的人，大多不付酬劳。陈献章在家中的屋柱上题道："乌音人又来。"有人问这话的意思。陈说："没听见乌鸦的叫声'白画、白画'吗？"客人听了都放声大笑。

# 祀真武

贾秋壑[1]会客。庖人进鳖，一客不食，曰："某奉祀真武，鳖似真武[2]案下龟，故不食。"盘中复有甘蔗，又一客曰："不食。"秋壑诘其故。客曰："某亦祀真武，蔗不似真武前旗竿乎？"满座大笑。

**【注释】**

①贾秋壑：即贾似道。南宋奸臣。

②真武：即玄武。中国古代神话中的北方之神，指二十八宿中的北方七宿。后为道教所信奉，同青龙、白虎、朱雀合称四方四神。宋代因避讳，改玄为真。道教称玄（真）武大帝，其像披发、黑衣、仗剑，踏龟蛇，从者执黑旗。

**【译文】**

南宋末年重臣贾似道有一回招待客人。厨师端上烹制好的鳖，有一位客人不吃，他说："我信奉真武大帝，这鳖像真武大帝桌子下的龟，所以我不吃。"盘子中另有甘蔗，又一位客人说不吃。贾似道问他是为什么。客人说："我也信奉真武大帝，这甘蔗不是很像真武庙前的旗杆吗？"满座大笑。

## 丁　谓

丁谓[①]在秘阁[②]日，凝寒近火，尝以铁箸于灰烬间书画。同舍伺公暂起，烧火箸使热，公至仍书，为箸所烙。曰："昨宵通晓不寐，为四邻弦管喧呼所聒。"同舍曰："是必嫁娶之家也。"公曰："非是。时平岁稔，小人辈共乐[③]其父母祖先耳！"

**【注释】**

①丁谓：北宋大臣，字谓之，后更号公言。机敏有智谋，阴险过人，善谈笑。

②秘阁：古代禁中藏书之所。宋代设有秘书省以掌图籍，其长官为秘书监。丁谓曾任此职。

③乐：与烙谐音。

**【译文】**

北宋丁谓在秘阁任秘书监时，因天气严寒烤火，曾用铁筷子在炭灰中写写画画。一次，他的同室乘他暂时起身离开，把火筷子烧得很热；丁谓回到火旁仍旧拿起火筷来画，结果被烫了手。丁谓便说："昨夜被邻居的音乐和喧哗声吵得通宵没有睡着觉。"同室的人说："一定是哪家有婚嫁喜事吧。"丁谓说："不是。如今时世安定，五谷丰登，儿孙们共乐（烙）其父母祖先而已！"

## 呼如周名

度支尚书[1]宗如周[2]，有人诉事，谓其曾作如州官也，乃曰："某有屈滞，故来诉如州官。"如周曰："尔何人，敢呼我名？"其人惭谢曰："只言如州官作如州，不知如州官名如周，早知如州官名如周，不敢唤如州官作如州。"如周大笑曰："令卿自责，见侮反深。"

**【注释】**

①度支尚书：官名，掌全国财赋的统计和支调。

②宗如周：南北朝时人，有才学，仕于后梁宣帝，官至度支尚书。

**【译文】**

南北朝时后梁度支尚书宗如周，有一次接待来官府上诉的人。来人因宗如周曾做过如州地方官，便这样说："我有冤屈，所以来向如州官申诉。"宗如周说："你是什么人，竟敢直呼我的名字？"那人赶紧道歉谢罪，说："我只是以为如州官在如州当过官，不知道如州官名叫如周，要是早就知道如州官名叫如周，我怎么敢称如州官为如州啊！"宗如周听了大笑着说："本来让你自责，你反倒对我更加侮慢了。"

## 宋太祖乡邻

宋太祖虑囚[1]。一囚诉称"臣是官家[2]乡邻"。太祖疑为微时比舍，亟问之。乃云："住东华门[3]。"帝大笑，亦竟释之。

**【注释】**

①虑囚：讯察记录囚犯的罪状，看其是否有冤屈。

②官家：宋时对皇帝的称呼。

③东华门：北宋京城开封的东门。

**【译文】**

宋太祖赵匡胤有次向囚犯讯问案情。有个囚犯说："我是皇上的乡邻。"宋太祖以为这个人是自己微贱时的邻居，急忙问他住在哪里。那个犯人回答说："我住在开封东华门。"宋太祖听罢大笑，竟然释放了他。

## 论扬子云

王介甫[①]与东坡论扬子云投阁[②]为史臣之妄，《剧秦美新》之作[③]亦后人诬子云。东坡曰："轼亦疑一事。"荆公曰："疑何事？"东坡曰："不知西汉果有子云否？"众大笑。

赵南星评：世之好辩者，说的天方地圆，无有了期，东坡犹是戏言。

**【注释】**

①王介甫：王安石，字介甫，北宋政治家、文学家、思想家，封荆国公，世称荆公。

②扬子云投阁：扬雄，字子云，西汉末文学家。新莽时校书天禄阁，狱吏来捕，雄恐不能自免，乃从阁上自投下，几乎摔死。

③"剧秦美新"之作：指扬雄所作"剧秦美新"的作品。因文中有"二世而亡，何其剧也？"之句，故名"剧秦"。又因赞美王莽立"新"朝，故曰"美新"。

**【译文】**

王安石向苏东坡谈起，他怀疑西汉末年文学家扬雄从天禄阁上跳下来一事，是写史书的人编造的。扬雄所作的贬低秦朝赞美王莽新朝的作品，也是后人为诋毁扬雄而编的。苏东坡说："我也怀疑一件事。"王安石问他怀疑什么事，苏东坡说："不知道西汉是不是真有扬雄这个人？"众人听了大笑。

赵南星评：世上那些喜好诡辩的人，说的天是方的地是圆的，争论不休，东坡这还是开玩笑。

## 张幼于谜

吴门①张幼于,使才好奇,日有闯食者。佯作一谜粘门,云:"射中许入。"谜云:"老不老,小不小,羞不羞,好不好。"无有中者,王百谷射云:"太公②八十遇文王③,老不老;甘罗④十二为丞相,小不小;闭了门儿独自吞,羞不羞?开了门儿大家吃,好不好!"张大笑。

**【注释】**

①吴门:古吴县城(今苏州市)的别称。吴县为春秋吴都,因称吴县城为吴门。

②太公:即姜太公。周初人。姜姓,吕氏,名尚。一说字子牙。相传钓于渭滨,周文王出猎相遇,与语,大悦,同载而归,说:"吾太公望子久矣!"因号为太公望,立为师。

③文王:即周文王。商末周族领袖。姬姓,名昌。曾被商纣囚禁于羑里。统治期间,国势日盛。

④甘罗:战国时秦人。甘茂孙。年十二,事秦相吕不韦。使于赵,赵王郊迎,割五城以事秦。秦封罗为上卿。

**【译文】**

苏州人张幼于喜欢耍小聪明标新立异,家中天天有不速之客上门撞席。他就编了一条谜语贴在大门上,说是猜出来就可以进门。谜语是:"老不老,小不小,羞不羞,好不好。"大家都猜不出来,有一个叫王百谷的说:"太公八十遇文王,老不老?甘罗十二为丞相,小不小?闭了门儿独自吞,羞不羞?开了门儿大家吃,好不好!"张幼于被逗得大笑起来。

## 诱出户

朱古民文学①善谑。一日在汤生斋中,汤曰:"汝素多知术，假如今坐室中，能诱我出户外立乎?”朱曰:“户外风寒，汝必不肯出。倘汝先立户外，我则以室中受用诱汝，汝必从矣。”汤信之，便出户外立，谓朱曰:“汝安能诱我入户哉!”朱拍手笑曰:“我已诱汝出户矣!”

**【注释】**

①文学：官名，古代州郡及王国皆置文学，略如后世的教官。

**【译文】**

朱古民文学喜欢开玩笑。一天，他在汤某家中，汤某说:“你一向足智多谋，现在我坐在屋里，你能把我骗到门外去站着吗?”朱古民说:“外面很冷，你一定不肯出去。倘若你先站到室外去，我倒可以用屋里的享受来引诱你，你一定会听从的。”汤某信了这话，便走到室外站好，对朱古民说:“看你怎样诱我进屋去!”朱古民拍手笑着说:“我已经把你骗出屋子了!”

## 石

米元章[①]守涟水，地接灵璧[②]，蓄石甚富，一一品目，入玩则终日不出。杨次公为察使[③]，因往廉焉。正色言曰:“朝廷以千里郡付公，那得终日弄石?”米径前于左袖中取一石，嵌空玲珑，峰峦洞穴皆具，色极清润，宛转翻落以示杨曰:“此石何如?”杨殊不顾。乃纳之袖，又出一石，叠峰层峦，奇巧又胜。又纳之袖，最后出一石，尽天划神镂之巧，顾杨曰:“如此石那得不爱?”杨忽曰:“非独公爱，我亦爱也!”即就米手攫得之，径登车去。

冯梦龙评：袁石公[④]曰:“陶之菊，林之梅[⑤]，米之石[⑥]，非爱菊、梅与石也，皆吾爱吾也。”

**【注释】**

①米元章：即北宋书画家米芾，字元章，号襄阳漫士、海岳外

史等。

②灵璧：今安徽省灵璧县，以产奇石著名。

③察使：应为按察使的简称，主管考核官吏、司法刑狱。

④袁石公：明人袁宏道，号石公，与兄宗道、弟中道合称“公安三袁”。

⑤宋人林逋以梅为妻，以鹤为子。

⑥米芾爱石，见本条。

**【译文】**

米芾在涟水做官。因为接近灵璧县，他收集的各种奇石非常丰富，并且一一加以品题，玩赏入神时终日都不出来。杨次公为按察使，到米芾任职的地方巡察。他严肃地对米芾说：“朝廷把千里之地的一郡交给你管理，你怎能终日玩弄石头？”米芾也不作声，径直走上前去，从左袖中取出一块石头，石头玲珑剔透，有峰峦、有洞穴，颜色清润，米芾拿在手中翻来转去让杨次公看，并问他：“这石头怎么样？”杨次公看都不看。于是米芾把这块放入袖中，又取出另一块石头，石上层峦叠峰，奇巧胜过前面一块。米芾随即又把它存入袖中，最后取出一石，其精巧极尽天工鬼斧。米芾手托此石问杨次公说：“这样的石头，哪能让人不爱？”杨次公忽然开口说道：“不只是你爱，我也喜爱！”说着就从米芾手中夺走石头，径直上车走了。

冯梦龙评：袁石公说：“陶渊明之于菊花，林和靖之于梅花，米元章之于石头，并不是真的爱菊、爱梅、爱石头，都是自己爱自己。”

## 忿撤乐

乾道[①]中，众客赴郡宴，妓乐甚盛。一少年勇于见色。甫就席，一客以有服辞，固请撤乐。少年忿然责之曰：“败一席之欢者，尔也！真所谓‘不自陨灭，祸延过客’[②]者耶！”宾主哄堂。

【注释】

①乾道：南宋孝宗的年号(1165—1173)。

②旧时孝子的报丧讣告中套语，为："不自陨灭，祸延××。"此人居丧，故以为戏。

【译文】

南宋乾道年间，众宾客前去参加郡令举行的宴会。宴会上歌舞表演很是喧闹，一少年看得目不暇接。可是他们入席不久，有一宾客因自己正在服丧期间，坚决要求撤去乐舞。这位少年被扫了兴，气愤地责怪他说："破坏了这场宴会欢快气氛的，就是你！你真是'自己不死掉，让客人遭殃'。"众来宾与主人听后哄堂大笑。

## 王黼

王黼[①]宅与一寺为邻。有一僧，每日在黼宅沟中取流出雪色饭颗，漉出洗净晒干。不知几年，积成一囤。靖康城破[②]，黼宅骨肉绝食。此僧即用所囤之米，复用水浸蒸熟，送入黼宅。老幼赖之无饥。

冯梦龙评：若无沟中饭，早作沟中瘠。此又是奢侈人得便宜处。

【注释】

①王黼：北宋末年大臣。宋徽宗时，伪装依顺民心，代蔡京为相，一反蔡京所为，号为"贤相"。不久便大肆搜刮，被称为"六贼"之一。公元1126年，钦宗即位，被流放，旋被杀。

②靖康城破：北宋靖康二年(1127)，金兵攻破北宋都城汴梁(今开封)，掳走徽、钦二帝，北宋亡。

【译文】

北宋末年，王黼的宅第与一寺院相邻。寺中有一僧人，每天从王黼家的下水沟中捞取流出来的雪白的米粒，洗净晒干。不到几年时间，竟积成了一囤。靖康二年(1127)金兵攻破都城汴梁后，王黼全家老少都没有吃的。这位僧人就用他囤积的大米，再用水浸泡蒸熟，送入王黼家中，使王家老少依赖这才没有受饥挨饿。

冯梦龙评：若没有水沟中的米饭，他们早成了沟中的饿殍啦。这又是奢侈人得到的便宜。

## 长江万里图

清顺治中张尔唯太守学曾由部郎[①]出守苏州，将出都，孙北海、曹倦圃、龚芝麓三公设宴祖饯。各携所藏法书[②]名画相夸示，太守亦出旧藏江贯道长江万里图卷真迹。三公传观，皆爱不释手，曰："此迹可谓今日压卷矣。"太守意得甚。北海徐曰："此图以万里名，而尔唯一人据之，无乃太贪。不如截作四段，四人分有之，人各二千五百里，不亦可乎。"曹龚皆拍掌称善，立呼侍者以刀尺进。太守窘甚，至长跽乞哀。北海大笑曰："吾今日得集唐绝对[③]矣。"众问之，则"剪取吴淞半江水，恼乱苏州刺史肠"二语也。一座为之绝倒。

**【注释】**

①部郎：指六部郎官。

②法书：即著名的书法作品。

③集唐对：即用唐诗二句作的一副对子。

**【译文】**

清朝顺治年间张学曾太守（字尔唯）由部郎出任苏州太守，离京前夕，孙北海、曹倦圃、龚芝麓三公设宴饯行。各人都携来书法名画互相炫耀，张太守也将旧藏的江贯道画长江万里图卷真迹拿了出来。三公互相传看，都爱不释手，赞道："这幅真迹算得上是压卷之作了。"张太守不禁十分得意。孙北海歇了会说："此图以万里为名，而你一个人占有了它，不是太贪了点？不如裁作四段，四个人分，一个人拥有二千五百里，不也可以吗？"曹龚二位都拍手称好，马上叫下人拿刀子尺子来。太守十分窘迫，以至于跪在地上求情。孙北海大笑着说："我今天想到了一副集唐诗的绝对了。"大家问是什么，原来是"剪取吴淞半江水，恼乱苏州刺史肠"二句。一座为之大笑。

## 迁 居

有中邻于铜铁匠者，日闻锻击声，不堪忍闻，因浼人求其迁去，二匠从之，其人喜甚，设酒肴奉饯。饯毕，试问何往，匠同声对曰："左边的迁在右边，右边的迁在左边。"

醉月子评：左之右之，无不宜之，适得中立而不倚。

**【译文】**

有一个人的左右邻居是铜匠铁匠，每日里听着砧锤的敲打声，吵得他无法忍受。于是托人求他们迁走，二匠人答应了。这人喜不自胜，摆下酒菜替他们饯行。饯行之后，这人试着询问他们将迁往何处。两个匠人异口同声地回答："左边的迁到右边，右边的迁到左边。"

醉月子评：在左边或在右边，没有什么不适宜的。此人还是正好居中而立，不偏不倚。

## 我家无男人

一秀才投宿于路傍人家，其家只一妇人，倚门答曰："我家无人。"秀才曰："你？"复曰："我家无男人。"秀才曰："我？"

**【译文】**

一个秀才到路边一户人家去借宿，这家只有一个妇人。妇人靠在门上答道："我家没人。"秀才问："你不是人吗？"妇人又说："我家没男人。"秀才说："那我呢？"

## 机　警

昔三徐[1]名著江左，而骑省[2]铉尤其白眉[3]。及入聘，颇难押伴[4]之选。艺祖[5]令殿前司[6]具殿侍中不识字者十人以闻，而点其一，曰："此人可。"举朝错愕不解，殿侍者亦不敢辞。既渡江，骑省词锋如云，其人不能答；强聒之，徒唯唯。居数日，既无与之酬复，骑省亦倦且默矣。人谓"此大圣人举动，不屑与小邦争口舌之胜"，不知尔时直是无骑省对手，傥得晏婴[7]、秦宓[8]其人，滑稽辩给，奏凯而还，大国体面，更当何如？孔门恶佞，而不废言语之科，有以也。

——摘自冯梦龙《古今谭概》

**【注释】**

①三徐：指五代宋初文字学家徐铉、徐锴兄弟及名士徐游。

②骑省：指散骑常侍。徐铉在南唐曾任此职。南唐散骑常侍是集书省的主官，掌规谏、评议、驳正违反等事，故称集书省为骑省。此处以官署名代官名。

③白眉：三国蜀汉马良，字季常，兄弟五人皆用"常"为字，并有才名。良眉有白毛，才学尤为出众，乡里谚曰："马氏五常，白眉最良。"后世因以称兄弟或同类间之优秀杰出者。

④押伴：押伴使，前往对方国家陪同对方使者来访的官员。

⑤艺祖：指宋太祖。

⑥殿前司：官署名，与侍卫司分领禁军。

⑦晏婴：春秋时齐国的大夫，以善辩闻名。

⑧秦宓：三国时蜀人，以口才见称。东吴善辩者张温出使蜀国，秦宓与之诘难，张温大佩服。

**【译文】**

当年，五代南唐名士徐铉、徐锴和徐游闻名江东，其中散骑常侍徐铉尤其出类拔萃。等到徐铉出使宋朝时，宋朝竟很难找到可以与他相匹敌的人做押伴使。宋太祖命殿前司从侍从中挑出十个不识字的人来，随便点了一个说："这人可以。"满朝文武都十分惊愕，那个被选中的侍从也不敢推辞。南唐使臣徐铉渡江之后口若悬河，滔滔不绝，而宋朝的押伴使却答不上话；徐铉强行与他谈论，他只是"是是"地敷衍。这样过了几天，既然没有什么话可以交谈，徐铉也就厌倦得不再说了。有人说宋朝此举体现了大国的气度，是不屑于和南唐这样一个小国在口舌方面争胜负，却不知当时宋朝没有徐铉的对手。倘若有了晏婴、秦宓那样的能言善辩的臣子，口舌如簧地辩论一番，得胜回朝，那于宋朝这个大国的体面岂不更添光彩？孔子讨厌那些花言巧语的人，但并不排斥能言善辩的才能，这是有道理的。

# 晏　子

晏子使楚。楚人以晏子短，为小门于大门之侧，而延之。晏子曰："臣不使狗国，安得从狗门入？"傧者[①]更道从大门入。见楚王。王曰："齐无人耶？"晏子对曰："临淄[②]三百里，张袂成阴，挥汗成雨，何为无人？"王曰："然则何为而使子？"对曰："齐命使各有所主：其贤者使使贤王，不肖者使使不肖王。婴最不肖，故使楚矣。"

**【注释】**

①傧者：古时负责替主人接引宾客和赞礼的人。

②临淄：春秋战国时齐国都城，旧址在今山东省淄博市。

**【译文】**

晏婴出使到楚国。楚国人因为晏婴身材矮小，便于大门边开了一个小门，请他从小门入城，企图借此讥刺他。晏婴说："我又不是出使到狗国，怎么能从狗洞进城呢？"楚国的礼宾官无话可对，只得改道从大门进城。晏婴见到楚王，楚王说："难道齐国就没人了吗？"晏婴回答说："临淄城方圆三百里，居民举袖可遮天蔽日，挥汗即成倾盆大雨，怎么会无人呢？"楚王说："既然有那么多人，为什么派你出使呢？"晏婴回答说："我们齐国委派使臣时，各种使臣有各自的职责。有本事的贤人被派往贤明的国王所统治的国家，没本事的庸人就出使昏庸的国王所统治的国家。我是最没出息的庸人，所以出使来到你们楚国了。"

# 马融女

袁隗[①]妻马氏是季子[②]之女，少有才辩。融家势丰豪，装遣甚盛。隗问曰："妇奉箕帚而已，何乃过珍丽乎？"对曰：

“慈亲垂爱，不敢逆命。君若欲慕鲍宣[③]、梁鸿[④]之高，妾亦愿从少君[⑤]、孟光[⑥]之事矣！”隗又曰：“弟先兄举，世以为笑。今处姊未适，先行可乎？”对曰：“妾姊高行殊邈，未遭良匹，不似鄙薄苟然而已。”



**【注释】**

①袁隗：东汉末大臣。字次阳，献帝时官至太傅。其侄袁绍、袁术起兵讨董卓，卓怒而杀隗。

②季子：马融，字季长。季子是季长的尊称。东汉文学家。历任校书郎中、南郡太守。才高博洽，为世通儒，教养诸生常有千数，卢植、郑玄皆出其门。

③鲍宣：西汉末人，字子都。哀帝时为谏议大夫，曾上书抨击时政。王莽执政时被迫自杀。

④梁鸿：东汉隐士，字伯鸾，家贫博学，与妻隐居。后因事过洛阳，见宫室侈丽，作“五噫之歌”以讽之。为朝廷所忌，乃变姓名东逃齐鲁，后往吴中（今苏州）为人佣工舂米。

⑤少君：鲍宣妻，恒氏，字少君。其事不详。

⑥孟光：梁鸿妻，布裙木钗，每为具食，必举案齐眉，以示敬意。

**【译文】**

东汉末大臣袁隗的妻子马氏是文学家马融的女儿，她自小就很有才能，能言善辩。马家势大财丰，给女儿的嫁妆很丰厚。袁隗说：“妇道人家无非在家中做点洒洒扫扫的事罢了，为什么要显得如此珍奇富丽呢？”马氏回答说：“父母疼爱，所给的嫁妆我也不敢不要。你如果仿效鲍宣、梁鸿那样的清高，我也就愿像少君、孟光那样行事。”袁隗又说：“弟弟在哥哥之前结婚，世上都引为笑话。现在你的姐姐还没出嫁，你就先走一步合适吗？”马氏回答说：“我姐姐德行高尚，眼光远大，所以还没有遇到相当的伴侣，不像我这种浅陋微薄的人，只是随便嫁个人就是了。”

## 贾　玄

待诏[①]贾玄侍宋太宗棋，饶玄三子，常输一路[②]。太宗知玄诈,不尽其艺,乃曰:“此局复输,当榜汝!”既满局,不生不死。太宗曰:“亦诈。更一局,汝胜,赐汝绯[3]。不则投汝水中!”局既卒,不胜不负。太宗曰:“我饶汝子而复平,是不胜也!”命左右投之水中。乃呼曰:“臣握中尚有一子!”太宗大笑,赐以绯衣。

**【注释】**

①待诏:待名供奉朝廷的人。唐宋时,对有医卜等一技之长者,分别给以米粮,使待诏命。有画待诏、医待诏等名称。宋时称手工艺人为“待诏”,即由此而来。贾玄当是弈棋待诏。

②一路:围棋一路十九子。

③绯:绯衣,红色衣服。宋代四品、五品官穿绯衣。

**【译文】**

弈棋待诏贾玄陪宋太宗下棋,太宗着棋时让贾玄先走三子,贾玄却常输掉一路子。太宗知道贾玄使诈,没有拿出全部本领,就说:“这一局你再输了,我就让人打你一顿!”这一局下完,结果是不输不赢下成平局。太宗说:“你这里边还有假。再来一局,你若是胜了,就赏你穿红衣升官;要不然的话,就把你投入水中淹死。”这一局下完,结果还是平局。太宗说:“我让你三子却还是下成平局,这棋是你输了。”说罢命左右将贾玄投到水里去。贾玄急忙大叫道:“我手中还有一枚棋子没有计数哪!”宋太宗大笑,下令赐给贾玄红衣,升了官。

## 秦　宓

吴使张温[1]来聘,问秦宓[2]曰:“天有头乎?”宓曰:“有。”温曰:“在何方?”宓曰:“诗云:‘乃眷西顾。’[3]以此推之,在西方。”温曰:“天有耳乎?”曰:“天处高而听卑。诗云‘鹤鸣九皋,声闻于天’。”[4]温曰:“天有足乎?”宓曰:“诗云:‘天步艰难’[5]。无足何以步之?”温曰:“天有姓乎?”宓曰:“姓刘。”温曰："何以知之？"曰："天子[⑥]姓刘，以此知之。"



【注释】

①张温：三国时吴人，字惠恕。以善辩著称，容貌奇伟。累官太子太傅。尝使蜀，既还，遭嫉而被罢斥。

②秦宓：三国时蜀人，少有才学，以口才见称，任别驾中郎。

③乃眷西顾：语出《诗·大雅·皇矣》："乃眷西顾，此维与宅。"

④鹤鸣九皋，声闻于天：语出《诗·小雅·鹤鸣》："鹤鸣于九皋，声闻于野。"皋，音 gāo，湖沼。

⑤天步艰难：语出《诗·小雅·白华》："天步艰难，之子不犹。"

⑥天子：指刘备。

【译文】

三国时吴国使者张温出使来到蜀国。张温问蜀国的善辩之士秦宓："天有头吗？"秦宓说："有。"张温问："在什么地方？"秦宓答："《诗经》上说：'乃眷西顾。'从这句话来推断，是在西方。"张温又问："天有耳朵吗？"秦宓回答："天虽高高在上，却可以听到低处的声音。《诗经》有言：'鹤鸣九皋，声闻于天'。"张温再问道："天有脚吗？"秦宓答道："《诗经》上说：'天步艰难'。没有脚他怎么走呢？"张温进一步发问："天有没有姓氏呢？"秦宓说："姓刘。"张温问："你怎么知道的呢？"秦宓答："天子姓刘，由此得知天自然是姓刘。"

## 孔文举

孔文举[①]年十岁，随父到洛。时李元礼[②]有盛名，为司隶校尉[③]。诣门者，俊才清称及中表亲戚，乃通。文举至门，谓吏曰："我是李府亲。"既通，前坐，李曰："君与仆有何亲？"对曰："昔先人仲尼[④]与君先人伯阳[⑤]有师资之亲，是仆与君奕世为通好也。"膺问："欲食乎？"曰："须食。"膺曰："教卿为客之礼：但让，不须谢主。"融曰："教公为主之礼：但置食，不须问客。"膺叹服，曰："恨吾将死，不及见卿富贵。"融曰："公殊未死。”膺问何故。答曰：“‘人之将死，其言也善’。公向言殊未善。”适大夫陈韪后至，闻斯语，曰：“小时了了，大未必佳。”融曰：“想君小时，必当了了！”

**【注释】**

①孔文举：孔融，字文举。东汉末文学家，曾任北海相，时称“孔北海”，为“建安七子”之一。后因触怒曹操被杀。

②李元礼：李膺，字元礼。桓帝时为司隶校尉，与太学生首领郭泰等结交，反对宦官专权，被太学生称为天下楷模。后被捕入狱，释放后禁锢终身。灵帝立，外戚窦武执政，他又出为长乐少府，与陈蕃谋诛宦官。事败，死狱中。

③司隶校尉：官名。东汉时为郡以上的督察官，治所在洛阳，统河南、河内、河东、弘农及三辅共七郡。威权颇重，除三公外都可纠弹。

④仲尼：即孔子，名丘，字仲尼。春秋末期思想家、政治家、教育家，儒家的创始者。

⑤伯阳：即老子。姓李名耳，字伯阳。传说孔子曾问礼于老子。

**【译文】**

孔融十岁那年随父亲来到京都洛阳。当时李膺任司隶校尉，名声显赫。前来拜访的人，只有才智杰出而且有清高名声的人，以及亲戚才得通报。孔融来到李家门前对门吏说：“我是李家的亲戚。”门吏通报后，孔融来到李膺前坐下，李膺便问他：“您和我有什么亲戚关系?”孔融回答说：“过去我的先人孔子和您的先人老子有师生之谊，所以我和您是多少世代以来的通家交情了。”李膺问：“想吃东西吗?”孔融说：“要吃。”李膺说：“我来教给你做客人的礼节：只能推辞，不必告诉主人。”孔融反唇相讥：“我来教你当主人的礼节：只管摆上食品，不要问客吃不吃。”李膺对孔融既赞叹又佩服，说：“可惜我快死了，不能看见你富贵的那一天。”孔融说：“您绝不是快死的人。”李膺问他有什么根据。孔融回答说：“‘人之将死，其言也善。’您刚才说的话完全称不上善，所以还没到死的时候。”正好这时大夫陈韪来到，他听到这些对话，说：“小的时候聪明，长大了不一定有作为。”孔融回答他：“看来你小的时候一定是聪明的了！”



# 贾嘉隐

贾嘉隐年七岁，以神童召见。时长孙无忌[1]、徐勣[2]于朝堂立语。徐戏之曰：“吾所倚何树？”贾曰：“松树。”徐曰：“此槐也，何言松？”贾云：“以公配木[3]，何得非松？”长孙复问：“吾所倚何树？”曰：“槐树。”公曰：“汝不能复矫对耶？”贾曰：“何烦矫对？但取其鬼、木耳！”徐叹曰：“此小儿作獠面[4]，何得如此聪明！”贾云：“胡头[5]尚为宰相，獠面何废聪明？”徐状胡，故谑之。

**【注释】**

①长孙无忌：字辅机，唐太宗长孙后之兄。唐开国功臣。曾决策发动玄武门之变，助太宗夺取帝位。以皇亲及元勋，历任尚书右仆射、司空、司徒等职，封赵国公。

②徐勣：即李勣，名世勣，字懋功。唐初大将军。曾参加瓦岗军，后归李世民，赐姓李，以功封英国公。高宗时官至司空。

③以公配木：“公”在这里代指徐勣。下文“鬼”代指长孙无忌。

④獠面：獠，蛮獠，古代对南方某些少数民族的称呼。

⑤胡头：胡，胡人，古代对北方少数民族的通称。

**【译文】**

唐代的贾嘉隐七岁时，被当作神童受到朝廷的召见。当时长孙无忌和徐勣正站在大殿外说话。徐勣逗贾嘉隐说：“我靠着的是什么树？”贾回答说：“松树。”徐勣说：“这是槐树呀，你怎么说是松树？”贾回答说：“‘公’字加上‘木’旁，难道不是松吗？”长孙无忌又问他：“我靠着的是什么树？”贾嘉隐答：“槐树。”长孙说：“你没法再绕着弯回答了吧？”贾说：“哪里用得着绕弯子，只不过是取‘槐’字中的‘鬼’‘木’相拼罢了。”徐勣感叹道：“这小家伙长得像蛮獠一样，怎么会这么聪明呢？”贾嘉隐立即回道：“长着胡人脑袋尚且可以当宰相，长着蛮獠面孔怎么就不能聪明呢?”徐勣长得像胡人,所以贾嘉隐这样戏谑他。

## 腊月何处有蛇咬

隋朝有人敏慧,然而口吃,杨素[①]每闲闷,即召与剧谈。尝岁暮无事对坐,因戏之曰:“有大坑深一丈,方圆亦一丈,遣公入其中,何法得出?”此人低头良久,乃问:“有梯否?”素曰:“只论无梯,若论有梯,何须更问?”其人又低头良久,问曰:“白白白白日?夜夜夜夜地?”素云:“何须云白日夜地?若为得出?”乃云:“若不是夜地,眼睛又不瞎,为甚物入入里许?”素大笑。又问曰:“忽命公作军将,有小城,兵不过一千以下,粮食唯有数日,城外被数万人围,若遣公向城中,作何谋计?”低头良久,举头向素云:“审审如如公言,不免须败。”素大笑。又问曰:“计公多能,无种不解。今日家中有人蛇咬足,若为医治?”此人应声云:“取五月五日南墙下雪雪涂涂即即治。”素云:“五月何处得有雪?”答云:“五月无雪,腊月何处有蛇咬?”素笑而遣之。

**【注释】**

①杨素:隋代大臣,字处道。隋文帝时,因灭陈以功封越国公,官尚书左仆射,执掌朝政。后参与宫廷阴谋,拥立炀帝,封楚国公,官至司徒。

**【译文】**

隋朝时有一个人很聪明敏捷,但是口吃,杨素每当闲得发闷,就召他前来谈笑。有一年年底无事,两人在一起坐着说话,杨素于是跟他开玩笑,说:“有一个大坑,深一丈,方圆也是一丈,让公走到里头,你有什么办法出来?”这人低头想了好大一会,才问:“有梯子吗?”杨素说:“只论是没梯子的,若论有梯子,何必更问你?”这人又低着头想了会儿,问道:“白白白白天,还是夜夜夜夜里?”杨素问:“为什么一定要说是白天黑夜?你说如何出来?”此人于是说:“如果不是黑夜，眼睛又不瞎，干吗要走到那里头去？"杨素大笑。又问道："现在让你做将军，有一个小城，守城的兵士不足一千，粮食只能对付数日，城外有数万敌人包围，如果派你去城中防守，你如何处置？"此人低头想了想，问杨素："有有救救兵没有？"杨素："只因为没有救兵，所以问你。"想了好大一会，抬起头对杨素说："如如果真像像公所言，不免战败。"杨素大笑。又问道："公很有办法，无所不知。今日家中有人被蛇咬了脚，怎么医治？"此人应声回答："取五月五日南墙下雪雪涂涂即即可治愈。"杨素问："五月哪里会有雪？"答道："五月无雪，腊月何处有蛇咬人？"杨素笑着让他走了。

## 六斤半

开皇[①]中，有人姓出名六斤，欲参杨素。赍名纸至省门，遇侯白[②]，请为题姓。乃书曰"六斤半"。名既入，素召其人问曰："卿姓六斤半？"答曰："是出六斤。"曰："何六斤半？"曰："向请侯秀才题之，当是错矣。"即召白至，谓曰："卿何谓错题人姓名？"对曰："不错。"素曰："若不错，何因姓出名六斤，请卿题之，乃言六斤半？"对曰："向在省门，会卒，无处见称，既闻道是出六斤，斟酌只应是六斤半。"素大笑之。

**【注释】**

①开皇：隋文帝杨坚年号(581—600)。

②侯白：隋代人，字君素。好学有捷才，性滑稽，尤辩俊。举秀才，为儒林郎。好为俳谐杂说。文帝令于秘书省修国史。

**【译文】**

隋文帝开皇年间，有个人姓出名六斤，要去参拜尚书左仆射杨素。他拿着拜帖来到官署门前，正好遇见侯白，便请侯白为自己在拜帖上题写姓名。侯白却给他写上"六斤半"。拜帖递进去后，杨素召见来人问道："你叫六斤半吗？"那人回答："我叫出六斤。"杨素又问："为什么写成六斤半？"来人解释说："刚才请侯秀才题写姓名，恐怕是写错了。"杨素马上把侯白召来问他："你为什么把人家的姓名写错了?"侯白回答说："没写错。"杨素问："要是没错，为什么人家姓出名六斤，请你题写，就写成了六斤半?"侯白回答道："刚才在府门口，正忙得很，又没处去找秤来称，既然听见说是出六斤，我心里估计大概是六斤半。"杨素不禁大笑。

## 遭见贤尊

侯白与杨素剧谈戏弄，或从旦至晚始得归，才出省门，即逢素子玄感[①]。乃云："侯秀才可与玄感说一个好话。"白被留连，不获已，乃云："有一大虫，欲向野中觅食，见一刺猬仰卧，谓是肉脔，欲衔之。忽被猬卷着鼻，惊走，不知休息，直至山中，困乏，不觉昏睡。刺猬乃放鼻而去。大虫忽起，欢喜，走至橡树下，低头见橡斗，乃侧身语云：'旦来遭见贤尊，愿郎君且避道。'"

**【注释】**

①玄感：杨素子。袭封为楚国公，官至礼部尚书。后起兵反隋，兵败被杀。

**【译文】**

侯白与杨素神聊戏弄，有一次从早讲到晚杨素才让他回家，可是刚出官署大门，便又遇见杨素的儿子杨玄感。杨玄感要求说："侯秀才可不可以给我讲个笑话。"侯白被纠缠得不能脱身，就对杨玄感讲道："有一只老虎要到山野里寻找食物，看见一只刺猬仰面躺着，它以为是一块肉，便想去咬。突然被刺猬卷着了鼻子，老虎吓得跑个不停，直到山中，累得趴下昏睡过去。刺猬于是松开它的鼻子离去了。老虎醒来非常高兴，走到橡树下，低头看见一个长满小刺的橡子壳，赶紧侧过身子说道：'一大清早就遇到你的父亲，愿公子暂且放我过去。'"

## 蔡 潮

方伯[①]蔡潮，谈笑风生。有同官迎都宪[②]于江中，冬月群拥炉坐。公至。哄然曰："蔡公至矣，请一谑谈。"蔡曰："无也！但昨闻江中盗劫商船，俱檀降牙香。相与谋曰：'卖之利微，弃之可惜，吾辈为此事久矣，向赖天保护，盍焚此香答之？'香气透天。上帝将谓人间作好事，令二力士访之！非也，乃一群老强盗在此向火耳！"满座大笑。

**【注释】**

①方伯：原为一方诸侯之长，后用来泛称地方长官。明代用以称布政使。

②都宪：对御史台长官左都御史的称呼。

**【译文】**

明代布政使蔡潮言语风趣幽默。一次，共事的官员们去江中迎接御史台长官左都御史，寒冬腊月里大家围着炉火而坐。蔡潮到了，大家一起起哄叫道："蔡大人来了，请给我们讲一个笑话吧。"蔡潮说："没有什么可讲的，只是昨天听说江中有强盗劫了商船，船上都是檀香。强盗们相互商量说：'这檀香卖了值不了什么钱，扔了又可惜。我们这些人干这个行当由来已久，一向靠老天的保佑庇护，为什么不烧了这香答谢上天呢？'檀香香气冲天，玉帝以为是人间在做好事，便派了两个天将来察访。一看，不是这么回事，原来是一群老强盗聚在这里烤火罢了。"满座闻之大笑。

## 刘贡父

熙宁[①]始尚经术，说《诗》[②]者竞为穿凿。如"伊其相谑，赠之以芍药"[③]，谓此为淫泆之会，必求其为士赠女乎，女赠士乎。刘贡父曰："芍药能行血破胎气[4]，此盖士赠女也。若'视尔如荍，贻我握椒'[5]，则女之赠士也。《本草》[6]云'椒性温，明目暖水脏[7]'故耳。"闻者绝倒。

**【注释】**

①熙宁：北宋神宗年号(1068—1077)。

②《诗》：《诗经》。

③"伊其相谑，赠之以芍药"：语出《诗·郑风·溱洧》。意思是，你有说来我有笑，送你香草名儿叫芍药。芍药，香草名，一名可离，故将别以赠之。根主和五脏，可以入药。

④胎气：妇女妊娠期间的养胎之气。胎儿依赖胎气而成长。

⑤"视尔如荍，贻我握椒"：语出《诗·陈风·东门之枌》。意思是，我看你好像一朵荆葵花，你送我花椒子儿一把。荍，植物名，又名荆葵，草本，花淡紫色。

⑥《本草》：即《神农本草经》，古药书，东汉人始作，历代不断增补，至明李时珍《本草纲目》终成总结性巨著。

⑦水脏：即肾脏，中医认为肾主阳气。

**【译文】**

北宋神宗熙宁年间开始崇尚经学、儒术，解说《诗经》的人都竞相牵强附会。如"伊其相谑，赠之以芍药"，被认为是纵欲放荡的聚会，并且要考证一番，看是男的赠芍药给女的，还是女的赠给男的。刘攽说："芍药可以活血破胎气，这大概是男人送给女人。像'视尔如荍，贻我握椒'，则是女人送给男人。因为《神农本草经》上说：'花椒性热，可以明目暖水脏。'"听的人都笑得前仰后合。

## 六眼龟

苏子瞻谒吕微仲[1]，值其寝。久之，乃出。苏不堪，见一菖蒲盆畜绿毛龟，苏云："六眼龟更难得。"吕问："出何处？"苏曰："昔唐庄宗[2]时，一国进六眼龟。伶人敬新磨进口号[3]

曰:'不要闹,不要闹,听取这龟儿口号:六只眼儿分明睡,一觉抵别人三觉!'"



【注释】

①吕微仲:吕大防,字微仲,北宋名臣,历仁宗、英宗、神宗、哲宗四朝,官至尚书左仆射兼门下侍郎,封汲郡公。后为章惇所逐,贬死。

②唐庄宗:五代后唐庄宗李存勖,代后梁自立,923到926年在位。

③口号:古时宫中歌功颂德、取悦帝王的一种颂诗。

【译文】

苏轼去拜访吕微仲,正值他在睡觉。苏轼等了很久,吕大防才出来见他。苏轼心里很不满,看见一个种有菖蒲的盆里养着珍贵的绿毛龟,便对吕大防说:"六眼龟更为难得。"吕大防忙问:"哪里有六眼龟?"苏轼说:"当年五代后唐庄宗在位时,有从外国进献来的六眼龟。宫中的伶人敬新磨献诗颂道:'不要闹,不要闹,听取这龟儿口号:六只眼儿分明睡,一觉抵别人三觉!'"

## 公 猴

三杨学士[①]当国时,有一妓名齐雅秀,性最巧慧,众谓之曰:"汝能使三位阁老笑乎?"对曰:"我一入就令笑也。"一日被唤进见,问何以来迟,对曰:"在家看《烈女传》[②]。"三公闻之,果大笑。乃戏曰:"我道是齐雅秀,乃是脐下臭。"即应声曰:"我道是三位老爹[③]是武职,原来是文官[④]。"三公曰:"母狗无礼。"又答曰:"我是母狗,三位老爹公猴[⑤]也。"

【注释】

①三杨学士:指明初的三位重臣杨士奇、杨荣、杨溥。自建文至正统,三人皆历事四五朝,宣德、正统年间并至高位,同心辅政,时号"三杨"。

②《烈女传》：一名《古烈女传》。汉刘向撰，七卷。又《续烈女传》一卷，作者或曰班昭，或曰项原。旧合为一编，宋王回离析共文而为今本。其书多宣扬封建贞节。妓女读之，故引三阁老发笑。

③老爹：旧时平民对有官员身份人员的称呼。

④文官：谐"瘟官"。

⑤"公猴"：与"公侯"谐音。

**【译文】**

三杨学士主持国政的时候，有一个名叫齐雅秀的妓女，很是聪慧灵巧。众人对她说："你能使三位阁老大人笑一笑吗？"齐雅秀回答说："我只要一进去便能让他们笑。"有一天，被传唤进见。一见面，三杨就问她："你为什么来晚了？"她回答说："我在家看《烈女传》。"三位阁老大人听罢大笑，于是戏弄她说："我以为是齐雅秀，原来是脐下臭。"齐雅秀答道："我以为三位老爹是武职，原来是文官。"三公骂道："母狗无礼！"齐雅秀立即答道："我是母狗，三位老爹是公猴。"

## 佛头着粪

崔相国入殿，见雀抛粪于佛头上，问如会云："一切众生[①]，皆有佛性[②]，为甚抛粪于佛头上？"会云："他终不向鹞子头上抛粪。"

**【注释】**

①众生：指众多的有生命之物，包括天、人、阿修罗、地狱、饿鬼、畜生六种。

②佛性：佛教认为众生皆有成佛的本性，在生死轮回中也不改变。

**【译文】**

崔相国到佛殿游览，看到雀子将粪抛落在佛的头上，就问和尚如会："一切众生都有佛性，这雀子为什么把粪抛在佛的头上？"如会答道："它终究不会朝鹞子头上抛粪。"

# 问一知二

侯白、杨素相善，素关中人，白山东人。而关中下俚人言音谓“水”为“霸”，山东亦言“擎将去”为“揭刀”。素尝谓白曰：“山东固多仁义，借一而得两。”曰：“若为得两？”曰：“有人从其借弓者，乃曰：‘揭刀去。’岂非借一而得两？”白应声曰：“关中人亦甚聪明，问一知二。”素曰：“何以得知？”曰：“日有人问：‘比来多雨，渭水[①]涨否？’答曰：‘灞[②]涨。’岂非问一知二？”素服其辩捷。

**【注释】**

①渭水：黄河支流，在今陕西。

②灞：水名，在今西安附近。

**【译文】**

侯白和杨素相处很好，杨素是关中人，侯白是山东人。关中的一般民众说话的口音将“水”叫作“霸”，山东人亦将“擎将去”说成“揭刀”。杨素曾经对侯白说：“山东人的确很仁义，借一样东西可以得到两样?”侯白问：“怎么能得到两样?”说：“有人找一山东人借弓，山东人说：‘揭刀去。’难道不是借一样而得到两样?”侯白应声说：“关中人也特聪明，问一事，可以知道两件。”杨素问：“你从哪知道的?”答道：“日前有人问：‘最近老下雨，渭水涨了没有?’”答：‘灞涨。’难道不是问一件事而知道两件?”杨素十分佩服他的能言善辩才思敏捷。

# 风雨问卜

卜[①]者子不习本业，父怒谴之，子曰：“此甚易耳。”次日，有从风雨中求卜者，父命子试为之，子即问曰：“汝东北方来乎?”曰:“然。”曰:“汝姓张乎?”曰:“然。”复问:“汝为尊正[②]卜乎?”亦曰:“然。”其人卜毕而去,父惊问曰:“尔何前知如此?”子答云:“今日乃东北风,其人面西而来肩背尽湿,是以知之;伞柄明刻清河郡[③],非张姓而何?且风雨如是,不为妻谁肯为父母出来。”

**赵南星评:卜者子甚聪明,可惜不曾读《孟子》,若读了《孟子》时,便知人性皆善,岂有视父母反轻于妻之理?**

**【注释】**

①卜:占卜,卜课。

②尊正:对人妻子的敬称。

③清河郡:张姓的郡望。

**【译文】**

卜卦人的儿子不学习祖传的卜卦技艺,父亲怒气冲冲地指责他。儿子说:“卜卦是很简单的事。”第二天,风雨交加,有人前来问卜,父亲叫儿子试着去应付应付。儿子就问来人:“你是从东北方向来的吧?”那人回答:“对。”又问:“贵姓可是张?”答:“对。”又问:“你是为尊正求卜吧?”这人也答道:“对。”这人卜毕走了,父亲十分惊奇,问道:“这些你怎么会未卜先知?”儿子回答:“今日是东北风,这人朝西走来,肩和背都打湿了,因此知道他是从东北方来;伞柄上明明刻着‘清河郡’,不是姓张是姓什么?再说,今天这么大的风雨,不是为妻子,难道还有谁肯为父母出门。”

**赵南星评:卜卦人的儿子非常聪明,可惜不曾读《孟子》,若是读了《孟子》的话,自然知道人的天性都是善良的,难道有将父母看得比妻子还要轻的道理?**

# 酬 嘲

谈锋之中人，如风触墙，鲜不反矣。其不反者，非大愚人，则大忮毒人。鱼军容[1]所谓“怒犹常情，笑乃不可测”者也。是故能酬者，不病嘲。而能嘲者，亦反乐于得酬。旗鼓相向，为鹳为鹅[2]。或吴艎之复归[3]，或赵帜之遽拔[4]。虽使苏、张[5]复生，谁能射辕门之戟[6]？倘亦凭轼者[7]之大观乎？

——摘自冯梦龙《古今谭概》

**【注释】**

①鱼军容：即鱼朝恩，宦官。唐代宗时任天下观军容宣慰处置使，故称鱼军容。鱼曾于国子监讲《易经》，故意折辱宰相王缙、大臣元载。王缙生气而走。元载却欢笑不止。事后鱼说：“怒者常情，笑者不可测也。”后元载为宰相，与代宗定计缢杀鱼朝恩。

②为鹳为鹅：古代有鹅、鹳之阵。

③吴艎之复归：艎，大舟名。春秋末年，吴公子光攻楚，败，失其大船艅艎。后公子光复败楚师，取艅艎以归。

④赵帜之遽拔：指历史上有名的以少胜多的井陉之战。韩信预先派人埋伏在赵营之侧，佯败诱敌。陈余追之，伏兵乘势袭取赵军大营，拔掉赵旗，换成汉旗。

⑤苏、张：苏秦、张仪，均是战国时著名的辩士。

⑥谁能射辕门之戟：谁能为之和解？用《三国演义》吕布射戟为刘备、袁术和解的典故。

⑦凭轼者：指驾车奔走于各国之间的游说之士。

**【译文】**

用锋利的言谈嘲讽别人，如同风刮到墙上要返回来一样，很少有不遭到反唇相讥的。那些不反驳的人，不是大傻瓜，就是特别狠毒的人。这就是鱼朝恩所说的“受人嘲弄而发怒还属人之常情，不怒而笑却是难以估摸的。”所以，善于反击的人不惧怕嘲弄，而擅长嘲弄人的又反过来喜欢得到反击。酬、嘲两方说起话来，两军对垒，一方为鹅阵，一方应以鹳阵，或者像春秋时吴公子光攻楚，先败而后胜，或者像赵将陈余追韩信，一时轻敌，反被对方抄了老窝。就是让苏秦、张仪再生，又有谁能学吕布辕门射戟呢？或许这也算是游说之士的大观吧！

# 张 裔

张君嗣[1]在益州，为雍闿缚送与吴。武侯[2]遣邓芝[3]使吴，因便请裔。裔在吴，流徙伏匿，吴主未之知。临发引见，问曰："蜀卓氏女亡奔相如[4]，贵土风俗何以乃尔？"裔曰："愚以为卓氏寡女，犹贤于买臣之妻[5]。"

**【注释】**

①张君嗣：张裔，字君嗣。三国时蜀汉人。治《公羊春秋》，博通经史。先主定益州，以为太守。至郡，雍闿缚送吴。诸葛亮遣邓芝使吴，请裔归，以为参军，署府事。累加辅汉将军。

②武侯：即诸葛亮。诸葛亮封武乡侯，世称武侯。

③邓芝：三国时蜀人，字伯苗。刘备占据益州，任为郫令，迁广汉太守，入为尚书。后主建兴元年(223)奉命至吴，说以吴蜀结好共抗曹魏。吴遂绝魏联蜀。后任前军师、前将军，旋出督江州，迁车骑将军。

④卓氏女亡奔相如：卓氏女，即卓文君。西汉临邛(今四川邛崃市)大富商卓王孙之女，寡居在家。相如，即司马相如，字长卿，蜀郡成都人，西汉辞赋家。史载司马相如自梁返蜀，过饮于卓氏，以琴心挑之，文君夜奔相如，同归成都。因家贫无以为生，复回临邛，与相如卖酒，文君当垆，相如和佣保杂作。卓王孙深以为耻，分财产与之，使归成都。二人故事，遂成佳话。

⑤买臣之妻：买臣，朱买臣，字翁子，汉吴县人。武帝时，为中大夫，后任会稽太守。与韩说破东越有功，官主爵都尉。因与张汤相倾轧，为武帝所杀。朱初家贫，其妻求离去。后朱为本郡太守归故里，道上见其故妻和后夫，接至官署，住在园中。其故妻不久自缢死。

**【译文】**

三国时期蜀国益州太守张裔，一到任即被雍闿抓住送到了吴国。诸葛亮派邓芝出使东吴，顺便请张裔回蜀。张裔在吴国时，到处流浪躲藏，吴主孙权并没有发现他。临回国前被孙权召见，孙权问他："你们蜀国的寡妇卓文君与司马相如私奔，你们那个地方的风俗怎么会这样？"张裔回答说："我认为卓家的寡妇，比起你们吴县人朱买臣他那个嫌贫出走的妻子，还是较有德行的。"

## 苏　刘

刘贡父晚得癞疾，鼻陷，又坐和苏子瞻诗罚金。元祐[①]中，同为从官[②]。贡父曰："前于曹州，有盗夜入人家，室无物，但有书数卷耳。盗忌空还，取一卷而去，乃举子[③]所著五七言也。就库家质之。主人喜事，好其诗，不舍手。明日盗败，吏取其书。主人赂吏而私录之。吏督之急，且问其故。曰：'吾爱其语，将和之也。'吏曰：'贼诗不中和他！'"子瞻亦曰："少壮读书，颇知故事。孔子尝出。颜、仲[④]二子行而过市，而卒遇其师。子路矫捷，跃而升木。颜渊懦缓，顾无所之，就市中所谓石幢子[⑤]者避之。既去，市人以贤者所至，遂更其名曰'避孔子塔[⑥]。'"坐者绝倒。

**【注释】**

①元祐：宋哲宗赵煦年号（1086—1094）。

②从官：皇帝的侍从官，指在皇帝左右以备顾问的文学近臣。

③举子：被推举应试的士子。

④颜、仲：孔子二弟子。颜回，字子渊。春秋末鲁人。贫居陋巷，箪食瓢饮，而不改其乐。孔子称赞他的德行，并说他"不迁怒，不贰过"，"其心三月不违仁"。早卒。后世尊为"复圣"。仲由，字子路，一字季路。春秋卞人。仕卫，为卫大夫孔悝邑宰，为救孙悝被蒯聩所杀。相传子路有勇力，故为勇士代称。

⑤石幢子：刻有佛教经文的石柱子。

⑥"避孔子塔"：音谐"鼻孔子塌"。

**【译文】**

北宋史学家刘攽晚年得了麻风病，鼻子塌了下去。又因为与苏东坡赋诗唱和，刘攽没能作出来而被罚钱。元祐年间，与东坡同为皇帝的侍从官。他对苏轼说："我以前在曹州任职时，有一个盗贼半夜潜入人家，但是屋里没有财物，只有几卷书。盗贼很忌讳空手而回，就拿了一卷才走。那是举子写的五言、七言诗集。盗贼拿到当铺给当掉了。当铺的主人爱凑热闹，对这些诗喜欢得爱不释手。第二天盗贼被抓住了，官府衙役来取这本书。当铺主人贿赂衙役，想把这本诗集抄下来。衙役催得很急，并问他为什么要抄这本书。当铺主人说：'我喜欢这些诗句，准备写诗与他唱和。'衙役说：'贼人的诗不值得去跟他唱和！'"听了这话，苏轼也讲开了："我年轻的时候读书，知道了不少故事。孔子有次外出，他的弟子颜回、仲由二人也在街上走，突然遇见了先生。仲由手脚敏捷，跳起来爬上了一棵树。而颜回则行动迟缓，看看没有地方跑，就躲到街中间一根叫作石幢子的石柱后边藏了起来。他们走了以后，街上的人因为贤人来过此处，便把那根石柱改名为'避孔子塔'。"在座的人听了苏、刘的这段对话，都笑得前仰后合。

## 陶谷使吴越

陶谷[①]在翰林日，念宣力已久，意希大用，使同类乘间探之。艺祖曰："翰林草制，皆检前人旧本，俗所谓'依样画葫芦'耳。"谷题一绝于玉堂署[②]，云："官职须从生处有，才能不管旧时无。堪笑翰林陶学士，年年依样画葫芦。"艺祖见之，薄其怨望。后奉使吴越，忠懿王[③]宴之，因食蝤蛑[④]，询其族类。忠懿命自蝤蛑至蟛蚏[⑤]凡十余种以进。谷曰："真所谓一蟹不如一蟹！"以讽忠懿之不如钱镠[⑥]也。宴将毕，或进葫芦羹相劝。谷不举箸。忠懿笑曰："先王时庖人善制此羹，今依样馔来者。"谷嘿然。

**【注释】**

①陶谷：字秀实。历仕后晋、后汉，至后周为翰林学士、兵部侍郎。入宋，历礼、刑、户三部尚书。

②玉堂：原为宫殿的美称。唐宋以后，称翰林院为玉堂。

③忠懿王：钱俶，五代吴越王钱元瓘第九子，字文德，初名弘俶。晋开运中为台州刺史。后被迎为吴越国王。宋太祖时入朝。太平兴国中以所管十三州来献阙下，累封邓王。卒谥忠懿。

④蝤蛑：蟹类。即梭子蟹。

⑤蟛蜞：一种小蟹名。

⑥钱镠：五代十国之一吴越国的建立者。唐末临安人，字具美，小名婆留。唐亡，受后梁朱温(太祖)之封，称吴越国王，改元天宝。卒谥武肃，传至其孙俶，于宋太宗太平兴国三年(978)，举族归于京师，国除。

**【译文】**

陶谷在翰林院供职时，心想为朝廷效力已很久了，盼望能得到提拔，就托同事找机会向皇上打听一下。艺祖说："翰林院草拟的文书，都是依据前人的旧本，正像俗话说的'依样画葫芦'罢了。"陶谷听到后，在翰林院里题写了一首七言绝句，诗中写道："官职须从生处有，才能不管旧时无。堪笑翰林陶学士，年年依样画葫芦。"艺祖看见后，很鄙视他的这种抱怨和不满。后来陶谷奉命出使吴越国。吴越国王钱俶宴请他，因为吃梭子蟹，他就问起同一类的蟹还有哪些。钱俶让人从蝤蛑到蟛蜞摆上十几种蟹类。陶谷说："真可以说是一蟹不如一蟹啊！"讽刺钱俶不如吴越的开国君主钱镠。宴会快结束时有人端上葫芦羹请他吃，陶谷不吃。钱俶笑着说："先王时厨师很会做这种羹，现在依样做来。"陶谷知道这是点自己"依样画葫芦"，只好闭口无言了。

## 原父酬欧公

刘原父[①]晚年再娶。欧公[②]作诗戏之云："仙家千载一何长，浮世空惊日月忙。洞里桃花莫相笑，刘郎今是老刘郎。”原父得诗不悦，思报之。初欧公与王拱辰同为薛简肃公[③]婿，欧公先娶王夫人姊，再娶其妹，故拱辰有“旧女婿为新女婿，大姨夫作小姨夫”之戏。一日三人会间，原父曰：“昔有一学究训学子诵《毛诗》[④]，至‘委蛇委蛇’[⑤]，学子念从原字。学究怒而责之曰：蛇当读作姨字，毋得再误！’明日，学子观乞儿弄蛇，饭后方来。问：‘何晏也？’曰：‘遇有弄姨者，从众观之。先弄大姨，后弄小姨，是以来迟。’”欧公亦为之噱然。

**【注释】**

①刘原父：刘敞，北宋学者。字原父，号公是。刘攽的哥哥。庆历六年(1046)进士，官至集贤殿学士，判南京御史台。敞博闻强识，特别长于《春秋》学。

②欧公：即欧阳修。北宋文学家，史学家。字永叔，号醉翁、六一居士。天圣进士。谥文忠。北宋古文运动的领袖，“唐宋八大家”之一。

③薛简肃公：薛奎，北宋人，字宿艺。第进士，由隰州推官累历中外，咸著政声。仁宗朝擢参知政事。卒谥简肃。据薛奎的碑文看，曾两次做他女婿的是王拱辰而非欧阳修。本文所言系据诗话等书。

④《毛诗》：即《诗经》毛传。《毛诗》为《诗经》古文学派，相传为西汉初毛亨和毛苌所传，故名。

⑤“委蛇委蛇”：雍容自得的样子。语出《诗·召南·羔羊》。也作委佗、逶迤、逶移、威夷等。故下文念“蛇”为“姨”音。

**【译文】**

北宋学者刘敞晚年又一次娶妻。欧阳修为此写了一首诗戏弄他：“仙家千载一何长，浮世空惊日月忙。洞里桃花莫相笑，刘郎今是老刘郎。”刘敞见到这首诗很不高兴，下决心要报复。欧阳修与王拱辰都是薛奎的女婿。欧阳修先是娶了王拱辰夫人的姐姐，后来又娶了她的妹妹为妻，所以王拱辰曾以"旧女婿为新女婿，大姨夫作小姨夫"来取笑他。一天，刘敞同他们两人聚在一起。刘敞说："过去有一位老学究教学生诵读《毛诗》，读到'委蛇委蛇'一句，学生把'蛇'字按通常的读音念。学究生气地纠正他：'蛇字应当念作姨字，不许再念错！'第二天，学生因为在街上看乞丐耍蛇，吃饭时间过了才来到学堂。学究问他：'为什么来得这么晚？'那个学生说：'遇到个弄姨的，就跟着大家一起看了。那人先弄大姨，后弄小姨，所以我来晚了。'"欧阳修听了这话也禁不住大笑起来。

## 祝石林

给事[①]祝石林，曾为黄陂博士[②]。偶入郡，与黄冈令刘联坐。令心易之，而嗔其抗直，曰："吾乡士人有一破[③]，乃'大哉尧[④]之为君'一节题，破云：'以齐天之大圣，极天下之无状[⑤]焉。'"祝曰："吾亦有一破，题是'不得已而之景丑氏宿焉'。破云：'处无可奈何之地，遇大不相干之人。'[⑥]"同官绝倒。明年，祝及第，刘以县令考察为民。

**【注释】**

①给事：给事中，官名。秦汉为列侯、将军、谒者等的加官。常在皇帝左右侍从，备顾问应对等事。因执事在殿中，故名。晋以后为正官，掌侍从规谏，稽察六部之弊误，有驳正制敕之违失章奏封还之权。

②博士：博士弟子，此处指经本省各级考试取入府、州、县学的生员。

③破：破题。唐宋诗赋，起首几句点破题意，谓之破题。明清八股文之首二句，亦沿称为破题，为固定程式。此处指科举考试所作经义的破题。

④尧：传说中的古帝陶唐氏，名放勋，史称唐尧。传曾设官掌管时令，制定历法。咨询四岳，推选舜为其继任人。经三年考核，命舜

摄政。死后即由舜继位。

⑤无状：无功绩，无颜面见人。一说尧到了晚年，德衰，为舜所囚，其位也为舜所有。此句概言尧为一代圣王，却难保晚节，为自己选定的继承人所囚，帝位亦为其所得，是极丢脸的事。讥祝才高而无礼。

⑥此句喻与刘联坐，实不得已且互不相干也。

**【译文】**

给事中祝石林曾是黄陂县的生员。一次去黄州府，与黄冈县令刘某坐在一起。刘县令心里看不起祝石林，但对他的坦率耿直又很恼火，便说："我们县有一个书生做了一道题，题目是'大哉尧之为君'。破题是：'以齐天之大圣，极天下之无状焉。'"祝石林见他嘲弄自己，便说："我也做了一个破题，题目是：'不得已而之景丑氏宿焉'。破题是：'处无可奈何之地，遇大不相干之人。'"在座的官员都为此妙语而拍手称绝。第二年，祝石林考中了进士，刘某却因考察不合格而被削职为民了。

## 王　清

王清系掾吏[①]，初授卑官，有异才，累迁嘉兴府同知。以督责海塘有功，擢两淮佥宪[②]。逾半年，请告归。在嘉时，偕太守行香文庙[③]。太守戏指先师[④]，谓公曰："认得此位老先生否？[⑤]"清曰："认得。这老先生人品极高，只是不曾发科。"太守默然。

冯梦龙评：只夸科第，不论人品，此位老先生，太守反不认得。

**【注释】**

①掾吏：州郡以上长官自辟的属官，后为胥吏的通称。

②佥宪：佥都御史。明代置都察院，长官为左、右都御史；贰官为左、右副都御史；其下则左、右佥都御史，官阶与副都御史相同而权略小。因御史台称宪台，故称佥都御史为佥宪。

③文庙:孔子庙。孙子曾被追封为文宣王,故称其庙为文庙。

④先师:孔子谥号。元时追赠孔子谥号为"大成至圣先师"。

⑤太守此问意在轻视王清非科举出身,未曾读得圣贤书,识得圣人面。

**【译文】**

王清出身掾吏,开始只担任很低微的官职,因为特别有才干,逐渐升任嘉兴府知府副官。又因为负责修建沿海堤防有功,被提拔为都察院分管两淮事务的佥都御史。仅仅干了半年,他就告假辞职回家了。在嘉兴任知府副官的时候,一次王清随太守到文庙里去上香。太守指着孔子像开玩笑地对王清说:"你认得这位老先生吗?"王清回答:"认识。这位老先生人品极高,只是没在科举考试中发迹。"太守听出话中味道,不再作声了。

冯梦龙评:只夸耀科举及第,却不考虑人品如何。这位孔老先生,太守反而不认得。

## 增广 检讨

内乡县李蓘,字子田,官翰林检讨①。其弟名荫,字袭美,久滞增广生②。蓘遣书荫曰:"尔今年'增广',明年'增广',不知'增'得几多?'广'得几多?"荫答书曰:"尔今日'检讨',明日'检讨',不知'检'得甚么?'讨'得甚么?"

**【注释】**

①翰林检讨:官名。翰林院属官,掌修国史,位次编修。

②增广生:即增生。科举制度中生员名目之一。明清按额供给生员廪膳,额内者称廪膳生员,增额者为增广生员。前者有廪未有职责,而增生无之。

**【译文】**

内乡县有兄弟二人。哥哥李蓘,字子田,担任翰林院检讨。弟弟名叫荫,字袭美,多年来总是个增广生员,不见长进。李蓘写信给李荫说："你今年'增广'，明年'增广'，不知'增'了多少，'广'了多少?"李荫回信说："你今天'检讨'，明天'检讨'，不知'检'到了什么，'讨'到了什么?"

## 僧对鸟

东坡与佛印[①]说："古人常以僧对鸟[②]，如云：'鸟宿池边树，僧敲月下门。'又云：'时闻啄木鸟，疑是扣门僧。'"佛印曰："今日老僧却与相公对[③]。"

赵南星评：宋孝武帝[④]言："人好嘲谑，未有不遇其敌者。"东坡之谑原拙，非佛印之巧也。"僧敲月下门"，是说所见，至于闻啄木鸟疑僧扣门，不知别样人扣门之声，与僧何所分辨?

**【注释】**

①佛印：北宋僧人，名了元，号佛印，驻锡金山寺。与苏轼、黄庭坚友善，能作诗。

②鸟：鸟又音 diǎo，指男性生殖器。

③讥东坡为"鸟"。

④宋孝武帝：南北朝时刘宋王朝皇帝，名骏。

**【译文】**

东坡对佛印说："古人常常用僧跟鸟相对，比如：'鸟宿池边树，僧敲月下门。'又如：'时闻啄木鸟，疑是扣门僧。'"佛印说："今日老僧却与相公(指东坡)相对。"

赵南星评：宋孝武帝说："人们都喜欢嘲谑，但是没有不遇到反击的。"东坡的玩笑原本拙劣，不如佛印的巧妙。"僧敲月下门"，是说的所见，至于闻啄木鸟的啄木声而怀疑是僧人扣门，不知别样的人敲门的声音，与僧人敲门的声音有什么区别?

## 羊　蟹

尤延之[①]极短小。杨诚斋[②]尝戏呼尤延之为蝤蛑[③]。延之呼诚斋为羊。一日食羊白肠。延之曰:“秘监锦心绣肠,亦为人所食。”诚斋笑吟曰:“有肠可食何须恨,犹胜无肠可食人。”世称蟹为“无肠公子”。一座大笑。

**【注释】**

①尤延之:尤袤,字延之。南宋诗人。宋高宗绍兴年间进士,累迁太常少卿。后因国事多舛,积忧成疾而死。谥文简。

②杨诚斋:杨万里(1127—1206),字廷秀,号诚斋。南宋诗人。绍兴进士,累迁秘书监。遇事敢言,主张抗金,忤孝宗意,故不得大用。与陆游、范成大、尤袤并称“南宋四大家”。

③蝤蛑:一种小蟹,即梭子蟹。音谐“尤袤”。

**【译文】**

南宋诗人尤袤的身材非常矮小。诗人杨万里曾戏称他为蝤蛑。尤袤则把杨万里叫作“羊”。有一天,大家在一起吃炖羊肠。尤袤说:“秘书监的锦心绣肠,也被人吃了。”杨万里笑着吟出两句诗道:“有肠可食何须恨,犹胜无肠可食人。”当时人们称螃蟹为“无肠公子”。在座的人听了都大笑起来。

## 多髯

李从俨生辰,贺客秦凤陋而多髯,魏博少年如美人。魏戏云:“今日不幸与水草大王接坐。”秦曰:“夫人无多言。”四座皆笑。

**【译文】**

李从俨过生日,前往祝寿的人中有个叫秦凤的,长得面目丑陋且有一脸大胡子;另一个叫魏博的年轻人则长得像个美女。魏博开玩笑说:“我今天不幸和水草大王坐在一起。”秦凤说:“夫人不要多嘴。”在座的人都大笑起来。

# 煮熟狗

狄仁杰[①]戏郎官卢献曰："足下配马乃作驴[②]。"献曰："中劈明公[③]，乃成二犬。"杰曰："狄字乃犬傍火也。"献曰："犬边有火，乃是煮熟狗。"

**【注释】**

①狄仁杰：字怀英，唐代大臣。高宗初为大理丞。后为豫州刺史、洛州司马。武则天天授二年(691)入为地官侍郎同凤阁鸾台平章事。为酷吏来俊臣诬害下狱，贬彭泽令。至神功元年(697)复相。卒赠文昌右相，追封梁国公。

②"足下"句：驴字繁体为"驢"。卢的繁体为"盧"。

③明公：对有名位者的尊称。

**【译文】**

唐代狄仁杰与郎官卢献开玩笑说："您配上马就变成驴了。"卢献说："从中间劈开您，就成了两条狗。"狄仁杰说："不对，'狄'字是'犬'傍'火'。"卢献说："犬边有火，那是煮熟狗。"

# 真、扬二娼

江、淮、闽、浙土俗，各有公讳，如杭之"佛儿"，苏之"呆子"，常之"欧爷"之类，细民或相犯，至于斗击。宣和[①]中，真州[②]娼迎新守于维扬[③]。扬守置酒，大合两邦妓乐。扬州讳"缺耳"，真州讳"火柴头"。扬娼恃会府[④]，轻属城，故令茶酒兵爇火而有烟，使小僮戒之，已而不止，呼责曰："贵客大厅张筵，何烧炭不谨，却着柴头！"咄詈再四。真娼笑语兵曰："行者三四度指挥，何得不听？汝有耳朵耶，没耳朵耶？"扬娼大惭。

【注释】

①宣和：北宋徽宗赵佶年号(1119—1125)。

②真州：今江苏仪征市。宋代以铸真宗像成命名。

③维扬：今江苏扬州市。《尚书·禹贡》有“淮海惟扬州”。《尚书》“惟”字《毛诗》皆作“维”。后人摘取“维扬”作为扬州的别称。

④会府：都会。此指州府所在地。

【译文】

江苏、安徽、福建、浙江一带的民间风俗，各地都有本地忌讳说的字眼儿，比如杭州忌说“佛儿”，苏州忌说“呆子”，常州忌说“欧爷”等等，老百姓中一旦相互犯了忌讳，甚至会打起架来。宋徽宗宣和年间，仪征地方的妓女到扬州去迎接本地新来的太守。扬州太守设下酒宴，纠合两地的妓女们一起作乐。扬州人忌讳“缺耳朵”，仪征人忌讳“火柴头”。扬州妓女仗着自己是州府所在地的人，看不起下属城镇，故意让茶酒兵烧火时冒出烟来，又假装派仆人去批评，可是却冒烟不止，于是就大声责怪道：“贵客在大厅里开筵席，为什么烧炭这么不谨慎，却把些柴头来烧！”这样责骂多次。仪征的妓女笑着对茶酒兵说：“已经指挥你三四次了，你为什么不听？你是有耳朵呢，还是没耳朵？”扬州妓女听了非常羞愧。

## 耽　饮

鸿胪卿[①]孔群[②]好酒。尝与亲旧书云：“今年田得七百斛秫米，不了曲蘖事。”王丞相[③]劝使节饮，曰：“不见酒家覆瓿布，日月糜烂？”群曰：“不尔，不见糟肉乃更堪久？”

【注释】

①鸿胪卿：官名，主要掌管朝祭礼仪事务的鸿胪寺的长官。

②孔群：字敬林，晋代山阴(今浙江绍兴)人。官至中丞。生性嗜酒，放荡不羁。

③王丞相：东晋丞相王导。

【译文】

晋鸿胪寺卿孔群好喝酒。他曾写信给自己的亲朋故旧，说自己家“田地今年可收获七百斛高粱米，还不够酿酒用。”丞相王导劝他减少喝酒，对他说：“你没看见酒家用来盖酒坛的布烂得很快吗？酒对身体是有害的。”孔群却说：“不对，你没看见糟肉能存放得更久吗？”

## 僧壁画《西厢》

丘琼山①过一寺，见四壁俱画《西厢》②，曰：“空门③安得有此？”僧曰：“老僧从此悟禅。”丘问：“何处悟？”答曰：“是‘怎当④他临去秋波那一转’。”

【注释】

①丘琼山：即明代大臣、学者丘浚。字仲深，琼山（今属海南）人，故称丘琼山，官至文渊阁大学士。

②《西厢》：又称《西厢记》，元代王实甫所作著名杂剧，以青年女性反抗封建礼教为题材，描述崔莺莺和张珙的恋爱故事。

③空门：即佛门，佛教讲“一切皆空”。

④怎当……：张生初见崔莺莺，为她的美貌所震惊，此句为描述莺莺走后的情景。“怎当”本作“怎能抵挡”解，僧人谐作“怎样抵挡”。

【译文】

明大臣丘浚路过一寺院，见寺院四周墙壁上画的都是《西厢记》的故事，就问道：“佛门怎么能画这些内容呢？”老僧说：“老僧从这里面参悟禅机。”丘浚又问：“从什么地方参悟？”老僧回答说：“就是‘怎当他临去秋波那一转’。”

# 塞　语

**天下之事，从言生，还可从言止。不见夫射者乎？一夫穿杨[①]，百夫挂弓。何则？为无复也。心心喙喙，人尽南越王[②]自为耳。不得真正大聪明人，胸如镜，口如江，关天下之舌，而予之以不然，隙穴漏卮，岂其有窒！若夫理外设奇，戹人于险，此营丘士[③]之智也，吾无患焉。**

——摘自冯梦龙《古今谭概》

**【注释】**

①穿杨：百步穿杨之略语。典出《史记·周本纪》："楚有养由基者，善射者也，去柳叶百步而射之，百发而百中之。"

②南越王：赵佗，秦二世时为南海龙川令。南海尉任嚣死，佗自行南海尉事。秦灭，自立为南越武王。汉高祖称帝，遣陆贾立佗为南越王。吕后时，自尊为南越武帝。文帝时，复使陆贾责佗，佗上书自称"蛮夷大长老臣佗"，去帝号称臣。

③营丘士：宋代讽刺小说《艾子杂说》（伪托苏轼作品）中的诡辩人物，好折难而不中理。营丘，今山东临淄，姜尚被封于齐，以营丘为都。古代齐人好辩，所以《艾子杂说》用"营丘士"来称好辩者。

**【译文】**

天下的事情，由于言论而兴起，也可以因为言论而废止。难道没见过射箭的人吗？一个人百步穿杨，其余的射手只好把雕弓挂起来，不敢再射。为什么呢？因为再无法超过了。心和口，人人都像赵佗自封为南越王那样自由主宰。假如没有真正的聪明人，心胸如明镜一样照透别人的肺腑，言词流利得像奔腾的江河，封住天下人的舌头，对他们的言论加以反驳，那么，诘难人的嘴就会像墙上有穴，酒杯有洞，怎么能让他们缄口不言呢？至于不顾事理而发出怪论，危言耸听，那不过是营丘士之流的伎俩，我是不关心的。

## 祀灵山河伯

齐大旱，景公[①]欲祠灵山。晏子[②]曰："不可。夫灵山，以石为身，以草木为发。天久不雨，发将焦，身将热，彼独不欲雨乎？祠之何益！"公曰："祠河伯[③]可乎？"晏子曰："不可。河伯以水为国，以鱼鳖为民。天久不雨，百川竭，国将亡，民将灭矣，彼独不欲雨乎？祠之何益！"

**【注释】**

①景公：齐景公，春秋时齐国君主。公元前547到前490年在位。

②晏子：晏婴，字平仲。继其父弱（桓子）为齐卿，后相景公，以节俭力行，名显诸侯。

③河伯：传说中黄河的河神。姓冯名夷，华阴潼乡人，浴于河中而溺死，遂为河伯也。

**【译文】**

春秋时期，齐国有一年大旱，齐景公想要祈祷灵山以求雨。相国晏婴说："不行。那灵山以石头作为自己的身躯，以草木作为自己的毛发。天很久不下雨，他的毛发就要枯焦，他的身躯就要发热，难道单单他不想要天下雨吗？祈祷他有什么用处呢！"景公说："那么，祈祷黄河的河神可以吗？"晏婴说："也不行。河神以水作为国家，以鱼鳖作为子民。天久旱不雨，百川枯竭，他的国家将灭亡，他的子民将灭绝，难道单单他不想要天下雨吗？祈求他有什么用呢！"

## 骆猾牦好勇

墨子[①]谓骆猾牦曰："吾闻子好勇？"曰："然。吾闻其乡有勇士焉，吾必与斗而杀之。"墨子曰："天下莫不予其所好，夺其所恶。今子闻其乡有勇士，而斗而杀之，是恶勇，非好勇。”

【注释】

①墨子：墨翟，春秋、战国之际思想家，墨家学派的创始者。

【译文】

墨子对骆猾牦说："我听说您很喜好勇敢？"骆猾牦回答说："是的。我一听说哪个乡里有勇敢的人，我就一定要与他搏斗并杀死他。"墨子说："天下的人无不把自己所喜爱的加于别人，而力图从别人身上消去自己所憎恶的东西。现在你听说别的乡里有勇敢的人，就与他搏斗并杀死他，你这是憎恨勇敢，而不是喜好勇敢。"

## 弹　雀

宋艺祖一日后苑挟弓弹雀。有臣僚称其急事请见；及见，乃常事。帝曰："此事何急？"对曰："亦急于弹雀。"

【译文】

宋太祖赵匡胤有一天正在后花园里拿着弹弓打麻雀。这时，有个大臣说有紧急的事求见；等到太祖召见了他，他禀告的却是一件平常的事。皇上说："这事有什么可急的？"大臣回答说："也比弹麻雀急呀。"

## 彭祖面长

汉武帝[①]对群臣云："相书云：鼻下人中长一寸，年百岁。"东方朔[②]大笑。有司[③]奏不敬。朔免冠云："不敢笑陛下，实笑彭祖[④]面长。"帝问之。朔曰："彭祖年八百。果如陛下言，则彭祖人中长八寸，面长一丈余矣。"帝亦大笑。

**【注释】**

①汉武帝：西汉武帝刘彻，公元前141到前87年在位。

②东方朔：西汉人。武帝时待诏金马门，官至太中大夫。以奇计俳辞得亲近，为武帝弄臣。因其以诙谐滑稽著名，后人传其异闻甚多，方士又附会之为神仙。

③有司：官吏。古代设官分职，事各有专司，故称有司。

④彭祖：传说颛顼帝玄孙陆终氏的第三子，尧封之于彭城，因其道可祖，故谓之彭祖。在商为守藏史，在周为柱下史。年八百岁。

**【译文】**

汉武帝对群臣说："相书上说：鼻子下面人中的长度为一寸的人，可以活到一百岁。"东方朔听了大笑起来。大臣便上言说东方朔对皇帝不敬。东方朔摘下帽子说："我不敢笑陛下，我是笑彭祖的脸太长了。"汉武帝问他怎么回事。东方朔回答说："彭祖活了八百岁。果真像陛下您刚才说的，那么彭祖的人中长八寸，他的脸应当有一丈多长了。"汉武帝听后也大笑起来。

## 方口尖口

唐之进士有姓单者，就试有司，有司误为"単"，生诉云："虽则陋宗，然姓氏不欲为人所转易，乞改正之。"有司曰："方口尖口[①]，亦何足辨？"单生曰："若不足辨，则'台州吴儿县'改作'吕州矣儿县'，可乎？"主司无以应。

**【注释】**

①单的繁体为"單"，上为方口。此误为"厶"，即尖口。

**【译文】**

唐朝有个姓单的进士，到有关部门去应试，主管官将姓误写为"単"，进士申诉说："我们家虽然门第低微，但是自己的姓氏不想被别人更换，请改正过来。"主管官说："方口尖口，又哪里值得分辨？"单生反问道："若是不需要分辨，那么'台州吴儿县'改作'吕州矣儿县',可以吗?"主管官无言以对。

## 轮回报应

一人盛谈轮回报应:慎无轻杀,凡一牛一豕,即作牛豕以偿,至蝼蚁亦罔不然。时许文穆[①]曰:"莫如杀人。"众问其故。曰:"那一世责债,犹得化人也。"

**【注释】**

①许文穆:许国,字维桢,明神宗时官礼部尚书兼东阁大学士,死后谥文穆。

**【译文】**

有个人大谈轮回报应,他说:千万不要轻易杀生,凡是杀死一头牛、一只猪,来世就要遭到变牛变猪的回报,即使杀死蝼蚁也要同样遭到报应。当时,许国听了这话,说:"那就不如杀人了。"大家问他为什么,许国回答说:"来世偿债,还能变成人嘛!"

## 请僧住院

晏景初[①]请一名僧住院,僧辞以穷陋不可为。景初曰:"高才固易耳。"僧曰:"巧媳妇煮不得无米粥。"景初曰:"若有米,拙媳妇亦自能煮。"

**【注释】**

①晏景初:晏敦复,字景初。北宋人,晏殊曾孙。学于程颐,进士。历官权吏部侍郎、给事中,进尚书,寻请外任,以宝文阁直学士知衢州,提举亳州明道宫。性耿直不屈,曾力驳秦桧和议。

**【译文】**

晏敦复请一位名僧做寺院的住持,这位僧人以寺院破败,经费不足而推辞不做。晏敦复说:"凭您的高才,担任这个职务本来是容易的。"僧人说:"巧媳妇煮不了无米的粥。"晏敦复回答说:"要是有米,笨媳妇也自然会煮。"

## 重袈裟

赵悦道[①]罢政闲居,每见僧,接之甚恭。一日,士人以书贽见,……门下人不为通。士人谓阍者曰:"参政[②]便直得如此敬重和尚?"阍者曰:"寻常来见诸僧,亦只是平平人,但相公道是重他袈裟。"士人笑曰:"我这领白襕[③],直是不直钱财?"阍者曰:"也半看佛面。"士人曰:"更那辍不得些少来看孔夫子面。"人传以为笑。

**【注释】**

①赵悦道:赵与欢,字悦道。南宋人。嘉定进士,授大理评事,以直宝章阁出知安吉州。历迁户部侍郎,累官资政殿大学士,三为府尹。尽心民事,都人称为"赵佛子"。拜少傅,卒谥"清敏"。

②参政:官名。宋代参知政事也称参政,为宰相之副。此处为尊称。

③白襕:古时士人的服装。《宋史·舆服志五》:"襕衫,以白细布为之,圆领大袖,下施横襕为裳,腰间有襞积,进士及国子生、州县生服之。"

**【译文】**

赵与欢免职后在家闲居,每次接见僧人,礼遇非常。有一日,一个士人拿着诗文前去拜见,……赵府的门卫不肯通报。士人说门卫:"参政便值得像这样敬重和尚?"门卫说:"平常来拜见的僧人,也不过是一般人,但是相公说是看重他那袈裟。"士人笑着说:"我这一领白襕衫,值不值钱?"门卫说:"也有一半是看佛祖的情面。"士人说:"怎么可以不略微看孔夫子的情面。"大家都传为笑谈。

## 苏公论佛

范蜀公[①]不信佛，苏公[②]常求其所以不信之故。范云："平生事非目见即不信。"苏曰："公亦安能然哉，设公有疾，令医切脉，医曰'寒'，则服热药，曰'热'，则服寒药。公何尝见脉而后信之？"

**【注释】**

①范蜀公：范镇，北宋大臣，字景仁，举进士第一。仁宗时知谏院，后为翰林学士，论新法，与王安石不合，遂致仕。哲宗即位，起为端明殿学士，固辞不拜。累封蜀郡公。镇生平与司马光相得甚欢，议论如出一口。其学本《六经》，终身不道佛老申韩之说。

②苏公：即苏轼。

**【译文】**

范镇平生不信佛教，苏轼曾经问他之所以不信佛的原因。范镇说："我这一生，凡不是亲眼所见的事我都不相信。"苏轼说："您怎么能这么想呢？假如你得了病，让医生给你切脉，医生说'寒'，就要服热性的药；医生说'热'，就要服寒性的药。您难道是看见了自己的脉然后才相信医生的话吗？"

## 观　灯

司马温公[①]夫人，元宵夜欲出观灯。公曰："家灯。"夫人曰："兼看游人。"公曰："我是鬼？"

冯梦龙评：范文正[②]欲求退，子弟请治园圃。公曰："西都[③]园林相望，孰障吾游？"语意类此。

**【注释】**

①司马温公：司马光，字君实。北宋史学家、文学家。追封温国

公，谥“文正”。

②范文正：范仲淹，字希文。北宋政治家，文学家。谥“文正”。

③西都：北宋以汴州为东京开封府，以河南府为西都。

**【译文】**

司马光的夫人元宵节晚上想出去观灯。司马光说：“家里就有灯。”夫人说：“同时也看看游人。”司马光笑着说：“我是鬼呀？”

冯梦龙评：范仲淹想要退隐，他的子弟要求修治园圃。他说：“西都园林那么多，谁能阻挡我们去赏游？”这话的意思与司马光说的相似。

## 红米饭

一人有丧，偶食红米饭，一腐儒以为非居丧者所宜，问其故，谓红色乃喜色也。其人曰：“红米饭，有丧食不得；难道食白米饭的，都是有丧服么？”

石成金评：迂人往往以非理之事，乱行责备，宜以丧服答之。

**【译文】**

有一个人居丧，偶然食用了红米饭，有一个迂腐的儒生认为，红米饭不是居丧的人应该吃的，问他是什么理由，回答说因为红色是喜色。这人反问道：“红米饭，服丧的人吃不得；难道吃白米饭的人，都是有丧服的吗？”

石成金评：迂腐人往往用一些不合道理的事，对人横加指责，应当像答丧服这样驳斥他。

## 道学语

有一道学[①]每曰：“天不生仲尼，万古如长夜。”刘翰林谐曰：“怪得羲皇[②]以上圣人，尽日燃烛而行也！”

冯梦龙评：谐性刻薄，而有口才。析产时，从其父巨塘公乞一干仆。父以与其兄。谐争之。父曰：“兄弟左右手耳，彼此何别？”一日父小恙，适谐来候，舒右手使搔痒。谐故取左手搔之。父曰：“误矣。”谐曰：“左右手彼此何别？”其虽亲必报如此！

【注释】

①道学：指宋时理学。自周敦颐、程颢、程颐至朱熹最后完成的以儒家为主、兼容佛道思想某些内容的一种思想体系。

②羲皇：伏羲氏，神话中人类的始祖。传说人类由他和女娲氏兄妹相婚而产生。

【译文】

有一位道学先生总是说：“老天爷要是不生孔子，万古都如同长夜一般没有光明。”翰林刘谐听了这番话后，说：“怪不得伏羲氏以前的圣人们，整天都要点着蜡烛走路了！”

冯梦龙评：刘谐生性刻薄，但很有口才。分家产的时候，刘谐曾向他的父亲巨塘公要一名精干的仆人。父亲却把那位仆人给了刘谐的兄长，刘谐就与父亲争执起来。父亲说：“同胞兄弟如同一个人的左右手，给你给他又有什么区别呢？”有一天，巨塘公偶然得了小病，恰好刘谐来侍候，父亲就舒开右手让刘谐给他搔痒。刘谐故意拿起父亲的左手来搔。父亲说：“错了。”刘谐说：“左右手彼此又有什么区别呢？”虽然是至亲他也这样报复。

## 《牧誓》

唐高定[①]七岁时，读书至《牧誓》[②]，问：“奈何以臣伐君[③]？”父郢[④]曰：“应天顺人耳。”曰：“‘用命，赏于祖，不用命，戮于社。’[⑤]岂是顺人？”郢不能答。

【注释】

①高定：唐代高郢之子，小字董二。早辩慧。世重其早慧，以字显。仕至京兆府参军。

②《牧誓》:《尚书·周书》中的一篇。记述的是周武王起兵灭商,在牧野战前的誓词。

③以臣伐君:周武王原为商纣的诸侯。

④郢:高郢,高定父,字公楚。宝应进士,又以茂才异行高第。累官兵部尚书。以尚书右仆射致仕。卒谥"贞"。

⑤用命,赏于祖,不用命,戮于社:语见《尚书·甘誓》。祖,祖庙。社,社坛,祭土神之所。

**【译文】**

唐代神童高定七岁的时候,读书读到《尚书》中的《牧誓》一篇,便问他的父亲:"做臣子的怎么攻打起君主来了呢?"他父亲高郢说:"不过是应天命而顺人心罢了。"高定又问:"书上有句话,'服从命令的,于祖庙行赏,不服从命令的,在社坛处死'。难道这也是顺人心吗?"高郢无言以对。

## 秽里

梁[①]刘士章为南康相[②]。郡人有姓赖,居秽里,投刺谒刘。刘嘲之曰:"君有何'秽'而居秽里?"赖应声曰:"未审孔丘何'阙'而居阙里[③]。"

**【注释】**

①梁:朝代名。南北朝时期南朝之一,502到557年。

②南康相:南康郡守。南康,郡名,辖今江西南康、赣县、兴国、宁都以南地。

③阙里:地名。相传为春秋时孔子授徒之所,在洙、泗之间。后盛传孔子故里为阙里。阙,过失。原注:"孔庙东南五百步,有双石阙,故名阙里。"

**【译文】**

梁朝刘士章任南康郡太守。郡中有一位姓赖的,家住在秽里,递名帖求见刘士章。刘士章嘲弄他说:"您有什么'秽'而住在秽里?"赖随声答道:"我不知道孔子有什么'阙'而住在阙里。"

## 争 田

余肃敏[①]公为户部[②]时,两势家争田未决。部檄公理之。甲以其地名与己同姓,执是故产。公笑曰:"然则张家湾张产耶?"

**【注释】**

①余肃敏:余子俊,字士英。明代人。景泰进士,官户部主事。历任延绥、陕西巡抚,修余公渠。孝宗时官终兵部尚书。卒谥肃敏。

②户部:六部之一。掌全国土地、户籍、赋税、财政收支等事务,长官为户部尚书。

**【译文】**

明代余子俊在户部供职时,有两户有权势的人家为一块田地争夺不休。部里下文叫余子俊去处理此事。甲户以那块田地的地名与自己是同姓,坚持说是他家祖宗留下的田产。余子俊笑着说:"照你这么说,那么,张家湾就一定是张家的田产吗?"

## 捕蝗檄

钱穆甫[①]为如皋[②]令,岁旱蝗,而泰兴[③]令独绐郡将[④]云:"县界无蝗。"已而蝗大起,郡将诘之。令辞穷,乃言"县本无蝗,盖自如皋飞来。"乃檄如皋请严捕,无使侵邻境。穆甫得檄,辄书其纸尾,曰:"蝗虫本是天灾,即非县令不才。既自敝邑飞去,却请贵县押来。"

**【注释】**

①钱穆甫:钱勰,字穆甫(父),宋代人,彦远子。五岁日诵千言,以荫知尉氏县。神宗时召对称旨,以不附王安石,命权盐铁判官。

奉使高丽。元祐初知开封府。历翰林学士,罢知池州卒。勰藏书甚富,工行草书,文章得西汉体。

②如皋:县名。在江苏东部,长江北岸。

③泰兴:县名。如皋东部邻县。

④郡将:官名,即郡守。郡守兼领武事,故称。宋代郡守称郡将,以朝臣出知列郡,其结衔称知某州军州事。郡邑武官,皆其所属。

**【译文】**

北宋钱勰做如皋县的县令时,有一年,天大旱,蝗灾暴发。唯独东邻泰兴县的县令欺骗郡将说:"本县界内无蝗虫。"不久,泰兴县内蝗虫大起,郡将责问县令。这位县令理屈词穷,便说:"本县原来没有蝗虫,大概是从如皋县那边飞来的。"于是行文如皋县,着令本县严捕蝗虫,不要让它们飞侵邻县。钱勰得到这份文书,在文后批示回报道:"蝗虫本是天灾,并不是县令没有才能。既然蝗虫是从我这个县飞去的,就请贵县把它们押解回来吧。"

## 贪　令

某令贪,监司[①]欲斥之。陈渠为中丞[②],笑曰:"此地穷苦,不比贵乡,墨[③]不满橐也。"监司曰:"盗劫贫家,岂得无罪!"

**【注释】**

①监司:指监察地方属吏之官。宋置转运使监察各路,始以监司为通称。

②中丞:官名。御史台长官御史中丞的简称。

③墨:贪墨,贪财好贿。《左传·昭公十四年》:"贪以败官为墨。"注:"墨,不洁之称。"

**【译文】**

某县令贪得无厌,监察地方属吏的官员想要驱逐他。御史中丞陈渠笑着对监察官员说："这个地方太穷苦了，不比你的家乡富裕，贪污受贿所得也装不满口袋。"那位监察官员说："盗贼抢劫贫苦人家，难道就不是犯罪吗？"

## 鳖媪

田巴[1]居于稷下[2]，是三王[3]而非五帝[4]，一日屈千人，其辩无能穷之者。弟子禽滑厘[5]出，逢鳖媪，揖而问曰："子非田巴之徒乎？宜得巴之辩也。媪有大疑，愿质于子。"滑厘曰："媪姑言之，能析其理。"媪曰："马鬃生向上而短，马尾生向下而长，其故何也？"滑厘笑曰："此殆易晓事。马鬃上抢，势逆而强，故天使之短；马尾下垂，势顺而逊，故天以之长。"媪曰："然则人之发上抢，逆也，何以长？须下垂，顺也，何以短？"滑厘茫然自失，乃曰："吾学未足以臻此，当归咨师。媪幸专留此，以须我还，其有以奉酬。"即入见田巴，曰："适出，鳖媪，问以鬃尾长短，弟子以逆顺之理答之，如何？"曰："甚善。"滑厘曰："然则媪申之以须顺为短，发逆而长，则弟子无以对。愿先生析之。媪方坐门以俟，期以余教诏之。"巴俯首久之，乃以行呼滑厘曰："禽大禽大，幸自无事，也省可出入！"

**【注释】**

①田巴：战国时齐人。尝辩于徂丘，而议于稷下，毁五帝，罪三王，一旦而服千人。

②稷下：古地名。在战国齐都城临淄（今山东淄博）稷门（西边南首门）。齐宣王喜文学游说之士，于稷设馆，招驺衍等七十六人，赐第，为上大夫，不治事而议论，有稷下学士之称。

③三王：指夏禹、商汤、周武王。

④五帝：传说中的上古帝王。说法不一。

⑤禽滑厘：战国初人，曾学于子夏，后为墨子弟子。

【译文】

战国时的著名辩士田巴，曾在齐国都城临淄的稷下居住，推崇三王而非难五帝，一天之内辩倒千人，没有一个人能驳倒他。一次，他的弟子禽滑厘出门遇见一位瘸腿的老妇人。老妇人向禽滑厘施礼说："你不是田巴的学生吗？想必已学得了你的老师田巴善辩的本领了。老妇我有一个大大的疑问，希望能向你请教。"禽滑厘说："老太太不妨说出来听听，我可以辨析其中的道理。"老妇人说："马的鬃毛向上长，但很短；马尾向下长，却长得很长，这是为什么呢？"禽滑厘笑着说："这是件很容易明白的事。马鬃向上长，是逆势而强抢，所以天就让它短；马尾向下长，是顺势而谦让，所以天就让它长。"老妇人说："那么人的头发是向上长的，是逆势，为什么反倒长呢？人的胡须是向下垂着长的，是顺势。为什么又短呢？"禽滑厘顿时茫然不知所措，便说："我的学识还不足以回答这些问题，我要回去问问我的老师。您请留在这里，等我回来，我一定给您带回一个满意的答复。"说完便回来见他的老师田巴，说："我刚才出去碰到一位瘸腿老妇，她问我马鬃为什么短而马尾为什么长，我以逆势与顺势的道理回答她，您觉得怎样？"田巴说："很好。"禽滑厘又说："老妇接着又提出为什么人的胡须顺势而长得短，头发逆势却长得长，学生我就无言以答了。请老师给辨析一下这个问题。老妇人还坐在门口等待我给她答复呢。"田巴低头想了许久，然后以排行称呼禽滑厘说："禽老大禽老大，希望你以后没有事时，尽量少出门去惹事！"

# 雅 浪

**谑浪，人所时有也。过则虐，虐则不堪，是故雅之为贵。雅行不惊俗，雅言不骇耳，雅谑不伤心。何病乎唇弄？何虞乎口戒？何惮乎犁舌地狱[①]？**

——摘自冯梦龙《古今谭概》

**【注释】**

①犁舌地狱：又叫拔舌地狱。佛教谓人生前毁谤佛法，死后将进入受拔舌刑罚的地狱。《法苑珠林》八七："今身言无慈爱，谗谤毁辱，恶口离乱，死即当堕拔舌、烊铜、犁耕地狱。"

**【译文】**

戏谑玩笑，人人都会偶尔为之。但玩笑过分了，就会造成伤害，就会使人不能忍受，所以戏谑玩笑应以高雅为可贵。高尚的行为不会惊世骇俗，高雅的言语不会使人觉得是奇谈怪论，高雅的戏谑玩笑也不会伤害人的心。如果能做到这一点，哪里还怕别人摇唇鼓舌呢？还担心什么言语禁忌呢？还害怕什么犁舌地狱呢？

# 千　岁

魏王知询[①]陪烈祖[②]曲宴，引金觞赐酒曰："愿我弟千岁！"魏王引他器匀之，进曰："愿与陛下各享五百！"

**【注释】**

①知询：即徐温子徐知询，李昪代吴后，封魏王。

②烈祖：即南唐开国君主李昪。本为徐温养子，后复本姓。

**【译文】**

魏王知询在宫中的宴会上陪烈祖饮酒，烈祖拿起一个金杯赐酒说："愿我弟千岁！"魏王拿另一个酒杯分了一半，把剩下的一半献给烈祖，说："愿与陛下各享五百！"

# 舍命陪君子

李西涯[①]在翰林时，一日陪郡侯[②]席，过饮大醉，醒而言曰："治生[③]今日舍命陪君子矣！"郡侯笑曰："学生[④]也不是君子，老先生[⑤]不要轻生。"

**【注释】**

①李西涯：李东阳，字宾之，号西涯。明代人。天顺八年(1464)进士。历仕英、宪、孝、武四朝，官至少师、大学士。以台阁大臣地位，主持诗坛，为茶陵诗派领袖。

②郡侯：一郡之长。用作对太守、知府的尊称。

③治生：部属对长官或旅外官吏对原籍长官的自称。此称谓始于明代。也称"晚治生"。

④学生：明清科甲出身官员的自称。

⑤老先生：明代京官自内阁以至大小九卿，以及门生称座主，皆称老先生。其称甚重，清代渐滥。

【译文】

明代大臣李东阳在翰林院供职时，有一天，陪家乡的一位太守饮宴，李东阳喝酒过多，大醉，酒醒后对太守说："治生我今日是舍命陪君子了！"太守笑着说："学生我也不是君子，老先生不要轻生。"

## 靳阁老子

丹徒[①]靳阁老[②]有子不肖，而其子之子却登第。阁老每督责之，即应曰："翁父不如我父，翁子不如我子。我何不肖？"阁老大笑而止。

冯梦龙评：吴江[③]吴大学益之由富而贫。因县征逋急，诣县求宽。阍人报："吴相公进谒。"县尹[④]刘曰："何物吴相公？得非好丈人的女婿，好女婿的丈人乎？"盖吴为王荆石相公婿，而其女嫁沈进士也。

【注释】

①丹徒：今属江苏镇江市。

②靳阁老：靳贵，字充遂，号戒庵，弘治进士，官至武英殿大学士，为内阁成员，故称阁老。

③吴江：今属江苏省。

④县尹：一县的长官。

【译文】

明代丹徒人靳贵有个儿子，但没什么出息，而他的孙子却考中了进士。靳阁老每次督促他的儿子要上进，责怪他没出息。他的儿子就回答说："您的父亲不如我的父亲，您的儿子不如我的儿子。我怎么没出息呢？"靳阁老听后大笑，不再说什么了。

冯梦龙评：吴江县人吴益之曾经是太学生，后来家境由富变穷。一次，县里征收欠交的租税，催逼很急，他便到县衙去请求宽限。守门人报告说："吴相公来请见。"县官刘某说道："吴相公是谁？莫非是那位好丈人的女婿，好女婿的丈人吗？"因为吴益之是王荆石相公的女婿，而他的女儿嫁给了沈进士。



## 安给事生辰

安给事磐[①]，蜀人。初度[②]避生，同僚尾至所在。蔡巨源戏曰："闻一老鼠避一瓶中，猫捕之不得，以须略鼠，鼠因喷嚏。猫在外呼曰：'千岁'[③]！鼠曰：'汝岂真为我寿？诱我出欲嚼我耳。'"安遂出。

**【注释】**

①安给事磐：安磐，明代人。字公石，号颐山，弘治进士。历吏、兵二科给事中，屡抗疏直谏，进兵科都给事中。大礼议起，伏阙力争，廷杖除名，卒于家。给事，官名，即给事中。明沿前代设给事中，分吏、户、礼、兵、刑、工六科，各设都给事中一人，左右给事中各一人，给事中若干人，钞发章疏，稽察违误，其权颇重。

②初度：出生的年时，即生辰。

③千岁：祝寿之词。

**【译文】**

明代给事中安磐是四川人。一次他过生日，为逃避同僚的庆贺，就躲出家门，同僚们尾随其后来到他躲藏的地方。同僚蔡巨源逗趣地说："听说有一只老鼠躲到一个瓶子里，猫逮它不着，就用胡须去触探老鼠。老鼠被猫胡子掠得打了一个喷嚏。猫急忙在瓶外欢呼'千岁！'老鼠说：'你难道是真的给我祝寿吗？你不过是想引诱我出去吃我一顿罢了。'"安磐听了这番话便走了出来。

## 何次道志勇

何次道[①]往瓦官寺[②]礼拜甚勤。阮思旷[③]语之曰："卿志大宇宙，勇迈千古。"何曰："卿今日何故忽见推？"阮曰："我图数千户郡，尚不能得；卿乃图作佛，不亦大乎？”

【注释】

①何次道：何充，字次道。东晋人。风韵淹雅，文义见称。初辟为王敦主簿，以忤敦左迁东海王文学。成帝时为吏部尚书，永和初为宰相，辅幼主。充性好佛经，崇修佛寺，靡费巨亿，而亲友贫乏，无所施遗，以此获讥于世。卒谥文穆。

②瓦官寺：佛寺名。亦名瓦棺寺。在故金陵凤凰台。东晋兴造，名慧方寺。因掘地有瓦棺，民间因称瓦棺寺。南唐改为升元寺，后毁于火。明初旧地重建。

③阮思旷：阮裕，字思旷。以德业知名。为王敦主簿，甚被知遇。裕以敦有不臣之心，乃终日酣觞，以酒废职，出为溧阳令，复免。由是得违敦难。后拜临海、东阳二郡太守，屡辞征聘。

【译文】

东晋人何充崇信佛教，时常到瓦官寺烧香礼佛。阮裕对他说：“您的志向大如宇宙，勇气超过千古之人。”何充说：“您今天为什么忽然推崇起我来了？”阮裕回答说：“我想做一个数千户小郡的太守，还不能达到目的；您竟然想成佛，这不是志向远大，勇气过人吗？”

## 墨磨人

石昌言畜李廷珪[①]墨，不许人磨。或戏之曰：“子不磨墨，墨将磨子。[②]”

冯梦龙评：守财虏孳孳为利，一文不肯屈使。亦当告之曰：“子不用钱，钱将用子。”

【注释】

①李廷珪：南唐墨工。本姓奚，后赐姓李。自易水渡江居歙州。其制墨，自宋以来推为第一。

②子不磨墨，墨将磨子：石昌言视墨如宝，不肯磨黑使用，必将为墨折磨。

**【译文】**

石昌言家中珍藏有南唐墨工李廷□制的墨，因为是珍品，他不要别人磨它。有人就逗趣地对他说："你不磨墨，墨将磨你。"

冯梦龙评：守财奴勤勉不懈地聚积钱财，一文钱都不肯乱花。像这样的人也应该告诉他："你不用钱，钱就要用你了。"



## 梓州郪县

唐李镇恶谒选[1]，授梓州郪县[2]令，与友人书云："州带子号，县带妻名。由来不属老夫，并是儿妇官职。"

**【注释】**

①谒选：官吏到吏部等候选派。

②梓州郪县：梓州，州名。梓，音子。郪县，唐时为梓州治所，故址在今四川三台县南。郪，音妻。

**【译文】**

唐代的李镇恶到吏部去等候选拔委官，被任命为梓州郪县县令，他给朋友写信说："州带子号，县带妻名。从来不属老夫，都是儿子和老婆的官职。"

## 宋太宗语

宋丁谓[1]尝以文谒王禹偁[2]。禹偁称其文与孙何[3]可比韩、柳[4]，名遂大振。既而何冠多士[5]，谓登第四。自以为与何齐名，耻居其下，胪传[6]之际，殿下有言。太宗曰："甲乙丙丁，合居第四，复何言？"

**【注释】**

①丁谓：北宋大臣，字谓之，后更字公言。与王钦若迎合真宗，大造道观，屡上祥异，排挤寇准，升任宰相，封晋国公。仁宗时被贬

逐，死于光州。

②王禹偁：北宋文学家，字元之。曾任太宗、真宗朝右拾遗，黄州知州。以刚直敢言著称。

③孙何：字汉公，累官至知制诰。善文章。

④韩、柳：韩愈、柳宗元，皆唐代著名文学家。

⑤多士：众多之士。本指百官，后指士子。

⑥胪传：科举时，殿试后，皇帝传旨召见新科进士，依次唱名传呼。

**【译文】**

宋代的丁谓曾经拿着自己的文章去拜见文学家王禹偁。王禹偁极力称赞他的文章，认为他写的文章与孙何的文章可以跟唐代大文豪韩愈、柳宗元相比拟，从此，丁谓的名声大振。不久，孙何在科举考试中得了状元，而丁谓却排名第四。丁谓自以为与孙何齐名，而今排名却在孙何之后，觉得很耻辱。当太宗皇帝传旨召见新科进士时，丁谓在大殿下发牢骚。宋太宗说："甲乙丙丁，'丁'正应该排在第四位，还有什么可说的？"

## 送还乡里

礼侍[①]叶盛[②]转吏侍[③]。礼书[④]姚夔[⑤]设宴郑重，因曰："敝乡亲友，烦公垂念。"叶唯唯。不久，姚进太宰[⑥]，叶携酒往贺，执杯献姚曰："今日送乡里还先生矣。"

**【注释】**

①礼侍：礼部侍郎。侍郎在汉代为郎官的一种，东汉后为尚书属官，自唐以后为各部长官之副。明清递升至正二品，与尚书同为各部的堂官。

②叶盛：字与中。明代大臣。正统进士，授兵科给事中。代宗立，进都给事，擢右参政，督宣府，协赞军务。天顺时以右佥都御史巡抚两广。宪宗朝擢礼部右侍郎，转吏部左侍郎。卒谥文庄。

③吏侍：吏部侍郎。

④礼书：礼部尚书，礼部长官。

⑤姚夔：明代大臣，字大章。乡、会试皆第一，正统中授吏科给事中。景泰初擢南京刑部右侍郎，寻改礼部。天顺中为礼部尚书。后加太子少保。卒谥文敏。

⑥太宰：明清以太宰为吏部尚书的别称。

**【译文】**

明代的叶盛由礼部右侍郎转任吏部左侍郎。(因吏部掌管全国官吏的任免、考核等事务，)他原先的上司礼部尚书姚夔便殷勤地设宴为他祝贺，并对他说："我乡里的一些亲友，以后还请您多多关照。"叶盛恭敬地答应了。不久，姚夔当上了吏部尚书，叶盛带着酒前去祝贺，一边敬酒一边说："今天我把你的乡里亲友送来还给先生您了。"

# 崖　州

丁晋公自崖州[①]还，与客会饮，一客论及天下地理，谓四坐曰："海内州郡，何处最为雄盛?"晋公曰："唯崖州地望最重。"客问其故。答曰："朝廷宰相只作彼州司户参军[②]，他州何可及?"

冯梦龙评：不是崖州地望最重，还因宰相地望太轻。

**【注释】**

①崖州：旧州名，在今海南三亚市崖州区。

②司户参军：官名。州之佐吏，主管民户。丁谓曾贬任此职。

**【译文】**

北宋大臣丁谓从崖州贬所召还，与客人宴会喝酒，有一个客人谈起天下地理，问在座的人："天下的州郡，什么地方最雄奇兴盛?"丁谓回答说："只有崖州的地位与名望最重。"客人问他为什么。丁谓答道："朝廷宰相只能当这个州的司户参军，还有哪个州能比得上呢?”

冯梦龙评:不是崖州的地位名望最重,而是因为宰相的地位名望太轻。

## 目送美姝

王忠肃公[①]不喜谈谐。一日朝退,见一大臣目送美姝,复回顾之。忠肃戏云:“此姝甚有力!”大臣曰:“先生何以知之?”王应曰:“不然,公头何以掣转?”

**【注释】**

①王忠肃公:王翱,字九皋,谥号忠肃,明永乐十三年(1415)进士,历仕七朝,刚正廉直,任职内外。

**【译文】**

王忠肃公平时不喜欢谈笑。一天散朝回来,他看见一位大臣目送一位年轻美貌的女子走过,而且还回头看了几次。王忠肃公开玩笑地说:“这位年轻女子劲很大呀!”那位大臣问:“先生怎么知道的?”王忠肃公回答道:“如果她没有很大的劲儿,您的头怎么被拉转过去了呢?”

## 《文选》

张凤翼[①]刻《文选纂注》。一士夫[②]诘之曰:“既云《文选》,何故有诗?”[③]张曰:“昭明太子[④]著作,于仆何与?”曰:“昭明太子安在?”张曰:“已死。”曰:“既死,不必究他。”张曰:“便不死,亦难究。”曰:“何故?”张答曰:“他读得书多[⑤]。”

**【注释】**

①张凤翼:明代人,字伯起,嘉靖举人,好填词。尝作《红拂记》等传奇,有声于时。又有《处实堂集》、《文选纂注》等书。

②士夫：士大夫，指文人。

③何故有诗：《文选》选有诗歌，士夫故惊其名不副实而发问。实际上古时诗、文、辞赋凡有文采者均可称“文”。

④昭明太子：萧统。南朝梁文学家，字德施，武帝长子。立为太子，未即位而卒。谥昭明，世称昭明太子。信佛能文，曾招选文学之士，编纂《文选》三十卷，选录自先秦至梁除无名氏外，129位作家的各体诗、文、辞赋，计38类，700余篇，为我国最早的诗文总集，对后世影响颇大。

⑤他读得书多：意指士夫读书太少，连《昭明文选》的体例也不清楚。

**【译文】**

明代的张凤翼刻印了《文选纂注》一书。一位文人问他：“既然此书名为《文选》，为什么书中又收有诗歌呢？”张凤翼说：“这是昭明太子萧统的著作，跟我有什么关系？”那位文人又问：“昭明太子在哪里？”张凤翼说：“已经死了。”文人说：“既然死了，就不必追究他了。”张说：“即使他没死，也难以追究他。”文人问：“为什么？”张回答说：“他读的书多。”

## 徒以上罪

欧阳公[①]与人行令，各作诗两句，须犯徒[②]以上罪者。一云：“持刀哄寡妇，下海劫人船。”一云：“月黑杀人夜，风高放火天。”欧云：“酒粘衫袖重，花压帽檐偏[③]。”或问之，答曰：“当此时，徒以上罪亦做了。”

**【注释】**

①欧阳公：欧阳修，字永叔，自号醉翁、六一居士。北宋文学家、史学家。天圣进士，曾官枢密副使、参知政事。谥文忠。在散文诗词创作、史传编纂、诗文评论等方面均有较高成就，尤以散文成就最高，为“唐宋八大家”之一。

②徒:徒刑,刑罚名。拘禁罚使劳作之刑。

③酒粘衫袖重,花压帽檐偏:唐李商隐《李义山诗集》六有诗《饮席代官妓赠两从事》云:"新人桥上着春衫,旧主江边侧帽檐。"欧诗当自此化出。花,旧指娼妓或妓馆。唐吕岩《敲爻歌》:"色是药,酒是禄,酒色之中无拘束;只因花酒误长生,饮酒带花神鬼哭。"欧阳修两句诗即是说挟妓饮酒,寻欢作乐,其人已无可救药,并暗借李商隐的诗题戏弄同饮二人。

【译文】

欧阳修与人饮酒行令,约定每人作诗两句,其内容要犯罚徒刑以上的罪名。其中一个人说:"持刀哄寡妇,下海劫人船。"另一个说:"月黑杀人夜,风高放火天。"欧阳修说:"酒粘衫袖重,花压帽檐偏。"有人问他是什么意思。欧阳修回答道:"到了饮酒带花这个地步,徒刑以上的罪早就犯过了。"

## 破僧戒

虎丘[①]僧人长于酒肉,彼之视腐菜,如持戒[②]者之视鱼肉,不胜额之蹙也。一日友人小集,有楚客长斋,特设素供。楚客意僧必持戒,揖与共席。吴兴[③]凌彼岸笑语之曰:"毋为此僧破戒!"

【注释】

①虎丘:山名。在江苏苏州市西北阊门外。

②持戒:佛教指严守戒律。此指严守戒律而素食,即持斋。佛教原以过正午不食曰斋,后来多指不杀生而素食。

③吴兴:古郡名,即今浙江湖州市地。

【译文】

虎丘山上的僧人长期饮酒吃肉,他们看见豆腐蔬菜,就如同严守戒律不食荤腥的僧人看见鱼肉一样,不禁要把眉头紧皱起来。有一天,几位友人在一起聚会,其中有一位从楚地来的客人是长期持斋的，主人特意为他准备了一顿素食。那位楚地来的客人心想，这位僧人一定是持戒素食的，便恭敬地施礼，请他与自己同桌进餐。吴兴人凌彼岸笑着说："还是不要为这位和尚破戒吧！"

## 《阿房宫赋》两句

东坡在玉堂[①]。一日读杜牧之《阿房宫赋》，凡数遍。每读彻一遍，即再三咨嗟叹息，至夜分犹不寐。有二老兵皆陕人，给事左右，坐久，甚苦之。一人长叹，操西音曰："知他有甚好处，夜久寒甚不肯睡。"连作冤苦声。其一曰："也有两句好。"其人大怒曰："你又理会得甚底？"对曰："我爱他道：'天下之人不敢言而敢怒。'"叔党[②]卧而闻之，明日以告。东坡大笑曰："这汉子也有鉴识！"

**【注释】**

①玉堂：翰林院的别称。

②叔党：苏过，字叔党，苏轼幼子。官至中山府通判。苏轼连年贬谪迁徙，过皆随侍左右。轼死，苏过葬之于汝州郏城小峨眉山，遂家居颍昌，营湖阴水竹数亩，名为小斜川，自号斜川居士，时人称为小坡。

**【译文】**

苏东坡在翰林院供职。有一天，他读杜牧的《阿房宫赋》，接连读了好几遍。每读完一遍，都要再三地赞叹，直到半夜还没有睡。有两位老兵都是陕西人，在旁边侍候他。这两位老兵陪主人坐到深夜，很为此事所苦。一个老兵长叹了一声，说："不知道这篇文章好在哪里，夜这样深了，天又这么冷，还不肯睡觉。"抱怨不已。另一个老兵说："其中也有两句好的。"第一个老兵生气地说："你又懂得什么？"后一个老兵说道："我爱听他说：'天下之人，不敢言而敢怒'。"苏轼的小儿子苏过躺在床上，听到了两位老兵的对话，第二天就告诉了父亲。苏轼大笑着说："这个汉子也很有见识！"

# 马湘兰

金陵平康[①]有马妓曰马湘兰[②]者，当少年时，甚有身价。一孝廉[③]往造之，不肯出。迟回十余年，湘兰色少减，而前孝廉成进士[④]，仕为南京御史[⑤]。马妓适株连入院听审，御史见之曰："尔如此面孔，往日乃负虚名。"湘兰曰："惟其有往日之虚名，所以有今日之实祸。"御史曰："观此妓，能作此语，果是名下无虚。"遂释之。

**【注释】**

①平康：据唐孙棨《北里志》，唐都长安"诸妓居平康里"，后世遂以平康目妓院。

②马湘兰：明代南京名妓。名守贞，字元儿，小字月娇。工诗，善画兰。

③孝廉：明清时对举人的称呼。

④进士：明清时对殿试合格之人的称呼。

⑤南京御史：明代中央机关自明成祖迁都北京后，在北京和南京各设一套。

**【译文】**

金陵平康里有一个叫马湘兰的妓女，身价很高。某孝廉前往，马湘兰不肯出来接待。过了十来年，马湘兰姿色已逊当年，而从前的孝廉已经成了进士，出任南京御史。马湘兰凑巧为一桩官司牵连来到院中听候审理，御史见到了她，嘲讽说："你这种面孔，当年却负有虚名。"马湘兰回答道："正因为有了往日的虚名，所以才有今日的实祸。"御史说："此妓女能说出这样的话，果然是盛名之下无有虚士。"于是开释了她。

# 呼公子

俞君宜[①]少时，随父华麓公之官。有衙役呼以公子，公怒曰:"凡粗暴之性加人,必呼为太监性、牛性、公子性。等之太监与牛,辱吾甚矣!"

【注释】

①俞君宜:俞琬纶,明代人,字君宜。万历进士,任西安令。风流文采,掩映一时。为台宪所劾,云:"聊有晋人风味,绝无汉官威仪。"琬纶笑曰:"绝无可称知己,聊有不无遗憾。"罢官后以著述自娱。

【译文】

俞琬纶年少的时候,一次随同父亲华麓公到官府去。有个衙役称呼他为"公子",俞琬纶生气地说:"凡是性情粗暴的人,人们都称之为太监性、牛性或公子性,你把我等同于太监和牛,真是太污辱我了!"

## 争猫

唐裴谞[①]为河南尹[②]。有二妇人投状争猫,状云:"若是儿[③]猫儿,即是儿猫儿,若不是儿猫儿,即不是儿猫儿。"谞大笑,判云:"猫儿不识主,傍家搦老鼠。两家不须争,将来与裴谞。"遂纳其猫。

【注释】

①裴谞:字士明,闻喜(今属山西)人。尚书裴宽之子。历官考功郎中、河东租庸盐铁使,右金吾将军、河南尹。

②河南尹:都城所在地的行政长官称尹。

③儿:古时妇女自称。

【译文】

唐代裴谞任河南尹的时候,有两个妇女为争夺一只猫而打官司,状纸上写着:"若是儿(我)猫儿,即是儿(我)猫儿,若不是儿(我)猫儿,即不是儿(我)猫儿。"裴谞看了大笑,判决道:"猫儿不识主,傍家搦老鼠。两家不须争,将来与裴谞。"于是就把那只猫收下了。

## 没字碑

绍兴[1]九年，虏[2]归我河南地。商贾往来，携长安秦汉间碑刻求售于士大夫，多得善价。故人王锡老东平人，贫甚，节口腹之奉而事之。一日，语共游者曰："近得一碑甚奇！"及出示，顾无一字可辨，王独称赏不已。客曰："此何代碑？"王不能答。客曰："某知之。是名'没字碑'，宜乎公好尚之笃也。"一笑而散。

**【注释】**

①绍兴：南宋高宗年号(1131—1162)。

②虏：指金人。

**【译文】**

绍兴九年(1139)，金人将河南地归还南宋。商人来往经商，带着长安城的秦汉间碑刻向士大夫推销，往往得到好价钱。东平人王锡老，家境十分贫困，省下吃喝的钱来购置。有一天，他对一起交游的朋友说："近日得到一块碑刻相当奇特。"等他拿出来让大家看时，上面的字没有一个可以辨认的，而王锡老还是一个人称赞个不停。大家问他："这是哪个朝代的碑刻？"王锡老也回答不上来。客人说："我知道，这碑叫作'没字碑'，难怪公如此喜爱。"大家一哄而散。

## 佣

唐子畏[1]往茅山[2]进香，道出无锡。晚泊河下，登岸闲步，见肩舆东来，女从如云，中有丫环尤艳。唐迹之，知是华学士宅，因逗留，请为佣书。改名华安，复宠任，谋为择妇，医得此婢，名桂华。居数日，为巫臣之逃[3]。华令人索之，不得。久之，华偶至阊门[4]，见书肆中一人持文翻阅，极类安。

私询之，人云："此唐解元也。"明日，修刺往谒，审视无异。及茶至，而枝指露，益信，然终难启齿。唐命酒对酌，华不能忍，稍述华安始末以挑之。唐但唯唯。华又云："貌正肖公，不知何故？"唐又唯唯。华不安，欲起别去。唐曰："少从容，当有所请。"酒复数行，唐命烛，导入后堂，召诸婢拥新娘出拜。华愕然。唐曰："无伤也。"拜毕，因携女近华曰："公向言某似华安，不识桂华亦似此女否？"乃相与大笑而别。



**【注释】**

①唐子畏：明代著名书画家。名寅，字子畏，又字伯虎，号六如。江苏苏州人。曾取得乡试第一，故有解元之称。

②茅山：位于江苏西南，为道教"第八洞天"，山上庙宇名胜很多。

③巫臣之逃：巫臣为春秋时楚人，即屈申。曾谏止楚庄王和子反娶夏姬，却自娶夏姬，一起逃往晋国。

④阊门：苏州城的西门。

**【译文】**

大画家唐寅往茅山进香，道经无锡。晚上，船停泊在河边，唐寅上岸散步，见有一乘轿子从东而来，随从女侍成群。女侍中有位丫鬟格外艳丽动人。唐寅便尾随轿子，知道是华学士的家眷。于是他便在当地逗留，(到华家)请求华家雇为书僮。改名华安，并受到华家宠爱信任，华家为他娶媳妇。于是得到了以前看到的那个艳丽动人的丫鬟，她的名字叫桂华。又过了几天，唐寅就带着桂华像巫臣一样逃走了，华家派人寻找，也未找到。很久以后，华学士偶然来到苏州，见书肆中有个正翻阅书的人很像华安，向人私下打听，回答说"这是唐解元"。第二天，华学士持帖前去唐家拜访，经仔细辨认，发现唐寅和书僮华安并无差别。到唐寅端茶时，又看到了唐寅的六指，更加确信唐寅即华安，只是难以开口指明。唐寅备酒与华学士对饮，华学士忍不住就把华安事件的来龙去脉讲给唐寅听，加以试探。唐寅只是敷衍，不置可否。华学士进一步又说："华安的相貌非常像您，不知为什么？”唐寅仍一味应付。华学士觉得很不踏实，便想告辞。这时，唐寅说道：“请稍等片刻，还有事相烦。”又饮酒数巡，唐寅让人掌灯带路，引华学士来到后堂，召唤众女仆簇拥新娘出来拜见客人。华学士感到意外，唐寅却安然地说：“不碍事的。”拜见完毕，唐寅挽着新娘走近华学士，说道：“您一直说我很像华安，不知是否看出来桂华也像这个女子？”华学士也认出了桂华，两人大笑而后告别。

## 柳如是

某宗伯[①]既妻柳夫人[②]，特筑一精舍居之。一日坐室中，目注如是，如是问曰：“公胡我爱？”曰：“爱你之黑者发，白者面耳。然而汝胡我爱？”柳曰：“即爱公之白者发，而黑者面也。”侍婢皆为匿笑。

**【注释】**

①某宗伯：即明末清初人钱谦益。钱谦益，字受之，号牧斋。明万历进士。崇祯初官礼部侍郎，与温体仁争权失败被贬。南明弘光时投靠马士英，为礼部尚书。清兵南侵，率先迎降。

②柳夫人：即柳如是。本为明代秦淮名妓，后嫁钱谦益为妾。

**【译文】**

某宗伯与柳夫人结婚后，特意建一所精致的房舍给她住。有一天，两人在家中同坐，某目不转睛地盯着柳如是，如是问道：“公爱我什么？”答道：“爱你黑的发，白的面呀。然而你爱我什么？”柳如是答道：“就是爱公白的发、黑的面。”侍婢都不禁偷偷发笑。

# 文　戏

**迂士主文而讳戏，俗士逐戏而离文。其能以文为戏者，必才士也。尼父之戏也，以俎豆[①]；邓艾[②]之戏也，以战阵；晦翁[③]之戏也，以八卦；何独文人而不然？且夫视文如戏，则文之兴益豪；而虽戏必文，则戏之途亦窄。或亦砭迂针俗之一助云尔。**

——摘自冯梦龙《古今谭概》

**【注释】**

①“尼父”句：尼父，指孔子（名丘，字仲尼）。父，同“甫”，古代对男子的美称。俎，置肉的几；豆，盛干肉一类食物的器皿。二者皆为古代宴客、朝聘、祭祀用的礼器。孔子幼时以陈列俎豆、演习礼仪为游戏。

②邓艾：三国时魏大将，字士载。原名范，字士则。善战，后与钟会分兵灭蜀。艾少有大志，每见高山大泽，辄规度军营处所。

③晦翁：朱熹，字元晦，一字仲晦，号晦庵。南宋哲学家、教育家、文学家。少时从群儿游，独于沙中画八卦为戏。

**【译文】**

迂腐之士主张文学而忌讳游戏，鄙俗之士追求游戏而背离文学。那些能够以文学为游戏的人，必定是有才之士。孔子幼时以陈列俎豆、演习礼仪为游戏；邓艾少时以规度军营、指画战阵为游戏；朱熹少时独自一人在沙土中以画八卦为游戏；为什么单单文人不能以文为游戏呢？况且文人若能把赋诗作文当作游戏，那么，写作文章的兴趣将更加高涨；相反，如果要求游戏像写文章，那么，游戏的途径就会越来越窄。总之，以文为戏，或许也能对针砭迂腐、纠正世俗颓风有一点帮助吧。

## 旧绝句易字

元微之[①]贬江陵，过襄阳，夜召名妓剧饮。将别，作诗云："花枝临水复临堤，也照清江也照泥。寄语东风好抬举，夜来曾有凤凰栖。"宋谢师厚作襄倅[②]，闻营妓[③]与二胥[④]相好，此妓乞书扇，遂用元诗改末句云："夜来曾有老鸦栖。"

**【注释】**

①元微之：元稹，字微之。唐代诗人。贞元进士，授校书郎。又作左拾遗、监察御史。因直言敢谏，劾奏守旧派，攻击宦官与贪官污吏，遭"以棰伤面"之辱，并被贬为江陵士曹参军。后转而依附宦官，官至同中书门下平章事等职。

②襄倅：倅为古时地方佐贰副官，即辅佐官。此处指襄阳府通判。

③营妓：古代军中官妓。

④胥：古代官府中的小吏。

**【译文】**

元稹被贬去江陵，路过襄阳时，夜间召来一名妓痛饮。快要分别时，元稹作了一首这样的诗："花枝临水复临堤，也照清江也照泥。寄语东风好抬举，夜来曾有凤凰栖。"宋代谢师厚在襄阳做襄阳知府的辅佐官，他听说一名军中官妓与两位小吏相好，当这个官妓来请他在扇子上题字时，他便用了元稹的那首诗，却把诗的最后一句改为"夜来曾有老鸦栖。"

## 用旧诗句

杭有一妇，夫死未终七[①]，即嫁，被讼于官。浼金编修[②]为居间。临审时，金佯问问官云："此辈何事？"官曰："丈夫身死未终七，嫁与对门王卖笔。”金曰：“月移花影上阑干，春色恼人眠不得[3]。”官笑而从末减。

【注释】

①未终七：未过七七四十九天。旧俗，人死后举行“斋七”，每七天设斋会追荐一次，共追荐七次，即七七四十九天，以为这样可以超度亡灵。

②编修：官名，负责编修国史、实录、会要等。

③出王安石《春夜》诗。

【译文】

杭州有个妇人，丈夫死了还没终七，便改了嫁，被人告到官府。央求金编修为她居中调解。审问时，金编修故意问审问官：“这些人在干吗?”审问官吟出两句诗道：“丈夫身死未终七，嫁与对门王卖笔。”金编修于是借用前人的两句诗来为妇人开脱，道：“月移花影上阑干，春色恼人眠不得。”审问官听后笑了起来，并从轻发落了这个妇人。

## 改用旧诗句

太仓[1]一富人宴客，王元美[2]与焉。馔有臭鳖及生梨子。元美曰：“世上万般愁苦事，无过死鳖与生梨。”坐客大噱。

【注释】

①太仓：今江苏太仓市。

②王元美：王世贞，字元美，号凤洲、弇州山人。明文学家。嘉靖进士，官至南京刑部尚书。才学富赡，尤好诗文。为“后七子”之一，操柄文坛二十年，门生满盈，影响极大。

【译文】

太仓有位富人宴请客人，王世贞也在座。酒席上的食品中有臭鳖和生梨子。王世贞吟道：“世上万般愁苦事，无过死鳖(别)与生梨(离)。”引得在座的客人大笑起来。

# 歇后诗

有时少湾者，延师，颇不尽礼，致其师争竞而散。或用吴语赋歇后诗[①]嘲之曰："少湾主人吉日良时，束脩[②]且是爷多娘少。身材好像夜叉小鬼，心地犹如短剑长枪。三杯晚酌金生丽水[③]，两碗晨餐周发商汤[④]。年终算账索筵席赖[⑤]，劈拍之声一顿相打。"

**【注释】**

①歇后诗：写作时引用前人成语或前人成句，字面上只用前面部分，而本意实在于后面部分，称为歇后，亦称透字。下文歇后诗每句的最后四字皆为成语或成句，而实际用意只取四字之最后一字。省去前三字连读，为五言诗，意思即现。

②束脩：指致送教师的酬金。

③金生丽水：《千字文》中语句。金沙江流入云南丽水县北，称丽江，亦称丽水，水中产黄金。

④周发商汤：《千字文》中语句。周武王名"发"，商朝开国之君名"汤"。

⑤索筵席：原注"《百家姓》有'索咸席赖'之句"。今本作"索咸籍赖"。

**【译文】**

有个叫时少湾的人，聘请私塾老师却不能以礼相待，以致被他请来的教师都与主人争吵着散场。有人用吴地俗语做了一首歇后诗来嘲讽他，诗写道："少湾主人吉日良（时），束脩且是爷多娘（少）。身材好像夜叉小（鬼），心地犹如短剑长（枪）。三杯晚酌金生丽（水），两碗晨餐周发商（汤）。年终算账索筵席（赖），劈拍之声一顿相（打）。"

## 解大绅

寿春道士以小像乞解学士[①]题咏。解作大书“贼、贼、贼”。道士愕然。续云：“有影无形拿不得。只因偷却吕仙丹[②]，而今反作蓬莱[③]客。”

**【注释】**

①解学士：解缙，字大绅，号春雨。明代文学家。官至翰林学士兼右春坊大学士，直文渊阁，预机务，总裁《太祖实录》、《永乐大典》。缙才气放逸，勇于任事，论议无顾忌。后遭谗陷，下狱死。

②吕仙丹：神仙吕洞宾的仙丹。吕洞宾，传说中人物。相传为唐代人，名岩。咸通中及第，两调县令。后修道于终南山，不知所终，元明以来称为八仙之一，道教正阳派号为纯阳祖师，故俗称吕祖。

③蓬莱：山名，传说为仙人所居。

**【译文】**

寿春道士拿着自己的画像请翰林学士解缙题诗。解缙接过画像便在上面写了三个大字：“贼贼贼”。道士大吃一惊。解缙接着又写道：“有影无形拿不得。只因偷却吕仙丹，而今反作蓬莱客。”

## 钱鹤滩

状元钱鹤滩[①]已归田。有客言江都[②]张妓动人，公速治装访之。既至，已属盐贾。公即往叩。贾重其才名，立日请饮。公就酒语求见。贾出妓，衣裳缟素，皎若秋月。复令妓出白绫帕请留新句。公即题云：“淡罗衫子淡罗裙，淡扫蛾眉淡点唇。可惜一身都是淡，如何嫁了卖盐人？”

**【注释】**

①钱鹤滩：钱福，字与谦，明代松江华亭人。因所居近鹤滩，因

此自号。弘治中试礼部、廷对皆第一,授翰林编撰。诗文藻丽敏妙,名声烜赫。

②江都:府、郡名,今江苏省扬州市。

【译文】

明代状元钱福已辞官还乡。有位客人对他说,江都有位姓张的妓女长得楚楚动人,钱福便赶紧打点行装去访求她。等他来到江都,那位张姓妓女已经嫁给一位盐商了。钱福就去拜访盐商。盐商很看重钱状元的才气名声,当下就设宴招待他。钱福乘着酒兴,要求见见张妓。盐商让张妓出来见客,只见她穿着一身洁白的绸衣,皎洁如一轮秋月。盐商又让张妓拿出一方白绫帕请钱福题写新诗。钱福便题道:"淡罗衫子淡罗裙,淡扫蛾眉淡点唇。可惜一身都是淡,如何嫁了卖盐人?"

## 欧阳景

有僧金銮,求欧阳景书与玉峰长老荐用。景封书曰:"金銮求与玉峰书,金玉相乘价倍殊。到底不关藤蔓事,葫芦自去缠葫芦[①]。"

【注释】

①和尚削发,所以用葫芦来开玩笑。

【译文】

有位名叫金銮的和尚,求欧阳景给玉峰长老写封信推荐。欧阳景在信的封口上写道:"金銮求与玉峰书,金玉相乘价倍殊。到底不关藤蔓事,葫芦自去缠葫芦。"

## 唐解元诗

伯虎尝出游遇雨,过一皂隶[①]家。乞纸笔求画,唐遂画海蛳数百,题其上云:"海物何曾数着君,也随盘馔入公门。

千呼万唤不肯出，直待临时敲窟臀。”[②]

【注释】

①皂隶：衙门差役。

②讥刺皂隶虽不是东西，也出入公门，有时被打屁股。

【译文】

唐伯虎有一次外出游玩时碰到下雨，便到一名差役家去避雨。这位差役要来纸笔求他给画张画，唐伯虎就在纸上画了几百只海螺，并在画上题道："海物何曾数着君，也随盘馔入公门。千呼万唤不肯出，直待临时敲窟臀。"

## 仿《春秋》

霅川[①]月河莫氏称望族，家世以《春秋》[②]驰声。至一酒楼饮，见壁间题云："春王正月，公与夫人会于此楼。"盖轻薄子携妓来饮所题也。莫即援笔题其下云："夏大旱，秋饥，冬雨雪，公薨[③]。君子曰：'不度德，不量力，其死于饥寒也宜哉！'"见者大笑。

赵南星评：世之似此公者甚多，其结果大率相同。

【注释】

①霅川：水名，亦称霅溪。在浙江吴兴县境。合四水为一溪，入太湖。也为吴兴县之别称。

②《春秋》：儒家经典之一。编年体史书，相传孔子依据鲁国史官所编《春秋史》加以整理修订而成。是后代编年史的滥觞。《春秋》文字简短，相传寓有褒贬之意，后世称为"春秋笔法"。下文题语即仿《春秋》文字。

③薨：周代天子死曰崩，诸侯死曰薨。

【译文】

浙江吴兴县月河有一位姓莫的，他家是个有名望的大族，世代以研读《春秋》而名声远播。有一天，这位姓莫的到一家酒楼饮酒，看见墙上题写了这样一句话："春王正月，公与夫人会于此楼。"原来是位放荡子弟带着妓女到此饮宴时写的。姓莫的看完，随即拿起笔来在此句的下面题写道："夏大旱，秋饥，冬雨雪，公薨。君子曰：'不度德，不量力，其死于饥寒也宜哉！'"凡看见这两段题词的人，都忍不住大笑。

**赵南星评：世上像这位一样的人很多，他们的结果也大致相同。**

## 云间酒淡

云间[1]酒淡，有作《行香子》[2]云："浙右[3]华亭，物价廉[4]平，一道会[5]买个三升，打开瓶后，滑辣光馨[6]。教君霎时饮，霎时醉，霎时醒。听得渊明[7]，说与刘伶[8]，这一瓶约摸三斤。君还不信，把秤来称。有一斤酒，一斤水，一斤瓶。"

**【注释】**

①云间：上海松江区(古华亭)之古称。

②《行香子》：词牌名。双调。有六十四字、六十六字、六十八字、六十九字诸体。

③浙右：浙西。

④廉：便宜。

⑤一道会：一次聚会。会：会饭、聚餐。

⑥滑辣光馨：指酒柔滑清澈，芳香四溢。

⑦渊明：即陶渊明，一名潜，字元亮。东晋诗人。曾为州祭酒，复为镇军、建威参军，后为彭泽令。因"不为五斗米折腰"，弃官归隐，以诗酒自娱。世称靖节先生。

⑧刘伶：字伯伦。魏晋人。"竹林七贤"之一。仕晋为建威参军。纵酒放达所作《酒德颂》，自称"惟酒是务，焉知其余"。后世常以刘伶为蔑视礼法、纵情饮酒、逃避现实的典型。

【译文】

云间这个地方的酒很寡淡，有人作了一首《行香子》词来形容说："浙右华亭，物价廉平，一道会买个三升，打开瓶后，滑辣光馨。教君霎时饮，霎时醉，霎时醒。听得渊明，说与刘伶，这一瓶约摸三斤。君还不信，把秤来称。有一斤酒，一斤水，一斤瓶。"

## 《戒石铭》

今州县《戒石铭》云："尔俸尔禄[①]，民膏民脂。下民易虐，上天难欺。"此太宗[②]取孟昶[③]戒百官文切于事情者，使刊之州县庭下，庶守令[④]朝夕常在目前，而不忘戒惧耳。亦可见爱民之切也。或者于每一句下各添一句，云："尔俸尔禄，只是不足[⑤]；民膏民脂，转吃转肥[⑥]。下民易虐，来的便著[⑦]；上天难欺，他又怎知。"

【注释】

①俸禄：即官员薪水。

②太宗：即宋太宗赵匡义。曾串通赵普等人发动陈桥兵变，拥立赵匡胤建立北宋。后继赵匡胤为帝，史称太宗。

③孟昶：五代时后蜀国主。初名仁赞，字保元。后兵败降宋，迁至开封，封秦国公。

④守令：州守县令。

⑤足：够。

⑥转：越。

⑦著：即"着"。

【译文】

当今（北宋）州县《戒石铭》为："尔俸尔禄，民膏民脂。下民易虐，上天难欺。"这是太宗节取孟昶所作告诫百官的文字中与当时事情关系密切的，命令在各州县大堂下刊石立碑，意在叫州守县令时时可以见到，而不忘引以为戒。也体现出太宗十分爱护民众。有人在每一句下各添一句，作："尔俸尔禄，只是不足；民膏民脂，转吃转肥。下民易虐，来的便著；上天难欺，他又怎知。"

## 几回见了

嘉定[①]间，某公拜参政[②]，虽好士而力不能援。谓客曰："贽而来见者，吾皆倒屣[③]。未知外议如何？"客曰："自公大用，外间盛唱'烛影摇红'[④]之词。"参政问何故。客举卒章曰："几回见了，见了还休，争如不见[⑤]。"宾主相视一笑。

**【注释】**

①嘉定：南宋宁宗年号，时当1208到1224年。

②参政：参知政事的简称，为宰相的副职。

③倒屣：即将鞋子穿倒了。古人席地而坐，据《三国志·王粲传》，蔡邕听说王粲来了，急于迎客，把鞋都穿倒了。后世用以形容待客热情。

④烛影摇红：词牌名。

⑤为周邦彦词第一阕的结尾。原词作："几回相见，见了还休，争如不见。"门客引以嘲参政无力引荐。

**【译文】**

南宋嘉定年间，某公升任参知政事，虽然礼贤下士却无力提拔。有一天对门客说："带着礼物来求见的人士，我都热情接待。不知外面的人是如何议论的？"门客答："自从明公得到重用以来，外面'烛影摇红'词十分流行。"参政问是什么缘故。门客举出该词的结尾几句道："几回见了，见了还休，争如不见。"宾主相对大笑。

## 雌雄风

或读宋玉赋[①]，"此大王之雄风也"句，疑曰："风是无形无影之物，何有雌雄？”或笑曰：“自古已有雌雄风之说，汝特不知考据耳。”问有何考据？曰：“凡挟雷雨而至者，谓之雄风；月明星稀，轻云薄雾之时之风，谓之雌风。”曰：“此亦臆说耳，究不得引以为据。”曰：“恶得无据？凡与雷雨同来者，有雨师风伯②之说，既称为伯，自是雄的。若月白风清时之风，则又有风姨月姊③之称，既曰阿姨，自是雌的。”

**【注释】**

①宋玉赋：指《风赋》。宋玉，楚国人。

②雨师：即雨神。《列子传》：“赤松子，神农时雨师。”风伯：即风神，应劭《风俗通》：“飞廉，风伯也。”

③风姨：即封十八姨，指风神。唐段成式《酉阳杂俎》记：天宝年间，处士崔玄微夜遇众花神宴请风神封十八姨，后应众花神之请，立朱幡祛风害，终得善果。月姊：指月亮。宋人吴潜《水调歌头·己未中秋无月》：“安得风姨扫荡，推出团圆月姊。”

**【译文】**

有人读宋玉《风赋》，至“此大王之雄风也”一句，觉得可疑，说：“风本是没有形体没有影子的东西，哪里会有什么雌雄之分？”旁人笑着告诉他：“自古以来，就有雌雄风的说法，你只是不知道考据罢了。”问有什么考据？答道：“凡是挟带雷雨而来的，就叫作雄风；月明星稀，轻云薄雾时的风，就叫作雌风。”这人不服，说：“这也是主观臆说，终究不能拿来作为依据。”旁人答道：“怎么会没有依据呢？凡是与雷雨一同来的，称作雨师风伯，既然称作伯伯，自然是个雄的。若是月亮皎洁，风儿轻清时的风，则又称作风姨月姊，既然叫作阿姨，自然是个雌的。”

# 谈资

古人酒有令，句有对，灯有谜，字有离合，皆聪明之所寄也。工者不胜书，书其趣者，可以侈目，可以解颐。

——摘自冯梦龙《古今谭概》

**【译文】**

古人喝酒有酒令，语句有对子，观灯有灯谜，文字有拆字拼字，所有这些都寄寓着作者的聪明才智。而其中做得精巧的记不胜记，这里只选载一些有趣的，可以一饱眼福，可以使人展颜一笑。

# 李先主雪令

李先主[①]欲讽动僚属，雪天大会，出一令，借雪取古人名，仍词理通贯。时宋齐丘[②]、徐融[③]在座。昇举杯为令曰："雪下纷纷，便是白起[④]。"齐丘曰："着屐过街，必须雍齿[⑤]。"融意欲挫昇，遽曰："明朝日出，争奈萧何[⑥]！"昇大怒，是夜收融，投于江。自是唯齐丘与谋。

**【注释】**

①李先主：原注"南唐烈主李昇"。李昇，吴太尉徐温养子，仕吴，执掌朝政，后废吴自立，建立南唐，复本姓李。后世称"烈祖"。

②宋齐丘：李昇的开国谋臣。仕吴为右仆射。李昇受封为齐王后，任齐国左丞相，为李氏谋主。

③徐融：时为李氏幕僚。忠于吴君杨氏。

④白起：秦国大将。因战功封武安君，后因怨望被谗自尽。李氏意为违我，白起就是榜样。

⑤雍齿：谐"拥(立)此(人)"。雍齿本为项羽部将，与刘邦有怨，后降刘邦。刘邦欲诛之，后用张良计封为什方侯以安将士之心。

⑥萧何：汉代开国功臣，西汉丞相。争奈萧何谐"争奈消何"，意为如何抵挡日出雪消。

**【译文】**

李先主想讽喻部下拥立自己，趁有一次大雪天聚会，出了一个酒令："借下雪说出一位古人名字，必须词理贯通。"当时宋齐丘、徐融在座，李昇举起酒杯行令："雪下纷纷，便是白起。"齐丘说："着(木)屐过街，必须雍齿。"徐融想挫折李昇的野心，于是说："明朝日出，争奈萧(消)何?"李昇大怒，当夜派人将徐融投于江中溺毙。从此后只有齐丘参与密谋。

# 陈祭酒令

云间[1]陈祭酒[2]询，每酒酣耳热，有不平事及人有过，辄面发之。在翰林时，忤一权贵，出为州同[3]。同僚饯行，有倡酒令，各用二字，分韵相协，以诗书一句结之。陈学士循[4]云："轰字三个车，余斗字成斜。车车车，远上寒山石径斜[5]。"高学士谷[6]云："品字三个口，水酉字成酒。口口口，劝君更尽一杯酒[7]。"又一人云："奔字三个牛，田寿字成畴。牛牛牛，将有事乎田畴。"陈云："矗字三个直，黑出字成黜。直直直，焉往而不三黜[8]！"合席大笑。

**【注释】**

①云间：上海松江区的古称。

②祭酒：学官名，国子监的主管官。

③州同：官名，即州同知，知州的佐官。

④陈学士循：陈循，明代大臣，字德遵，永乐进士第一，授翰林修撰。正统中累官至户部右侍郎。景泰中官华盖殿大学士。英宗复位，被贬。

⑤远上寒山石径斜：唐杜牧《山行》诗句。

⑥高学士谷：高谷，明大臣。字世用，永乐进士。景泰中选庶吉士，累官至谨身殿大学士。英宗复位，谷谢病。

⑦劝君更进一杯酒：唐王维《送元二使安西》诗句。

⑧焉往而不三黜：语出《论语·微子》。意为正直地做官，到哪里去不多次被撤职？也指陈询本人的遭遇。

**【译文】**

明代国子监祭酒云间人陈询，每当酒酣耳热时，遇到不公平的事或某个人有什么过错，他总要当面指责一番。陈询在翰林院任职时，曾因直言而得罪了一位身居高位而有权势的人，被贬做州同。他的同事们为他饯行，席间有人提议行酒令，每人用两个字，分韵相协，结句必须是诗书中的一句话。学士陈循首先说："轰（轟）字三个车，余斗字成斜。车车车，远上寒山石径斜。"学士高谷接着说："品字三个口，水酉字成酒。口口口，劝君更进一杯酒。"同座的另一个人说："奔（犇）字三个牛，田寿字成畴。牛牛牛，将有事乎田畴。"陈询说："矗字三个直，黑出字成黜。直直直，焉往而不三黜！"满座的人都大笑起来。

## 二十八宿令

东坡谓佛印①起令曰："要头是曲名，尾是二十八宿②四个字，不间。"东坡曰："黄莺儿③，扑蝴蝶不着，虚张尾翼④。"佛印应声答曰："二郎神⑤，绕佛阁，想是鬼奎危娄⑥。"

**【注释】**

①佛印：东坡之友，驻锡金山寺。

②二十八宿：此指二十八个星座。也称"二十八舍"或"二十八星"。以北斗斗柄所指的角宿为起点，由西向东排列。

③黄莺儿：曲子名，因北宋柳永所作"园林昼晴谁为主"一首咏黄莺词而得名。

④虚张尾翼：俱为星宿名。虚谐虚劳的"虚"，张谐作"张开"，尾谐尾巴，翼谐翅膀。意为白扑棱了一顿翅膀。

⑤二郎神：唐代教坊曲名。二郎即民间传说的杨二郎杨戬。

⑥鬼奎危娄：俱为星宿名。谐"鬼窥危（高）楼"。鬼指"二郎神"。

**【译文】**

东坡与佛印在一起行酒令，要求："起头为一个曲子的名字，末尾是二十八宿的四个字，中间意思不能断。"东坡说："黄莺儿，扑蝴蝶不着，虚张尾翼。"佛印应声答道："二郎神，绕佛阁，想是鬼奎危娄。"

## 杜渭江

蜀人杜渭江令麻城，居官执法，不敢干以私。一日宴乡绅，梅西野倡令，要拆字入俗语二句。梅云："单奚也是奚，加点也是溪。除却溪边点，加鸟却为鸡。俗语云：得志猫儿雄似虎，败翎鹦鹉不如鸡。"毛石崖云："单青也是青，加点也是清。除却清边点，加心却为情。俗语云：火烧纸马铺[①]，落得做人情。"杜答云："单相也是相，加点也是湘。除却湘边点，加雨却为霜。俗语云：各人自扫门前雪，莫管他家瓦上霜。"又云："单其也是其，加点也是淇。除却淇边点，加欠却为欺。俗语云：龙居浅水遭虾戏，虎落平阳被犬欺。"

**【注释】**

①纸马铺：旧时专售祭祀冥器的商店。

**【译文】**

蜀人杜渭江（朝绅）任麻城县令，为官期间执法公正，从来不徇私情。有一天，杜渭江设宴招待地方士绅。席间，梅西野提议行酒令，要求拆字拼字并镶入两句俗语。梅西野首先说："单奚也是奚，加点也是溪。除却溪边点，加鸟却为鷄（鸡）。俗话说：得志猫儿雄似虎，败翎鹦鹉不如鸡。"毛石崖说："单青也是青，加点也是清。除却清边点，加心却为情，俗话说：火烧纸马铺，落得做人情。"杜渭江应答道："单相也是相，加点也是湘。除却湘边点，加雨却为霜。俗话说：各人自扫门前雪，莫管他家瓦上霜。"又说："单其也是其，加点也是淇。除却淇边点，加欠却为欺。俗话说：龙居浅水遭虾戏，虎落平阳被犬欺。"

## 劝和令

苏州钱兼山、郭剑泉二宦初甚相善，晚以小嫌成讼。袁节推断之，未服。某官置酒解和，并邀袁公。郭为令曰："良字本是良，加米也是粮。除却粮边米，加女便为娘。语云：买田不买粮，嫁女不嫁娘。"盖有所刺也。钱曰："其字本是其，加水也是淇。除却淇边水，加欠便成欺。语云：马善被人骑，人善被人欺。"袁曰："禾字本是禾，加口也是和。除却和边口，加斗便成科。语云：官无悔笔，罪不重科[①]。"某官执酒劝曰："工字本是工，加力也是功。除却功边力，加糸便成红[②]。语云：人无千日好，花无百日红。"

**【注释】**

①意谓判决不可更改，不必再争。

②红字繁体左边为"糸"。

**【译文】**

苏州府的两位官吏钱兼山和郭剑泉原来很要好，后来因为一点小小的嫌怨而打起官司。袁节推为他们作了判决，但两个人都对判决不服。有一位官员设酒为他们调解，同时也邀请了袁节推。酒席上大家行酒令，郭剑泉先说："良字本是良，加米也是粮。除却粮边米，加女便为娘。俗话说：买田不买粮，嫁女不嫁娘。"这话含有对钱兼山讽刺的意味。钱兼山也反唇相讥道："其字本是其，加水也是淇。除却淇边水，加欠便成欺。俗话说：马善被人骑，人善被人欺。"意思是说自己太善良了，才被人欺负。这时，袁节推说："禾字本是禾，加口也是和。除却和边口，加斗便成科。俗话说：官无悔笔，罪不重科。"意思是说我已为你们作了判决，你们就不要再争了。设置酒宴的那位官吏也拿起酒杯劝解道："工字本是工，加力也是功。除却功边力，加糸便成红。俗话说：人无千日好，花无百日红。"

## 刘端简公令

古亭刘端简公居乡，邑大夫[①]或慢之。值宴会，端简公出令佐酒，各用唐诗一句，附以方言，上下相属。刘云："一枝红杏出墙来：见一半，不见一半。”含有诮意。一士夫云：“旋斫松柴带叶烧：热灶一把，冷灶一把。”邑大夫云：“杖藜扶我过桥东：我也要你，你也要我。”一时喧传，以为绝唱。

冯梦龙评：一说又云：“隔断红尘三十里：你也看不见我，我也看不见你。”解之者曰：“点溪荷叶叠青钱：你也使不得，他也使不得。”

**【注释】**

①邑大夫：县令的别称。

**【译文】**

古亭人刘端简退职在家乡闲居，当地的县令有些怠慢他。在一次宴会上，刘端简提议大家行酒令以助酒兴，要求每一首酒令中用一句唐诗，附以一句地方俗语，前后的意思要相关。刘端简首先说道：“一枝红杏出墙来：见一半，不见一半。”话中含有责备县令的意思。一位士大夫说：“旋斫松柴带叶烧：热灶一把，冷灶一把。”县令说：“杖藜扶我过桥东：我也要你，你也要我。”一时广为传颂，都认为是绝好的酒令。

冯梦龙评：又有一说：刘端简又说了一首：“隔断红尘三十里：你也看不见我，我也看不见你。”有人从中调解说：“点溪荷叶叠青钱：你也使不得，他也使不得。”

## 都宪令

有镇边都宪[①]与兵官[②]不合。都宪于酒席间出令云：“天上有天河，地下有萧何。萧何[③]手里持一本律，口称‘犯法之事莫做，发病之物莫吃’。”有所指于兵官也。兵官云：“天上有太阳，地下有张良[④]。张良手里持一把剑，口称‘钢刀虽快，不斩无罪之人’。”时一太监在座，欲为分解，即云：“天上有雪山，地下有寒山[⑤]。寒山手里持一把扫帚，口称

‘各人自扫门前雪，莫管他家瓦上霜！’”遂一笑而散。 

**【注释】**

①都宪：对监察御史的尊称。监察御史掌分察百官，巡抚州县狱讼、祭祀及监诸军出使等。分道负责，故分别冠以某某道名或职名。

②兵官：对兵备道道员的称呼。明制于各省重要地方设整饬兵备之道员，称为兵备道。

③萧何：汉初大臣。秦末佐刘邦起义，荐韩信，守关中，助刘邦灭项羽，建立汉朝。定律令制度，协助高祖灭异姓诸侯王。所作《九章律》，今佚。

④张良：汉初大臣，字子房，为刘邦重要谋士。汉朝建立，封留侯。

⑤寒山：唐僧人。大历中隐居天台翠屏山，此山又名寒岩，因自号寒山子。喜为诗，存诗三百余首，后人辑为《寒山子诗集》。

**【译文】**

有一位坐镇边关的监察御史与该兵备道道员不和睦。有一天，监察御史在酒席上出了一道酒令说：“天上有天河，地下有萧何。萧何手里持一本律，口称‘犯法之事莫做，发病之物莫吃’。”这是针对道员说的。道员接着说：“天上有太阳，地下有张良。张良手里持一把剑，口称‘钢刀虽快，不斩无罪之人’。”当时有一位太监也在座，想从中调解，便说：“天上有雪山，地下有寒山。寒山手里持一把扫帚，口称‘各人自扫门前雪，莫管他家瓦上霜！’”听了这话，二人不再斗嘴，终于欢笑而散。

## 《四书》令

有人为令云：“子路百里负米，不知是熟米，糙米？若是熟米，子路不对；若是糙米，子路请祷[①]。”一人云：“子路宿于石门[②]，不知开门、闭门？若是开门，由也升堂；若是闭门，子路拱[3]而立。"

**【注释】**

①"子路百里负米"句：子路，名仲由，字子路，孔子弟子。《孔子家语·致思》："子路见于孔子，曰：'……昔者由也事二亲之时，常食藜藿之实，为亲负米百里之外。"熟米，经过精碾的精米。糙米，没有经过精碾的粗米。对，音谐"碓"，舂米用具。祷，音谐"捣"，指舂米。

②子路宿于石门：语出《论语·宪问》。石门，城门名。春秋鲁国都城外门。

③拱：拱手。两手在胸前相合，表示恭敬。

**【译文】**

有个人用《四书》中的语句作了一首小令说："子路百里负米，不知是熟米，糙米？若是熟米，子路不对（碓）；若是糙米，子路请祷（捣）。"另一个人说："子路宿于石门，不知开门、闭门？若是开门，由也升堂；若是闭门，子路拱而立。"

## 薛涛令

薛涛[1]辨慧。有黎州刺史[2]作《千字文》[3]令，带鱼禽鸟兽。乃曰："有虞陶唐[4]。"涛曰："佐时阿衡[5]。"其人谓语中无鱼鸟，行罚。薛曰："衡字内有小鱼字。使君[6]'有虞陶唐'，都无一鱼。"坐客大笑。又高骈[7]镇成都，命涛为一字令，曰："须得一字象形，又须逐韵。"高曰："口，有似没梁斗。"涛曰："川，有似三条椽。"节度曰："如何一条曲？"涛曰："相公为西川节度使，尚使一没梁斗。至于穷酒佐，三条椽内一条曲，又何足怪？"

**【注释】**

①薛涛：唐代长安女子。字洪度。随父流落蜀中，遂入乐籍。工诗。韦皋镇蜀，召令侍酒赋诗，称为女校书。暮年屏居浣花溪，著女冠服，好制松花小笺，时号薛涛笺。

②黎州刺史：黎州，州名。治所在今四川汉源北。刺史，州的行政长官，相当于郡太守。



③《千字文》：南朝梁武帝萧衍为教诸王学晋王羲之书法，命周兴嗣集王书一千字成文。四字一句，对偶押韵，便于记诵。后来用为学童启蒙读本。

④有虞陶唐：《千字文》语句。有虞氏和陶唐氏，皆传说中的远古部落，舜、尧分别为其首领。

⑤佐时阿衡：《千字文》语句。原句为“磻溪伊尹，佐时阿衡。”磻溪，姜太公垂钓所在地，此指其人。伊尹，商汤辅臣，佐商灭夏后，总理国事，连保三朝，被称为阿衡。

⑥使君：对刺史或州郡长官的尊称。

⑦高骈：唐末将领。字千里。世代为禁军将领，屡次率兵驻防西南。僖宗时任淮南节度使，江淮盐铁转运使、诸道行营都统等职，镇压黄巢起义。后企图割据扬州，为部将所杀。

**【译文】**

唐代官伎薛涛聪慧善辩。有位黎州刺史提议用《千字文》中的语句行酒令，要求语中带鱼禽鸟兽。他自己说了句：“有虞陶唐。”薛涛对以：“佐时阿衡。”刺史说她的话中没有鱼鸟，要罚她喝酒。薛涛说：“衡字内有个小鱼字。而使君您的‘有虞陶唐’，却没有一个鱼字。”在座的客人大笑起来。还有，高骈以西川节度使镇守成都时，曾命薛涛作一字令，而且说：“此字必须像一个物体，还得是逐韵。”高骈先说：“口，有似没梁斗。”薛涛则说：“川，有似三条椽。”高骈说：“怎么有一条是弯的？”薛涛回答说：“相公您身为西川节度使，尚且使用一个没梁的斗。那么，我这个穷陪酒的，三条椽中有一条是弯曲的，又有什么奇怪的呢？”

## 礼夕行令

村俗取妇礼夕，有秀才、曹吏[①]、医人、巫者同集，行令，取本艺联句[②]。曹吏先曰："每日排衙次第立。"医人曰："药有湿凉寒燥湿。"秀才曰："夜深娘子早梳妆[③]。"巫者曰："太上老君急急急。"

【注释】

①曹吏：郡县属官。

②联句：旧时作诗方式之一。两人或多人共作一首诗，相连成篇。多用于饮宴及朋友酬赠。

③《广笑府》作"定知青桂近嫦娥"。

【译文】

乡下习俗：娶媳妇在晚上举行婚礼。有秀才、曹吏、医生、神汉四人同席饮酒，行酒令，取本身职业联句。曹吏先说："每日排衙次第立。"医生说："药有温凉寒燥湿。"秀才说："夜深娘子早梳妆。"神汉说："太上老君急急急。"

## 笑县尹官令

昔一县尹与县丞爱钱，主簿极清。一日，同饮酒，至半酣，县尹遂设一令：要《千家诗》[①]一句，下用俗语二句含意。尹曰："旋砍生柴带叶烧[②]，热灶一把，冷灶一把。"丞曰："杖藜扶我过桥东[③]，左也靠着你，右也靠着你。"簿乃托意嘲曰："梅雪争春未肯降[④]，原告一两三，被告一两三。"

【注释】

①千家诗：旧时儿童学诗的启蒙读物。七言部分为宋代谢枋得所选，五言部分为明代王相所选。

②出唐人杜荀鹤《山中寡妇》诗。

③出南宋僧志南《绝句》。

④出宋人卢梅坡《雪梅二首》。

【译文】

从前某县令和县丞都贪钱，主簿却特别清廉。有一天，三人一同饮酒，酒宴进入高潮，县令提议行酒令，规定：要《千家诗》中的诗一句，下用两句俗语与诗义扣合。县官说："旋砍生柴带叶烧，热灶一把，冷灶一把。"县丞说："杖藜扶我过桥东，左也靠着你，右也靠着你。"主簿于是托意嘲讽道："梅雪争春未肯降，原告一两三，被告一两三。"



## 行令

江南无锡令卜大有善戏谑，闻新任宜兴方令有口才，思窘之，与武进令预构一令。会公宴，举觞曰："两火为炎，此非盐酱之盐。既非盐酱之盐，何以添水便淡。"武进令曰："两日为昌，此非娼妓之娼。既非娼妓之娼，何以开口便唱。"方令曰："我不难遵，但恐冒犯卜老先生。"众曰："但言之。"乃曰："两土为圭，此非乌龟之龟。既非乌龟之龟，何以添卜成卦。"众大笑。

**【译文】**

江南无锡县令卜大有喜欢开玩笑，听说新任宜兴县令方某有口才，想出出他的洋相，与武进县县令预先想好了一个酒令。有一天，碰上公家请客，卜大有举起酒杯行令说："两火为炎，此非盐酱之盐。既非盐酱之盐，何以添水便淡。"武进县县令行令道："两日为昌，此非娼妓之娼。既非娼妓之娼，何以开口便唱。"宜兴县令方某说："我不难遵令而行，只怕要冒犯卜老先生。"大家说："不要紧，只管说。"于是方县令行令道："两土为圭，此非乌龟之龟。既非乌龟之龟，何以添卜成卦。"众人不禁大笑。

## 陈眉公

陈眉公[①]在王荆石家，遇一宦，俄就席，宦出令曰："首要鸟名，中要《四书》[2]二句，末要曲一句合意。"宦首举云："十姊妹嫁了八哥儿。八口之家，可以无饥矣[3]。只是二女将谁靠。"眉公曰："画眉儿嫁了白头翁。吾老矣，不能用也[4]。辜负了青春年少。"合座称赏。

**【注释】**

①陈眉公：明代文学家、书画家陈继儒。字仲醇，号眉公、麋公。隐士然而喜游权贵之门。蒋苕生太史《临川梦传奇》院本内《隐奸》一折的出场诗，讽刺他是"妆点山林大架子，附庸风雅小名家。终南捷径无心走，处士虚声尽力夸。獭祭诗书充著作，蝇营钟鼎润烟霞。翩然一只云间鹤，飞去飞来宰相衙。"

②四书：儒家经典，包括《论语》、《孟子》、《大学》、《中庸》。

③出《孟子·梁惠王上》。

④出《论语·微子》。

**【译文】**

陈眉公在王荆石家见到一位官员，入席后，行酒令，官员出令："开头要是鸟名，中间要两句《四书》上的话，末了要一句与意思相合的曲词。"官员首先行令说："十姊妹嫁了八哥儿。八口之家，可以无饥矣。只是二女将谁靠。"陈眉公说："画眉儿嫁了白头翁。吾老矣，不能用也。辜负了青春年少。"在座的人都大加赞赏。

## 御制对联

时太祖[1]都金陵[2]，于除夕忽传旨："公卿士庶家，门上须加春联一副。"太祖亲微行出观，以为笑乐。偶见一家独无之，询知为阉豕苗家，尚未倩人耳。太祖为大书曰："双手劈开生死路，一刀割断是非根。"投笔径去。

**【注释】**

①太祖：指明朝开国君主朱元璋。

②金陵：即今江苏南京。

【译文】

当时明太祖定都金陵，除夕夜忽然传下圣旨："公卿士庶人家，门上都必须贴春联一副。"明太祖自己微服出宫观看，作为游玩的材料。偶然来到一处地方，旁人家皆贴有春联，唯独一家没有，一打听，原来是一个阉猪崽的人家，还没请人。于是明太祖亲自为他撰写了一副："双手劈开生死路，一刀割断是非根。"写完放下笔径自走了。

## 蒋　涛

苏郡①蒋涛，幼聪慧善对。一日，有父执②武弁者同游佛寺，指殿上三佛出对曰："三尊大佛③，坐狮坐象坐莲花。"涛对曰："一介书生，攀凤攀龙攀桂子④。"既出寺，某部军牵涛衣，问："适间本官出何对？"涛以所出告之。又问："汝对若何？"涛曰："我对'一个小军，偷狗偷猫偷芥菜。'"

冯梦龙评：涛对多可采者，对"三跳跳下地，一飞飞上天"，"冻雨洒窗，东二点，西三点；切糕分客，上七刀，下八刀。"皆精切。

【注释】

①苏郡：约当今江苏苏州及其周围地区。

②父执：父亲的朋友。

③三尊大佛：当指文殊菩萨（骑狮子）、普贤菩萨（骑白象）和释迦牟尼佛（以莲花为座）。

④攀桂子：旧时以科举得中为月宫攀桂。

【译文】

苏郡的蒋涛，自幼聪明善于对对子。有一天，随父亲的一个做武官的朋友同游佛寺，武官指着佛殿上的三尊佛出了一个上联："三尊大佛，坐狮坐象坐莲花。"蒋涛对道："一介书生，攀凤攀龙攀桂子。"走出寺来，有一个军士拉着蒋涛的衣裳，问他："刚才，我们长官出了个什么对子？"蒋涛告诉了他。又问："你是怎么对的呢？"蒋涛答道："我对的是'一个小军，偷狗偷猫偷芥菜。'"

冯梦龙评：蒋涛所作对子多有可取，如"三跳跳下地，一飞飞上天"，"冻雨洒窗，东二点，西三点；切糕分客，上七刀，下八刀"。都很精确贴切。

## 李空同对

李空同[①]督学江西，有士子适用其姓名。公呼而前曰："汝不闻吾名而敢犯乎？"对曰："名命于父，不敢更也。"公思久之，曰："我且出一对试汝，能对，犹可恕也。曰：蔺相如，司马相如，名相如，实不相如[②]。"其人思不久，辄应曰："魏无忌，长孙无忌，彼无忌，此亦无忌[③]。"公笑而遣之。

**【注释】**

①李空同：李梦阳，字献吉，又字天赐，号空同子。明代文学家。弘治进士，官户部郎中。因弹劾宦官刘瑾专权，曾数次下狱。瑾败，迁江西提学副使。与何景明等被称为"前七子"，主张"文必秦汉，诗必盛唐"。

②蔺相如：战国时赵大臣，因几次抑制强秦，以功封上卿。司马相如：西汉文学家。李梦阳借二人名相同而实际不能相比嘲弄士子。

③魏无忌：战国时魏贵族，号信陵君。曾矫取兵权，救赵抗秦。有食客三千。长孙无忌：唐初大臣，李世民皇后的兄长，助李世民夺得皇位的继承权。士子借此二人名为"无忌"，指出同名同姓不用忌讳。

**【译文】**

明人李梦阳任江西提学副使时，有一位读书人恰好与他同名同姓。李梦阳就把那位读书人叫来，对他说："你难道没有听说过我的姓名，而竟敢冒犯我吗？"书生回答说："我的名字是由父亲取的，我不敢更改。"李梦阳想了一下，说："我现在出一副对子来考考你，如果你能对出来，还可以宽恕你。上联是：蔺相如，司马相如，名相如，实不相如。”那位书生略为思索了一下，便回答道：“魏无忌，长孙无忌，彼无忌，此亦无忌。”李梦阳听后，笑着让他走了。

## 仙对

江西有提学[①]出对云：“风摆棕榈，千手佛摇摺叠扇。”诸生不能应，乃相与祈鸾仙[②]。降书自称李太白[③]，对云：“霜凋荷叶，独脚鬼戴逍遥巾[④]。”

冯梦龙评：刑部郎中黄晬亦尝召仙，令对“羊脂白玉天。”乩云：“当出丁家巷田夫口。”公明日往试之，其一耕者锄土甚力。问：“此何土？”耕者曰：“此鳝血黄泥土也。”公大嗟异。他如“雪消狮子瘦，月满兔儿肥”，“七里山塘，行到半塘三里半；九溪蛮洞，经过中洞五溪中”，“菱角三尖，铁裹一团白玉；石榴独蒂，锦包万颗珍珠”，皆乩仙[⑤]笔，可称名对。

**【注释】**

①提学：学官名。宋代始设，管理所属州县学校和教育行政。明初设儒学提举司，正统年间始设提调学校官。

②鸾仙：旧时以两人扶丁字架，下放沙盘，画沙作字，预言人生祸福，称扶乩，也称扶鸾。所请仙人即称“鸾仙”或“乩仙”。

③李太白：唐代诗人李白，字太白。

④巾：指头巾。

⑤乩仙：见“鸾仙”注。

**【译文】**

江西有一个提学出了一个对，为：“风摆棕榈，千手佛摇摺叠扇。”众儒生对不上来，于是大家前去祈请鸾仙。鸾仙降书自称是李太白，对的下联是：“霜凋荷叶，独脚鬼戴逍遥巾。”

冯梦龙评：刑部郎中黄晬也曾请仙，请对“羊脂白玉天”。乩仙说：“当出自丁家巷一个农夫的口中。”第二天，黄公前往验试，看见一个农夫在用力挖土。黄问："这是什么土？"农夫回答："这是鳝血黄泥土。"黄公大为感叹。另外，如"雪消狮子瘦，月满兔儿肥"，"七里山塘，行到半塘三里半；九溪蛮洞，经过中洞五溪中"，"菱角三尖，铁裹一团白玉；石榴独蒂，锦包万颗珍珠"，都是出自乩仙笔下，称得上是名对。

## 纪晓岚戏馆对

纪晓岚[①]戏馆对最多，其尤脍炙人口者云："尧舜生[②]、汤武净[③]、五霸七雄丑角[④]耳，汉祖唐宗[⑤]也算一时名角，其余拜将封侯，不过掮旗打伞跑龙套；四书白[⑥]、五经引[⑦]、诸子百家杂曲也，杜甫李白能唱几句乱弹[⑧]，此外咬文嚼字，都是求钱乞食耍孩儿。"

**【注释】**

①纪晓岚：即清人纪昀，字晓岚，曾主持编纂《四库全书》。

②尧舜生：尧舜，为古帝王。生，戏曲角色。

③汤武净：汤武，即商汤和周武王，分别为商、周二朝的开国之君。净，戏曲角色，俗称"花脸"。

④五霸：即春秋五霸——齐桓公、晋文公、宋襄公、秦穆公、楚庄王。七雄：即战国七雄——秦、赵、韩、魏、燕、楚、齐。丑角：戏曲角色。

⑤汉祖唐宗：汉祖指汉高祖刘邦，唐宗指唐太宗。

⑥四书白：四书为儒家经典——《大学》、《论语》、《孟子》和《中庸》。白指戏曲中只说不唱的部分。

⑦五经引：五经为儒家经典——《诗经》、《尚书》、《礼记》、《周易》、《春秋》。引：戏曲中的引子。

⑧乱弹：京剧的旧称。

**【译文】**

纪晓岚作的戏馆对最多，其中尤为脍炙人口的一副为："尧舜好比生角，商汤周武好比净角，五霸七雄不过是丑角罢了，汉高祖、唐太宗也算是擅场一时的名角，其余的拜将封侯之辈，不过是扛旗打伞跑龙套；四书好比剧白，五经好比引子，诸子百家就好比杂曲子，杜甫李白知道唱几句京戏，其余的人咬文嚼字，都是讨钱要饭耍孩儿。”

# 微 词

**人之口，含阴而吐阳。阳也而阴用之，则违之而非规，抑之而非谤，刺之而非怨，嫉之而非仇；上可以代《虞人之箴》[①]，而下亦可以当舆人之诵[②]。夫是非与利害之心交明，其术不得不出乎此。**

——摘自冯梦龙《古今谭概》

**【注释】**

①《虞人之箴》：虞人，古代掌管山泽苑囿、田猎的官。箴，以规谏、告诫为主题的文体。据《左传·襄公四年》记载，周初史官辛甲，曾命百官各为箴辞，劝诫国王。《虞人之箴》为当时百官所作箴之一。

②舆人之诵：《左传》记晋楚城濮之战，晋文公迟迟不与楚军决战，一日"听舆人之诵曰'原田每每，舍其旧而新是谋'"。

**【译文】**

人的嘴里，含着阴气，吐出阳气。如果把堂堂正正的事理用委婉柔和的言词表达出来，即使违忤人意也算不得规劝，意含贬损也算不得诽谤；意含讽刺也算不得怨望；意含憎恨也算不得敌视。对上可以代《虞人之箴》，规诫人主；而对下也可以当作舆人之诵。是非和利害在自己心中都很清楚明白，所以就不得不采取一语双关的微言手法。

## 凌阳台

陈惠公[①]大城，因起凌阳之台，未终而坐法死者数十人，又执三监吏。孔子适陈，闻之，见陈侯，与俱登台而观焉。孔子曰："美哉台也！贤哉王也！自古圣王之为城台，焉有不戮一人而能致功若此者！"陈侯阴使人赦所执吏。

**【注释】**

①陈惠公：春秋时陈国国君，哀公之孙。妫姓，名吴。公元前534年陈为楚灵王所灭，五年后，公子弃疾弑灵王代立，欲得和诸侯，乃求吴，立为陈侯，在位二十八年卒，谥惠。

**【译文】**

陈惠公扩建城池，并兴建凌阳台。此台还没有修完，在施工中被处死的已有几十个人，现在又拘捕了监督筑台的三名官吏。孔子来到陈国，听说了这件事，便去见陈惠公，与他一起登上凌阳台观景。孔子说："这座凌阳台真美啊！大王您可真贤明啊！自古以来，圣明的君王扩建城台，哪有不杀一个人就能取得这样大的功效的呢？"陈惠公听了孔子的一番话，就暗地派人把拘捕的三名官吏赦免了。

## 支解人

齐景公[①]时，民有得罪者。公怒，缚至殿下，召左右支解之。晏子左手持头，右手持刀而问曰："古明主支解人，从何支始？"景公离席曰："纵之！"

冯梦龙评：按《左传》，时景公繁刑，有鬻踊[②]者。踊，刖者所用。公问晏子曰："子之居近市，知孰贵贱？"对曰："踊贵屦贱。"公悟，为之省刑。此讽谏之师、滑稽之首也。

【注释】

①齐景公:春秋时齐国君。名杵臼。公元前547—前490年在位。实行重税酷刑,许多人被处刖足之刑。

②踊:特制的专供受刖刑(断足)的人穿的鞋。

【译文】

齐景公的时候,有个百姓获罪。景公非常生气,将犯人捆绑到殿阶之下,叫左右的人用刀支解他的四肢。晏婴用左手把着那人的头,右手拿着刀,问景公说:"古代那些贤明的君主支解人,是从哪个部位开始的呢?"景公听了晏子的话,离开坐席说:"放了他吧!"

冯梦龙评:据《左传》记载,齐景公时刑罚繁多而苛重。当时竟出现了专门卖踊的人。有一次,齐景公问晏婴:"先生您住的地方邻近市场,知道什么东西价高,什么东西价低吗?"晏婴说:"踊贵,鞋子便宜。"言外之意是刖刑太多,踊供不应求。齐景公醒悟,因此减轻了刑罚。晏婴真可以称得上是讽谏大师、滑稽之王了。

## 油 衣

高宗[①]出猎遇雨,问谏议大夫[②]谷那律[③]曰:"油衣[④]若为不漏?"对曰:"以瓦为之则不漏。"上因此不复出猎。

【注释】

①高宗:唐高宗李治,649到683年在位。

②谏议大夫:官名。隋唐隶门下省,掌侍从规谏,凡四人。

③谷那律:唐代昌乐(今山东潍坊市西,依《中国人名大辞典》)人。淹识群书,褚遂良尝称之为"九经库"。贞观中累迁谏议大夫,兼弘文馆学士,卒。

④油衣:涂有桐油用以防雨的外衣。

【译文】

唐高宗有一次外出狩猎,天忽然下起雨来,高宗就问随行的谏议大夫谷那律说:"油衣这种东西怎样做才不漏雨呢?"谷那律回答说:"用瓦做就不会漏。"高宗从此不再外出狩猎了。

## 抽 税

南唐[①]时,关司[②]敛率繁重,商人苦之。属畿甸[③]亢旱,烈祖[④]宴于北苑,谓群臣曰:"外境皆雨,独不及都城,何也?"申渐高[⑤]曰:"雨不敢入城,惧抽税耳。"烈祖大笑,即除之。

**【注释】**

①南唐:五代时十国之一。公元937年李昪代吴称帝,建都金陵,国号唐,史称南唐。975年为北宋所灭。

②关司:官名,即关尹,古代守关之官。

③畿甸:畿,古称天子所领之地。古制王畿千里,千里之内曰甸,去王城五百里。后以畿甸泛指京城地区。

④烈祖:南唐开国君主李昪。

⑤申渐高:五代南唐人,曾事吴国杨溥为乐工,常在广陵(今扬州市)的集市上吹三孔笛。

**【译文】**

五代南唐时,关税名目繁多而且税率很重,商人为此所苦。恰好这一年京都地区大旱,烈祖在北苑大宴群臣。他对群臣说:"外地都下了雨,唯独下不到京城来,这是什么原因呢?"申渐高回答说:"雨不敢进入京城,不过是怕抽它的税罢了。"烈祖听了大笑,立即下令除去一切额外征收的杂税。

## 徘 徊

仁宗赏花钓鱼[①]宴,锡诗,馆阁侍从[②]和篇皆押徘徊字。诗罢就坐。教坊[③]进杂剧[④],为数人寻税第者,诣一宅观之,至前堂,观玩不去。问其所以,曰:"徘徊也。"又至后堂、东西序。复然。问之，则又曰："徘徊也。"其一人笑曰："可则可矣，但未免徘徊太多耳！"

【注释】

①赏花钓鱼：宋太宗雍熙二年(985年)四月，命宰相、三司使、翰林、枢密直学士、尚书省四品两省五品以上、三馆学士，宴于宫内，赏花钓鱼，张乐赐宴，自后成为故事。

②馆阁侍从：常在君主左右以备顾问的官员，多以馆阁官衔为荣衔，故称。馆阁，北宋沿唐制，设昭文馆、史馆、集贤院三馆，另增设秘阁、龙图阁、天章阁等，分掌图书经籍和编修国史等事务，通称"馆阁"。明清两代并入翰林院，故翰林院亦称"馆阁"。

③教坊：古代管理宫廷音乐的官署。唐始设置。专管雅乐以外的音乐、歌唱、舞蹈、百戏的教习、演出等事务。

④杂剧：古代戏剧名。唐已有之。宋时之滑稽戏、歌舞戏、傀儡戏亦称杂剧。

【译文】

仁宗举行赏花钓鱼宴会，作了一首诗，馆阁侍从们纷纷相和，篇篇都押"徘徊"二字。作完诗，大家就座。教坊献上一出杂剧，演的是几个要租赁住宅的人，到一家宅院去察看，来到前堂，反复打量而不肯离去。问他们在干什么，回答说："徘徊。"又来到后堂、东西两厢，都做出反复打量的样子。问他们干什么，又回答说："徘徊。"剧中一人笑着说："可是可以，但未免'徘徊'太多了。"

## 馄饨不熟

高宗①时，饔人②瀹馄饨不熟，下大理寺③。优人扮两士人相貌，各问其年。一曰"甲子生"，一曰"丙子生"。优人告"合下大理"。帝问故，优人曰："饵子饼子皆生，与馄饨不熟者同罪耳。"上大笑，赦原饔人。

**【注释】**

①高宗:南宋高宗赵构,1127到1162年在位。

②饔人:官名,掌切割烹调之事,后来指厨师。

③大理寺:掌管刑狱的官署。

**【译文】**

南宋高宗赵构时,有位厨师因煮的馄饨不熟,被送到大理寺治罪。在宫中表演节目时,两位演员装扮成两个读书人的模样,互相询问对方的年龄。一个说"甲子生",一个说"丙子生"。旁边一个演员告发说:"应该送到大理寺去。"高宗问为什么,演员回答说:"饵子、饼子都是生的,和煮馄饨不熟的人应该是同罪的。"高宗大笑,赦免了原先那位厨师。

## 三百里湖

南唐冯谧[①],尝对诸阁老[②]言及玄宗[③]赐贺知章[④]三百里湖事,因曰:"他日赐归,得宗武湖二十里足矣。"徐铉[⑤]答曰:"主上尊贤下士,岂爱一湖?所乏者,贺知章耳!"众大笑。

**【注释】**

①冯谧:本名延鲁,字叔文。冯延巳弟。以文学得幸,累迁至中书舍人。闽越大乱时,奉命前往安抚,却矫诏发兵攻福州,兵败,被处流放。后降周。

②阁老:唐以中书舍人年久者为阁老。又中书省、门下省属官亦互称阁老。

③玄宗:唐玄宗李隆基,712到756年在位。

④贺知章:唐诗人、书法家,字季真。少以文辞知名。证圣初,举进士,官银青光禄大夫兼正授秘书监。性放旷,善谈笑,醉后属词,动成卷轴。又善草隶书。晚年自号"四明狂客"。天宝初请为道士,敕赐镜湖,后终于其地。

⑤徐铉:北宋人。字鼎臣。初仕吴,又仕南唐,官至吏部尚书。

入宋，为太子率更令。精小学，重校《说文解字》，又参与编纂《文苑英华》。与其弟锴齐名，时号“二徐”。

【译文】

南唐的冯谧，曾经对诸位阁老谈起唐玄宗赐给贺知章三百里镜湖的事，于是说：“他日告退还乡，如果能得到宗武湖二十里，我就满足了。”徐铉答道：“皇上尊贤下士，难道会爱惜一个湖吗？所缺乏的，是像贺知章那样的人才罢了！”众阁老大笑起来。

## 文潞公

文潞公[①]八十四再起，时学士郑穆[②]表请致仕。刘贡父为给事中，问同舍曰：“郑年若干？”答曰：“七十三。”刘遽云：“莫遂其请，且留取伴八十四底。”潞公闻之，甚不怿。

【注释】

①文潞公：文彦博，北宋大臣。字宽大，封潞国公。仁宗时进士及第。累官同中书门下平章事。熙宁中因反对王安石变法，力引去。拜司空、河东节度使，寻以太师致仕。居洛阳。元祐初，司马光为相，命为平章军国重事，时年七十有九。下言八十四岁当是传闻之误。

②郑穆：北宋大臣。字闳中。皇祐进士。累官至宝文阁待制、国子祭酒。门人千数。请老归，太学生数千人请留，不从。去之日，太学生全体前往送行。

【译文】

北宋大臣文彦博八十四岁重新做官。当时正好学士郑穆上书请求退休。刘攽那时任给事中，问同僚说：“郑穆今年多大年纪？”同僚回答说：“七十三岁。”刘攽便说：“不要答应他的请求，姑且留着他陪伴八十四岁的。”文彦博听到这话后，很不高兴。

# 远　志

谢公[①]始有东山之志[②]，后就桓公[③]司马[④]。会有饷桓公药，中有远志[⑤]。桓取以问谢："此药又名小草。何一物有二称？"谢未及答，郝隆[⑥]在座，应声曰："此甚易解。处则为远志，出则为小草[⑦]。"谢有愧色。

李贽评："郝言误矣！宜云处则为小草，出则为远志[⑧]。"

【注释】

①谢公：谢安，字安石，东晋名臣，出身士族。年四十余始出仕，孝武帝时位至宰相。后为会稽王司马道子排挤，出镇广陵。不久回京病死。

②东山之志：东晋谢安初为著作郎，因病辞官，隐东山（浙江绍兴会稽东山）。朝廷屡召不仕，时人因言："安石不肯出，将如苍生何！"年四十出为桓温司马，迁中书令，官至司徒。后因以东山为退隐及隐士出仕的典故。"东山再起"即缘于此。

③桓公：桓温，字元子。东晋大臣，明帝婿。时以大司马专擅朝政。

④司马：官名。军府之官，在将军之下，综理一府之事，参与军事计划。

⑤远志：中药名，用为安神化痰。

⑥郝隆：东晋人，字仕治，为桓温南蛮参军，善应对。

⑦"处则为远志"句：意为隐居不过是遥远的志向，出仕任官则为小小的官职亦可。

⑧"宜云"句：应该说隐居时不过是小百姓，而出仕则可以荣华富贵。进一步讽刺谢安的贪恋富贵。

【译文】

东晋时的谢安曾经退隐东山，后来就任桓温的司马。一次，有人给桓温送来一批药材，其中有一味药叫"远志"。桓温拿起"远志"

来问谢安："这种药还有一个名字叫'小草'。为什么一种东西有两个名称呢？"谢安还没来得及回答，在座的郝隆随声答道："这很好理解：在山野中（隐居）是远志，出得山来为小草。"谢安听了，面有羞愧之色。

李贽评："郝隆的话错了！应该说隐居山野时为小草，出山之后才是远志。"

## 荆公水利

王介甫[1]为相，大谋天下水利。刘贡父尝造之，值一客献策曰："梁山泊[2]沃而涸之，可得良田万顷，但未择得利便之地储许水耳。"介甫倾首沉思。贡父抗声曰："此甚不难！"介甫欣然以为有策，遽问之。曰："别穿一梁山泊，则足以贮此水矣！"介甫大笑，遂止。

【注释】

①王介甫：王安石，字介甫。封荆国公。北宋政治家、思想家、文学家。

②梁山泊：山东梁山、郓城县间的古代湖泊，元朝以后干涸。

【译文】

王安石任宰相，大力兴修天下水利工程。有一天，刘攽去拜访他，正赶上一位客人向王安石献计说："如果能把梁山泊的水弄干，可以得到良田万顷。只是还没有找到合适的地方来储存那些水。"王安石听后低头沉思。这时，刘攽高声说："这有什么难的！"王安石非常高兴，以为他有了好的主意，就赶忙问他。刘攽回答说："另外再开凿一个梁山泊，就足以储存这些水了！"王安石不禁大笑，不再谈论这项计划了。

## 刺章子厚

章子厚[1]生辰会客，门人林特以诗为寿。客指诵德处工。特颇不平，忽曰："昔有令画工传神，以其不似，命别为之。凡三四易，画工怒曰：'若画得似，是甚模样！'[②]"满席哄然。

**【注释】**

①章子厚：章惇，字子厚。北宋人。性豪俊，博学善文。王安石悦其才，用为编修三司条例官。哲宗初知枢密院事。黜知汝州。高太后崩，起用章惇为尚书右仆射，兼门下侍郎，尽复熙丰之政，力排元祐党人。徽宗时累贬睦州卒。正史视为奸臣。

②"若画得似"句：意指人物丑陋，如照直画来，会很难看，因此只好画美一些，故而与本人形貌不符。

**【译文】**

北宋大臣章惇在生日那一天请客。他的一位叫林特的门客作了一首诗为他祝寿。有位客人指出诗中歌颂章惇品德的句子作得很精巧。林特很不满意，忽然说："过去有人叫画工画肖像，因为画得不像，又让画工另画。画工画了三四遍，还是不行。最后画工生气地说：'如果画得很逼真，那将是什么模样呢？'"满座的客人哄然大笑。

## 神　童

赵司寇[①]乃费阁老[②]同年[③]，每投谒，书"年晚生[④]"。屠应埈[⑤]曰："赵老真神童！"人问其故。云："费鹤湖二十作状元，年最少。今渠称'年晚生'，非神童而何[⑥]？"

**【注释】**

①司寇：官名。掌管刑狱、纠察等事。后世以大司寇为刑部尚书的别称，侍郎则称少司寇。

②费阁老：即费宏。字子充，铅山人。成化二十三年(1487)进士第一，年才二十。

③同年：科举考试中称同科考中的人。

④年晚生：同年晚生。晚生，旧时官场后辈对前辈的自谦之称。

⑤屠应埈：明代人。字文升，号渐山。嘉靖进士，由郎中改翰林，官至右谕德。喜奇节伟行，有凌驾古人之思。工诗文。

⑥古人二十行冠礼，以示成年，未冠者为童子。

**【译文】**

赵司寇与费阁老是同年进士，赵每次到费府去拜访，递进的名帖上总是写着"年晚生"。屠应埈说："赵老真是神童啊！"有人问他为什么这样说。屠应埈回答说："费鹤湖二十岁考中状元，在状元中已是最年少的了。现在赵司寇又自称'年晚生'，与费同年中试且是晚辈，那不是神童是什么呢？"

## 衣金紫

穆宗[①]登极，诏五品以上致政[②]者进阶一级[③]。有一州守[④]被革者，遂称朝列大夫[⑤]，衣金紫[⑥]。其弟亦大僚，忽莞尔曰："恨不数赦，吾兄且腰玉[⑦]矣！"

**【注释】**

①穆宗：明代皇帝，1566 到 1572 年在位，年号隆庆。

②致政：归还政事，指辞官归居。

③进阶一级：魏、晋开始，官职立九品之制。每品各分正从，共十八品；四品以下每品正、从各分上、下阶，共三十阶。后代沿袭。元、明、清保留正、从品，无上、下阶，文武均同。例如正五品进一阶为从四品。

④州守：官名。即知州，州一级地方行政长官。一般为正五品，称五品黄堂，明代进一阶则为从四品。

⑤朝列大夫：疑为"朝议大夫"之误。隋代设置的散官。取汉诸大夫得上奉朝议而名。明代从四品升授朝议大夫。此州守本因罪罢官，不在进阶之列，却自己把自己提高一级。

⑥衣金紫：南北朝以来，紫衣为贵官公服，有朱紫、金紫等称。

⑦腰玉：明制，唯亲王及一品文官可腰佩玉带。

【译文】

明代穆宗即位后，下诏命五品以上的退休官员可进阶一级。有一位知州原本是因罪过被撤职的，也循退休规定，自进一级，自称朝议大夫，穿上了金紫色的官服。他的弟弟也是个大官，看到哥哥那副模样，忽然微笑着说："可惜不能多来几次大赦，不然的话，阿兄就可以腰佩玉带了！"

## 讳出外

熙宁[①]中，王仲荀谒一朝士，阍者以不在辞之。王勃然叱曰："凡人死称不在，汝乃敢出此言！"阍者拱谢曰："然则当何辞？"王曰："第云出外可也。"阍者愀然蹙额曰："我主宁死，讳却出外字面[②]。"

【注释】

①熙宁：北宋神宗赵顼年号(1068—1077)。

②讳却出外字面：出外，即出宰，由京官外出任地方长官。故讳之。

【译文】

北宋熙宁年间，王仲荀去拜访一位朝廷官员，守门人推辞说："主人不在。"王仲荀愤怒地斥责守门人说："凡是人已经死了才说'不在'，你怎么敢说这样的话！"守门人拱手谢罪道："那么你看该怎么说呢？"王仲荀说："只说'出外'就可以了。"守门人现出忧惧的样子，皱着眉头说："我家主人宁可死，也要忌讳'出外'这两个字。"

## 泰山之力

张说[①]婿郑鉴，随上封禅[②]，以九品骤至五品[③]。黄幡绰[④]戏曰:“此乃泰山之力也!”泰山有丈人峰[⑤],故云。后人称妇翁,本此。

**【注释】**

①张说:唐代大臣。字道济,又字说之。永昌中策贤良方正第一,授校书郎。累官中书令,封燕国公。素与姚崇不相能,罢为相州刺史,累徙岳州。后复为中书令。

②封禅:帝王祭天地的典礼。在泰山上筑土为坛祭天,报天之功,称封;在泰山下梁父山上辟场祭地,报地之功,称禅。自秦汉以后,历代封建王朝都把封禅作为国家大典。据唐段成式《酉阳杂组·语资》载,唐明皇封禅泰山,张说为封禅使。

③以九品骤至五品:旧例,封禅后自三公以下皆迁转一级。惟郑鉴因为张说的缘故骤至五品,兼赐绯服。

④黄幡绰:唐玄宗时宫廷伶人。

⑤丈人峰:山峰名。在泰山绝顶西里许,状如老人偃偻。

**【译文】**

唐代大臣张说的女婿郑鉴,跟随张说伴驾到泰山封禅。就在这次封禅之后,郑鉴的官阶由九品一下子就上升到了五品。黄幡绰开玩笑地说:“这是泰山的力量呵!”原来泰山有座丈人峰,所以他这么说。后人称妻子的父亲为“泰山”,就是从这里来的。

## 安石配享

初,崇宁[①]既建辟雍[②],诏以荆公[③]封舒王,配享宣圣庙[④],肇创坐像。未几其婿蔡卞[⑤]方烜赫用事,议欲升安石于孟子之上。优人尝因对御戏,为孔子正坐,颜、孟[⑥]与安石侍侧。孔子命之坐。安石揖孟子居上。孟辞曰:“天下达尊[⑦],爵[⑧]居其一。轲仅蒙公爵,相公贵为真王,何必谦光如此?”遂揖颜子。颜曰:“回也陋巷匹夫[⑨],平生无分毫事业。公为名世真儒,位貌有间,辞之过矣。”安石遂处其上。夫子不能安席，亦逊位。安石惶惧，拱手云："不敢。"往复未决，子路[10]在外，愤愤不能堪，径趋从祀堂[11]，挽公冶长[12]臂而出。公冶为窘迫之状，谢曰："长何罪？"乃责数之曰："汝全不救护丈人，看取别人家女婿！"

**【注释】**

①崇宁：宋徽宗赵佶年号(1102—1106)。

②辟雍：本为西周天子所设大学。东汉以后，历代皆有辟雍，除北宋末年为太学之预备学校(亦称"外学")外，均仅为祭祀之所。

③荆公：王安石，封荆国公。北宋大臣，思想家、文学家。

④配享宣圣庙：配享，以贤哲附祭于孔庙。宣圣庙，即孔庙。汉平帝元始元年(公元1年)追谥孔子为褒成宣尼公。自汉以来历朝皆尊孔子为"圣人"。后诗文中多称为"宣圣"。

⑤蔡卞：北宋奸臣，字元度，蔡京弟。与京同年登科。王安石妻以女，因从之学。绍圣中累官尚书左丞。徽宗时贬为外官，擢知枢密院，复出外。

⑥颜、孟：颜，颜渊，名回，字子渊，春秋末鲁人。孔子弟子中为最贤。早卒。后人尊为"复圣"。孟，孟子，名轲。战国时思想家、政治家。邹人。被认为是孔子学说的继承者，有"亚圣"之称。宋元丰间封邹国公，配享孔子庙庭。元至顺间加封邹国亚圣公。

⑦达尊：指众所尊贵的事物。《孟子·公孙丑下》："天下有达尊三，爵一，齿一，德一。"齿，年龄。

⑧爵：爵位。古代爵位凡五等，为公、侯、伯、子、男。

⑨陋巷匹夫：传颜回曾贫居陋巷，箪食瓢饮，而不改其乐。

⑩子路：仲由，字子路，一字季路。孔子弟子。相传有勇力，故后为勇士代称。

⑪从祀堂：即陪祭堂。宋时始分附祭为配享与从祀。时文庙典制，颜渊、曾参、子思、孟轲称配享，闵子骞、冉伯牛等十哲以下为从祀。

⑫公冶长：公冶氏，名长，字子长。鲁国人。孔子弟子、女婿。

**【译文】**

北宋徽宗崇宁年间，朝廷建立太学的预备学校后，皇上下诏追封王安石为舒王，附祭于孔庙，并开始塑造王安石的坐像。不久之后，王安石的女婿蔡卞声威显赫，执掌朝政，上书奏请将王安石在孔庙的座次上升到孟子之上。当时宫中的艺人为此编了一出戏上演。剧中孔子居中正坐，颜渊、孟子和王安石陪站在两侧。孔子叫他们坐下。王安石拱手请孟子坐在他的上首。孟子推辞说："天下人所尊贵的事物有三样，爵位位居第一。我仅仅受了一个公爵的封号，而相公您贵为王，何必要这么谦让呢？"王安石又转而请颜渊上坐。颜渊说："我是一个身居狭窄街巷的平民，平生没有任何成就。您是闻名于当世的真正儒士，你我的地位差别太大了，你这样做是过分谦让了。"王安石无奈，便坐在了他们二人的上首。这时孔子也坐不住了，便也起身让位。王安石惶恐不安，连忙拱手说："不敢、不敢。"正当他们在反复谦让，还没有决定下来的时候，子路在外面听到了，愤愤不平，径直跑到从祀堂中，一把抓住公冶长的手臂将他拖出来。公冶长一副十分难堪的样子，为自己辩解道："我有什么过错？"子路便指责他说："你完全不来救助保护你的丈人，你看看人家的女婿是怎么做的！"

## 钻弥远

史丞相弥远[①]用事，选者改官[②]，多出其门。一日制阃[③]设宴，优人扮颜回、宰予[④]。予问回曰："汝改乎？"曰："回也不改[⑤]。"回曰："汝何独改？"予曰："钻遂改[⑥]。汝何不钻？"回曰："非不钻，但钻之弥坚[⑦]耳。"予曰："钻差矣。何不钻弥远？"

冯梦龙评：有以贿改庶吉士[⑧]者，假托故事嘲之曰："孔子昔日曾为馆选座师[⑨]。齐宣王馈兼金万镒[⑩]，因簪笔[⑪]而就试焉。卷呈，孔子曰："王庶几改。"宰我食稻衣锦，私饷旧谷新谷若干。试日，倩游、夏代笔[12]。予直昼寝而已。已而送卷，孔子曰："于予与改[13]。"颜渊善言德行，乃曰："钻之弥坚，不若既竭吾才，吾见其进也。"试毕阅卷，孔子以如愚置之，曰："回也不改。"他日回请故。曰："汝箪瓢陋巷，出寄百里之命[14]足矣，何复望华选乎?"回因痛哭而死。《笑林》[15]评曰："孔子非仲尼，乃孔方兄[16]耳!"

**【注释】**

①史丞相弥远：史弥远，字同叔。南宋孝宗时丞相史浩第三子。淳熙十四年(1187)进士。宁宗时历任太师右丞相、枢密使等职。韩侂胄主国政，对金国战争失败。开禧三年(1207)，史弥远使人杀韩侂胄，代为相；专权用事，排斥异己。

②选者改官：选者，选人，唐代以后称候补、候选的官员。改官，改选，重新选授官职。

③制阃：指统兵在外的将帅。《史记·张释之冯唐列传》："阃以内者，寡人制之；阃以外者，将军制之。"阃，门槛。借指郭门、国门。

④颜回、宰予：皆孔子弟子，春秋末鲁人。宰予，字子我，亦称宰我。与子贡同以长于辞令著称。以昼寝，孔子讽其为"朽木不可雕"。

⑤回也不改：语出《论语·雍也》："子曰：'贤哉，回也！一箪食，一瓢饮，在陋巷，人不堪其忧，回也不改其乐。'"改，改变。文中故意用为"改选"意。

⑥钻遂改：出自《论语·阳货》宰我语："钻燧改火"化出。原意为打火用的燧木又经过一个轮回。古人钻木取火，四季用不同的燧木，一年一轮回。钻，此文中意为钻营。下同。

⑦钻之弥坚：语出《论语·子罕》颜渊语："仰之弥高，钻之弥坚。"原意为孔子之道，越用力钻研，越觉得深。按史弥远之弟名弥坚，弥远入相，以嫌出为潭州湖南安抚使，守建宁。此处指钻营找错了门庭。

⑧庶吉士：官名。明洪武初设置，六科及中书皆有之，永乐二年(1404)始专隶于翰林院，以进士之擅长文学及书法者任之。

⑨座师：明清科举的举人、进士，称主考官或总裁官为座师。孔

子曾首创私立学校。这里是把孔子比作科举考试的主考官。

⑩兼金万镒：兼金，价值倍于寻常的精金。古代金银铜通称为金。这里指银。镒，古重量单位。二十两为一镒，一说二十四两为一镒。

⑪簪笔：古代朝见，插笔于冠，以备记事。这里是指带着笔去应试。

⑫倩游、夏代笔：倩，借助，请人替自己做事。游，子游，姓言名偃，字子游，孔子弟子，长于文学。夏，子夏，卜商，字子夏，孔子弟子，长于文学。

⑬于予与改：语自《论语·公冶长》"于予与改是"化出。原意为孔子见宰予昼寝，朽木不可雕也，并由此改变了看人的方法，由"听其言而信其行"，改为"听其言而观其行"。此言又改变了对宰予的看法，宰予亦可以升官了。

⑭百里之命：指县官。古时一县辖地约百里，因以百里为县之代称。

⑮笑林：《艺文类聚》载晋孔楚《笑赋》："信天下笑林，调谑之巨观也。"后来专记可笑之事的书，常以笑林为题。其书皆久佚。此处《笑林》所指不详。

⑯孔方兄：钱的别名。古钱币中多有方孔，故云。

**【译文】**

南宋宁宗时，史弥远为丞相，执掌朝政。得以重新选授的官员，大多数走史弥远的后门。有一天，统兵在外的将帅设宴招待客人，有两位演员演戏助兴，分别扮作颜回和宰予。宰予问颜回："你授官了吗？"颜回说："没有。"又反问宰予："怎么唯独你得到选授了呢？"宰予说："因为我钻营，所以才得以选授。你为什么不钻呢？"颜回说："不是我不钻，我钻的是弥坚罢了。"宰予说："你钻错对象了。为什么不钻弥远呢？"

冯梦龙评：有人用行贿的手段得以升迁为庶吉士，人们编造了一个故事来嘲讽他。故事说："孔子过去曾任选拔官员的主考官。齐宣王给孔子送来一万镒上等白银，然后带着笔来参加考试。考完后把试卷递给孔子，孔子说："大王你差不多可以升官了。"宰予吃的是大米白饭，穿的是绫罗绸缎，私下送给孔子一些旧谷和新谷。考试那一天，宰予请子游、子夏代考，自己却在大白天睡大觉去了。考完后试卷呈给孔子，孔子说："对于宰予，我改变了看法，看来你也可以升官了。"颜渊擅长言语，品行端正，孔子却说："颜渊对我的学问越钻研越觉得坚不可入，真不如那些已经渗透了我的学问的人，倒可以让我看到他们的进步。"考试完了，孔子阅卷，他把颜渊的卷子当作一个愚笨无知者的答卷，搁置在一边，还说："颜回不能升官。"过了几天，颜回来请教其中的缘故。孔子说："你身居陋巷，箪食瓢饮，给你一个县官做做已经足够了，为什么还要希望得到显贵的官职呢？"颜回听罢，痛哭而死。《笑林》评述这段故事说："这故事中的孔子不是孔仲尼，那是孔方兄罢了。"

## 头场题

万历丙午[①]浙试[②]，一有力者以钱神买初场题中式。立试者锁闱[③]日，得罪杭郡公，郡公衔之。撤棘后，郡公宴主试，密令优人刺之。其日演《荆钗记》[④]，无从发挥。至"承局寄书"出，李成问："足下何来？"局答曰："京城来。"成曰："有新闻否？"曰："关白内款矣[⑤]。"成曰："旧闻。"曰："贡方物矣。"成曰："何物？"曰："一猪。"成曰："猪何奇而贡之？"曰："绝大。"成曰："驴大乎？"曰："不止。""牛大乎？"又曰："不止。""象大乎？"又曰："不止。"成曰："大无过此矣！"曰："大不可言。且无论其全体，只猪头、猪肠、猪蹄，你道易价几何？"成曰："多少？"曰："只头肠蹄[⑥]亦卖千金！"成曰："何人买得起？"曰："一收古董人家。"盖指中式者董姓耳。主试闻之，赤颊，不欢而罢。

**【注释】**

①万历丙午：万历，明神宗朱翊钧年号（1573—1620）。丙午，1606年。

②浙试：明清两代每三年一次在各省省城（包括京城）举行考试，称乡试。考期在八月，分三场。考中的称为举人。

③锁闱：科举考试前以棘围试院并下锁，以杜塞传递夹带之弊。故下文有“撤棘”之说。

④《荆钗记》：元柯丹丘所著传奇。共四十八出。记述宋王十朋以荆钗聘钱玉莲为妻，几为孙汝权所夺，终于夫妇团圆的故事。

⑤关白内款矣：关白，日本古代官名。太政大臣在天皇幼时主持政事，称摄政；天皇成年亲政后则改称关白。此处指倭寇。内款，入币通城。内，同“纳”。明万历时，日本人丰臣秀吉据关白之位。万历二十年（1592）入侵朝鲜。明朝派李如松率大兵援朝，破倭兵。丰臣秀吉被迫议和，复毁约开战，为明军击溃。

⑥头肠蹄：音谐“头场题”。

**【译文】**

明朝万历丙午(1606)年浙江的乡试中，一位有财势的人用钱买到了初场试题而考中了举人。但主考官在封锁试场的时候，得罪了杭州知府，知府怀恨在心。考试结束后，知府宴请主考官，暗地里叫演员在演戏时讽刺这位主考官。那一天上演《荆钗记》，似乎没有地方可以借题发挥。当演到《承局寄书》这一出时，剧中人物承局与李成的对话终于偏离了原剧。李成问："足下从哪里来?"承局回答说："从京城来。"李成说："有什么新闻吗?"承局说："倭寇来输诚议和了。"李成说："这是旧闻了。"承局说："还进贡了地方特产。"李成问："什么特产?"承局说："一头猪。"李成说："猪有什么奇特的，还拿来进贡?"承局说："这头猪特别大。"李成说："有驴那样大吗?"承局说："不止。""有牛那么大吗?"又说"不止"。"有象那么大吗?"还是说"不止"。李成说："再大也大不过象了!"承局说："这头猪大得没法说。姑且不说这猪的全身，只说猪头、猪肠、猪蹄，你猜能卖多少钱?"李成问："能卖多少?"承局说："只头肠蹄(头场题)就卖了一千两银子！"李成说："什么人买得起？"承局说："一个收古董的人家。"这是指新考中的那位举人姓董。主考官听到这里，顿时面红耳赤，宴会不欢而散。



## 半日闲

有贵人游僧舍，酒酣，诵唐人诗云："因过竹院逢僧话，又得浮生半日闲[①]。"僧闻而笑之。贵人问僧何笑。僧曰："尊官得半日闲，老僧却忙了三日。"

**【注释】**

①"因过"句：唐诗人李涉《登山》七绝中的后二句。

**【译文】**

有位大官游览一座寺院，僧人殷勤地招待他。酒酣耳热的时候，这位官人不觉吟起了唐人李涉的两句诗："因过竹院逢僧话，又得浮生半日闲。"僧人听后笑了。官人问他为什么发笑。僧人说："尊官你得了半日闲，老僧却为此忙了三日。"

## 惜人品

某司寇[①]讲学著名。一日于酒次得远信，读毕惨然欲泪。坐中一少年问其故。答曰："书中云某老生捐馆[②]，不佞[③]悲之，非为其官，惜其人品佳耳！"少年应曰："不然，近日官大的人品都自佳。"司寇默然。

冯梦龙评：封公[④]便请乡饮[⑤]，富家便举善人，中解元、会元[⑥]便推文脉。末世通弊，贤者不免。悲夫！

**【注释】**

①司寇：官名。主管刑狱、纠察等事。

②捐馆：捐馆舍。舍弃所居之屋舍，为死亡之婉称。

③不佞:无才,自谦词。

④封公:即封翁。因儿子功名而得到封赠的人。

⑤乡饮:即乡饮酒礼。古之乡学,三年业成,考其德艺,以其贤者能者荐升于君。时由乡大夫做主人,为之设宴送行,称乡饮酒礼。各乡推举年高有声望的士绅为宾介,为主持和监督。

⑥解元:唐制,举进士者皆由地方解送入试,故相沿称乡试第一名为解元。会元:科举制度中会试是聚集各省举人到京会考之名,故通称会试第一名为会元。会试之后,还有一次殿试,殿试第一名则称状元,赐出身者为进士。

**【译文】**

某司寇以讲学闻名遐迩。有一天,他在酒席上接到了一封来自远方的信,看完后显出悲伤得要掉泪的样子。在座的一位少年问他怎么回事。他回答说:"信中说某位老先生不幸去世了,因此我很悲痛。不是因为他的官职,而是可惜他的人品太好了!"那少年应声说道:"不然,近来凡是官大的人,人品都很好。"司寇默然无语。

冯梦龙评:因儿子的功名而受封赠的人,乡里就一定要请他主持乡饮酒礼;当了财主便被人推举为大善人;家中有人中了解元、会元,便说文章的气脉在他家兴起。这种末世的通病,即使是圣贤的人也免不掉要犯的。可悲啊!